河出文庫

外道の細道

町田康

河出書房新社

外道の細道

飲み物を売る喧《やかま》しい店での話し合いで結論を得ることができぬまま「アテンション、プリーズ、とかいうな、ぼけ」と毒づきながら乗り込んだ、ロサンゼルス行きの飛行機のなかで、絶望的な気分の俺は、「長幼の序」ということについて考えていた。

というのはいま俺が、ナウ橋と一緒にロサンゼルス行きの飛行機に乗って絶望していることについて、「長幼の序」が大きく関係しているからである。

「長幼の序」とはなにかを辞書で調べると、孟子《もうし》という人の考えた、人間が守るべき五つの徳目のうちのひとつで、年長者と年少者の間にある一定の秩序、と書いてある。どういうことか簡単にいうと、年少者は年長者を敬い、これを大事にしやややんとあかん、ということである。

隣国であるところの韓国の人はいまでも、この長幼の序を厳密に守るらしく、パンクの若いニイチャン、ネェチャンでさえ、年長者には丁寧な言葉で話し、勧められるまで席に着かず、年長者に注がれた酒は一滴余さず飲み干すと聞く。

しかるに我が邦《わくに》においてはどうだろうか。

若い者は人生の風雪に耐えてきた年寄りを軽侮《けいぶ》し、歳《とし》をとった人間を笑いの対象にしたり、意味なく憎悪したり、甚《はなは》だしい場合にいたっては暴力を振るったりする。誰にでも訪れるはずの死は隠蔽《いんぺい》され、日常から遠ざけられて、アンチエイジングのための商品が飛ぶように売れている。

そして若さが商品化され消費される社会は当の若者をも追い詰めている。

なぜなら、商品化され消費化されるということはすなわち、それが数値や記号に置き換えられるということで、そうした数値や記号としての若さは、毎年毎年、確実に失われているからで、そのような可能性がまったくない若者でさえ、十代のうちに何事かをなせばマスメディアに注目されるが、二十を過ぎればその可能性は極端に減少し、三十を過ぎればほぼゼロになる、と考え、しかし、十代のうちに何事かをなす人などというのがそうある訳《わけ》もなく、多くの若者が絶望と焦慮《しょうりょ》を抱いて生きているからである。

このように年齢を重ねることが罪悪である、という社会において人間は将来に明るい見通しを持つことができない。

なぜなら、人間は誰でも歳をとるからである。

そこで俺はそんな社会を改革したいと思っていろいろ考え、そして、「長幼の序」という言葉にいきあたった。

「長幼の序」という考え方が浸透すれば右のような不幸はなくなるからである。

俺はキャンペーンを張ることにした。

まずはテレビコマーシャル。

若い有名タレントが老作家や老名優にあっと驚く技術や知恵を教えられ驚くシリーズ。

年寄りを迫害する街のチンピラのうえに巨大な看板が落下してきて潰《つぶ》されるシリーズ。

いずれもローリング・ストーンズやエリック・クラプトンなど六十代ミュージシャンの音楽を使用する。

そして最後に、「長幼の序」というロゴタイプが画面を埋め尽くす。

そしてコミックの連載を始める。

絵が現代的で、主人公のファッション等、付随的要素が充実してさえいればストーリーは単純でよい。心の真っ直ぐな老人を大事にするダンサー志望の若者ケンと、同じくダンサー志望だが、老人を迫害する若者ジュン。

二人はライバル関係にあり、競争しながらプロのダンサーへの道を歩む。

ジュンはあらゆる面でケンに優れていて常にケンを一歩リードし、また卑劣な手段を用いてケンを迫害するが、最後の最後、これに合格すれば、プロになれる、というオーディションで、埼玉の畑の真ん中の小屋に住む、引退した元ダンサーの老人に知恵を授けられケンの方が合格する。

ジュンはこの結果にショックを受け、荒《すさ》んだ生活を送るようになるが、引退したやくざの親分とケンに助けられ、これにいたってジュンは初めて長幼の序の大切を知り、ケンと二人、「これからは長幼の序をまもり、老人を大事にして、楽しくダンスをしていこう」と誓い合う。

二人は早朝の新宿で朝日を浴びてダンスする。その様を元ダンサーの老人と元やくざの親分が頷《うなず》きながら眺めている。完。

みたいな話で十分だ。

それが二百万部ほど売れた段階で映画を製作、それに連動して新雑誌の創刊、ファッションブランド立ち上げ、イベント開催、うんとゴージャスで適度にエロチックな老人専用クラブをオープン、くらいのことをしておけばよいだろう。

後は理論的支柱として、作家の先生にお願いして、ずばり、「長幼の序・五常を生きる」みたいな本を書いていただき、ゲントー社から出して八百万部くらい売っておけばよいだろう。

みたいなところまで考えたが、しかし多くのプランが実現しなかった。そのとき俺が自由にできたカネは八百円くらいだったし、スポンサーの心当たりもなかったからである。

一応、デンツーやハクホー堂にも電話をかけてみたが、電話に出た、俺より遥か年下のネェチャンは俺を完全にバカ扱いして、話を聞こうとしない。

俺はこんなところにも、「長幼の序」が失われた弊害《へいがい》が現れていると思った。となるとなんとしても、「長幼の序」という考え方を世の中に浸透させなければならず、これしきのことで諦《あきら》める訳にはいかない。

そこで俺は、キャンペーンの規模を少し縮小して実行することにした。具体的に言うと、ことあるごとに、「長幼の序」「長幼の序」と言《い》い触《ふ》らして歩くという作戦である。

また、ただ言い触らして歩くだけではなく、「長幼の序」を実行、すなわち、日々の生活のなかで実際に年寄りを大事にしたのである。

そういうとしかし、私が若い頃から、「長幼の序」を重んじていたかのように聞こえるがそんなことはない。というか、俺は若い頃より、パンクという音楽のなかでももっとも低級な音楽を専門に演奏する楽団に入っており、なにしろ仲間には、演奏しながらチンポを丸出しにしたり、自分の身体を包丁で切って救急車で運ばれるなどという痴《し》れ者《もの》があったくらいで、そんな人倫みたいなものは積極的に鹿十《しかと》していたのである。

ではなぜ急に、「長幼の序」みたいなことを言い始めたかと言うと、まあ右には社会改良と書いたが、それはまあ立て前で、正直に言うと、自分が歳をとってきたというのが本音である。

つまり若いうちは、自分が若くて元気だから、「長幼の序」みたいなものは無視して年長者を敬わなかった。

しかし自分がだんだん歳をとってくると、今度は自分が軽侮される番になってくるのであり、それはムカツク。

と思ってムカついているところへ、別嬪《べっぴん》の客室乗務員が来て飲み物を配り始めた。

普段、生活をしていて別嬪に笑顔で飲み物を配ってもらうなどということはまるでない。まあ、女に飲み物を配ってもらうことはないことはない。しかし大抵《たいてい》の場合は不細工に仏頂面《ぶっちょうづら》で配ってもらうのだ。

だから、別嬪に笑顔で飲み物を配ってもらうのは心嬉《こころうれ》しい。

しかし、ただ一点、気に入らないのはナウ橋から先に飲み物を配ったという点で、ナウ橋はまだ三十そこそこなのに比して俺はもはや四十。「長幼の序」という点から考えれば、当然、俺を先にすべきだし、それにもっと気に入らないのはナウ橋には、目的地を尋ねるなどして個人的な会話を交わしたのにもかかわらず、俺には黙って飲み物を配ったという点で、年若のナウ橋に話しかけたのであれば、年長の俺には午飯《ひるめし》を一緒に食べるくらいのことを当然しなければならない。

ところがこの客室乗務員はそれをしない。というのは、「長幼の序」を知らないからで、かかる蛮挙《ばんきょ》を根絶するためにも、社会に、「長幼の序」という概念を広めていかなければならない。

それに関連して俺はコーヒーを飲みながら、子供の頃に読んだイソップ物語の、「アリとキリギリス」の話を思い出した。

有名な話なので知らない人はないと思うが一応、梗概《こうがい》を記すと、アリはやがて食べ物がなくなる冬が来ると思って秋のうちから一生懸命、食べ物を備蓄した。ところがキリギリスは、「このように大量の食べ物があるのにあのように懸命に働いているアリというのはアホとちゃうか」と言って、アリを軽侮、終日、ビオラを弾いて遊んでいた。そして冬がやってきた。アリは蓄えた食べ物を食べつつ安楽に暮らし、キリギリスは食べるものもなく、路上で凍死した、という話で、これを、「長幼の序」に置き換えて考えると、

アリはいずれ自分が歳をとる日が来るのを予測して四十代のうちから、「長幼の序」を説いて回り、また年長者を敬った。ところがキリギリスは、まだ若いうちからそんなことをするアリを馬鹿にし、年長者を軽侮してビオラを弾いて遊んでいた。

そして二十年後、その社会に、「長幼の序」を確立したアリは若い者に敬われ、また頼りにされて充実した老後を送ったが、キリギリスは、若いパンクのニイチャンに侮《あなど》られ、ニイチャンがビオラを貸してくれと言うので貸したところ、返ってきたときにはぼろぼろに壊れているうえ焼《や》け焦《こ》げまであり、いったいどうしたのだ、と問うたら、ニイチャンは、「ジミヘンの真似をしたのだ」とか言ってへらへらして弁償しない、みたいな憂き目にあうなど腹立たしい老後を送る。

ということになるのである。

そのように考えると当然、若いうちから、「長幼の序」を説いて損はない、というか積極的にそうすべきで、だから俺は四十代のいまから、「長幼の序」を説いているのである。

と言って、しかしそのことについて問題がない訳ではない。

というのは、いま私は損はない、と書いたが、実は損はあるのである。なにが損かというと、そうして俺が一生懸命、「長幼の序」を説いて歩き、その結果、社会が改良され、「長幼の序」が重視される社会になったとする。

その際、努力した俺以外に、なにもせず、気楽にビオラを弾いて年長者を侮っていた連中が、その恩恵を享けるようになるが、これはちょっと不公平ではないだろうか。そこはやはり努力した俺だけを敬って欲しいものだが、社会として年長者を敬うとなった以上、そういう訳にもいかぬのである。

というのはでも利己主義的な考えで、元は五常といって、人倫というか人間の生きる道を示したものであり、自分だけ敬え、などといってはいけない。

というかもっと言うと、自分が歳をとってから敬われたいから、いまのうちに貯金をするように敬っておくという功利的な考え方もいけないということになるが、そこは、まあ結果オーライ、というか、動機はどうあれ、結果的に人間的な道を説いているのだから、目をつむることにして、また、努力しないビオラ野郎が得をするのもやむを得ないこととして、俺は、「長幼の序」キャンペーンを実行に移したのである。

そんな折、俺より二回り年長の人から電話がかかってきた。いちいち、二回り年上の人というのも面倒なので、その人を仮に、宗田吉夫さんということにしよう。呼び捨てにしないで、さん、をつけてあるのはもちろん年長者に対する敬意である。

宗田さんは著名な演出家である。

年長なうえ著名。こんな人を敬わない訳にはいかない。仕事中に電話をかけてきて、ぶっきら棒な声で、

「マーチダか？」

という宗田さんに俺は、

「へイ。マーチダでございましてございます」とへりくだった。へりくだった俺に対して宗田さんは、海外旅行に行ってくれ、という意味のことを言った。

宗田さんは演出家であると同時に、テレビ番組制作会社を経営しており、海外旅行をする俺の姿を撮影し、それをエヌエイチケーに売って銭《ぜに》を儲《もう》けたい、とも言った。

最下層のエンターテイナーであった俺に、なんで宗田さんがそんなことを言ってきたかというと、俺が書いた小説が、どういう訳か有名な文学賞を受賞、マスコミの取材が殺到しており、いまだったらエヌエイチケーに売れる、と判断したからである。

もちろん俺が旅行好きであれば、一も二もなく引き受けただろう。

なぜならその費用は宗田さんの会社が出すのであり、他人のお金で旅行ができるとなればこんな嬉しいことはないからである。

しかし俺はまったく嬉しくなかった。

なぜなら俺は海外旅行が嫌いで嫌いで仕方なく、常日頃から海外旅行に行くくらいなら死んだ方がましだ、と思っていたからである。

しかもその様をカメラで撮影されるのである。

よほどの露出狂か自己顕示欲の強い人間でない限り、そこいらをぶらぶら歩いている姿をカメラで撮影されるのは苦痛で、海外旅行と撮影とふたつの不愉快が重なって、本来であれば即座に断るべき話であるが、しかし俺は結果的にこの話を引き受けた。

なぜなら、「長幼の序」という言葉を思い出したからである。

「長幼の序」はすべてに優先する。そして、宗田さんは俺より遥かに年上なのである。

俺は、

「ぜんぜんオッケーですよ。楽勝ですよ。行きます、行きます。むしろ、行かせてください。逆に」

と明るく答えて電話を切った。

思えばあれが間違いだった。

そう思って嘆息したとき、気流の関係か飛行機が大きく揺れて、熱い飲み物をこぼしたナウ橋が、わっひゃひゃん、と奇声を上げた。

長幼の序を重んずる俺のマネージメントに、宗田吉夫さんが社長を務める、(株)ヘック・ショイスという番組制作会社から電話がかかってきたのは、宗田さんから電話があってから一週間経った頃だった。

電話をかけてきたのは、蟇目《ひきめ》ヒシャゴというプロデューサーであった。

蟇目は、俺のマネージャーに、「とにかく会って話したいので面会可能な日を出すように。しかしこちらは忙しいので、複数の候補日を出すように」と言った。

それで複数の候補日を出すと、そのうちの一日を指定してきた蓑目から番組に関する資料が送られてきた。

会うまでに目を通しておけ、ということらしいが読まないでもだいたいの事が分かった。

なぜなら、その、「自分の精神の旅」という番組に出ないか、という話は、複数の番組制作会社を通じて、これまでも何度かあったからである。

しかしその都度《つど》、断ってきたのは一言で言えば旅行全般、特に海外旅行が嫌いだからであるが、もう少し詳しく言うと、この番組の趣旨にも関係しており、というのはこの番組は、出演者の動機、というのが最大のテーマであって、「出演者が訪問したいと強く願う海外のどこか」でロケーション撮影を行うのを、その趣旨、主題としていたからである。

つまり、どこに旅行するかは出演者が決める、ということである。

ただし、ワイハでゴルフをしてみたい、とか、香港に行って旨《うま》いものをたらふく食べ、靴やバッグをしこたま買いたい、などというのは駄目で、なぜ駄目かというと、この番組は、「自分の精神の旅」であって、「自分の物資の旅」ではないからである。

だから例えば、チェ・ゲバラを尊敬しているのでその終焉《しゅうえん》の地を訪れてみたい、とか、ショパンの音楽が好きなのでその生家を見てみたい、といった、精神的な旅行でなくてはならないのである。

しかしそれでも旅行好きの人は行ってみたいだろうし、まったくゴルフや食べ歩きができぬかというと、そんなことはなく、「ゴルフというスポーツの起源に興味がある」かなんか言ってイギリスかどっか知らんがそんなところに行ってゴルフをすることもできるし、「バルザックの小説に出てくるあの料理に出会いたい」かなんか言って、パリイでグルメの三昧境《ざんまいきよう》に浸ることもできるのである。

そしてその費用はすべて番組制作会社、ひいてはエヌエイチケー、ひいては国民が支払った受信料から出るのであり、自分は、ただ、テレビカメラで撮影されることだけを我慢すればよいのである。

と考えればこれは損得でいうと得な話かも知れず、正直に告白すると旅行は嫌いだが得をするのは比較的好きな自分が、ちょっといいかも、と思ってしまったのは事実である。

しかし結果的に断ったのは、脳漿《のうしよう》を絞るようにして考えたのにもかかわらず、その、行きたい海外、というのがまったく思いつかなかったからで、頭のなかに、「海外」という言葉が浮かんだ途端、反射的に、「行きたくない」という言葉が浮かんでしまう。

では、というので、「興味のあるもの」という風に考えもした。ところが俺の頭脳は腐っているのであろうか、頭に浮かぶのは、「蜘蛛《くも》」「猿」「かつを風味の本だし」「アンドレ・ザ・ジャイアント」みたいな文言ばかりで、海外旅行とはなんらの連関もない。

強《し》いて言えば、アンドレ・ザ・ジャイアントがガイジンという点が海外と連関しているが、だからといってなんになるというのだ。

アンドレ・ザ・ジャイアントの生家を訪ねるのか？　アンドレ・ザ・ジャイアントがよく行くバーに行ってみるのか？　或《ある》いは、直接、アンドレ・ザ・ジャイアントに会ってみるう？　いまなら磁気腹巻きマグネガードが二枚で八千円？

そのようなことをしたところで、

「ほーん。これがアンドレ・ザ・ジャイアントの生家ですか」

「おほほん。これがテキーラ・サンシャインですか」

「うむむん。あなたがアンドレ・ザ・ジャイアントさんですか。いっやー、実におっきな方ですなあ。うふふん」

程度の感慨しかないだろうということは自分のことなので容易に推察されるのである。それに、アンドレ・ザ・ジャイアントもう死んでるし。

だから今回についても、まあ一応は、宗田さんが電話をかけてきたのだから、まあ、一応、プロデューサーに会うだけは会い、右のような事情を説明して、宗田さんには後で謝ろうと思っていた。

ところがそうはいかなかったのであり、だからこそいま俺はナウ橋と一緒にシンガポール航空のロサンゼルス行きに乗っているのであって、人生というのはままならぬものだとつくづく思う。

その年齢を厄年《やくどし》も脱却した四十八〜五十三と推定される蟇目ヒシャゴは、一般に人が思い浮かべる、ちょっと前のテレビ番組プロデューサーのイメージをそのままなぞったような小男であった。

スタンドカラーのシャツ。ツイードの上着。短髪、口髭《くちひげ》。引き締まった体つき。自信と確信に満ちた態度。笑うくらいプロデューサー然としていて俺は思わず笑いそうになった。わははは。けれども笑う訳にはいかないのは、初対面の人に会っていきなり笑うのは無礼なことだし、それに宗田さんほどではないにしても一応、年長の方だし、長幼の序という観点からみてもやはり会うなり笑うということはできないと思ったからである。

蟇目はディレクターも連れてきていた。

笑福亭鶴瓶という落語家は若い頃、アフロヘアーに近眼鏡というスタイルで売りだしたが、稲村チャルべというそのディレクターは、太めの体型といい、天然パーマの髪形といい、細目に近眼鏡という顔つきといい、その頃の笑福亭鶴瓶に酷似していた。

しかし、よく見ると笑福亭鶴瓶とは決定的に違っている点があって、笑福亭鶴瓶が実は眼光鋭く表情の厳しい人であるのに比して、稲村チャルベはなんだか弛緩《しかん》しているというか、顔つきに締まりがなく、いかにものんべんだらりと日を暮らしている人という印象であった。

俺のマネージャーと俺がカフェに入っていくと、蟇目とチャルべはすでに来ていて、大きなガラス窓を背にこちらを向いて座っていた。

窓の向こうは庭園で緑が美しかった。

俺のマネージャーと俺が入り口側の席に座るとすぐに給仕が注文を聞きにきた。

蟇目はなぜか得意そうな大声で、

「僕はアメリカン！」と言った。

間髪を入れずにチャルべも、

「僕もアメリカン！」と言った。

やはり得意そうな大声で、「自分らはアメリカ人である！」と言っているように聞こえるが、実はそうではなく、「通常のコーヒーを湯で薄めたものをくれ」と言っているのである。

しかし、通常のコーヒーを湯で薄めて飲むのが、なにがそんなに得意なのかよく分からない。というか、アメリカンなどという言葉自体、聞いたのは久しぶりで、少なくともこの十年間、一緒にカフェに入ってアメリカンを注文した者はなかったように思う。と、そういえばいまから二十五年くらい前、俺がレコードデビューした頃は音楽業界の人で、「俺はアメリカン」という人が多かった。それも少し得意そうに言っていたような気がする。

俺は当時、デビューアルバムのプロデューサーに、「あなたがたはなぜいつもアメリカンを頼むのか？」と訊いたことがあるのを思い出した。

そのとき彼は、「俺たちは多数の人と喫茶店で会う。その都度、濃いコーヒーを飲んでいたら胃が荒れるので、アメリカンを頼むのだ」と言ったのだった。

つまり、蟇目とチャルベは、「僕はアメリカン！」と言うことによって、自分たちは忙しくて、いけてる業界人なのだ、ということを内外に宣言しているつもりで、だからあんなに得意そうに、アメリカン、と言っているのであり、その心理は、局内を自由に往来するための身分証を局外でも首からぶら下げて得意そうにしている下級スタッフにも相通ずるものがあるのであろう。

しかし、問題はいまどき、「僕はアメリカン！」という誇らしげな注文が意味するところを知る者はほとんどないということで、俺だって二十五年前の記憶を掘り起こしてやっと理解したのであり、それをいまだに誇らしげに言っているこの二人というのはいったいどういう人物なのか？

そう思って俺は二人の顔をまじまじと見た。

短髪、口髭の蟇目ヒシャゴは、俺は番組のすべてについての権限を有するプロデューサーだ、という顔つきで昂然《こうぜん》としており、初期笑福亭鶴瓶風天然アフロヘアーの稲村チャルべは、弛緩したにやにや笑いを浮かべていた。

最初に、ヒシャゴはチャルべを紹介すると言って、

「稲村はギャラシー賞もとっている優秀なディレクターです」

と言った。

私はその業界の人間ではないので、そのギャラシー賞というのが、どのくらい価値の

ある賞なのか分からなかった。ただ、ギャラシー、というのは、大阪の市井《しせい》では、いやらしい、という意味で使われるなあ、と思っただけであった。

賞とった自慢するやなんて、ぎゃらしい子ぉやなあ。

という風に。

しかし、せっかく自慢している相手にそんなことを言うのもなんなので、「あ、そうですか」とだけ言ったが、蔓目は不満そうだった。

或いは、「いっやあー、そんな凄い賞を受賞した人と一緒に仕事ができるなんて光栄だなあ。光栄です」とか言えばよかったのかも知れない。

しかし思ってもいないことを言っても、この場合、意味がないので言わなかった。

当のチャルベは弛緩してにやにやしていた。

それで自分たちの紹介が終わったと思ったのか、蔓目はふと黙った。

黙って面妖《めんよう》な顔をしている。

俺は、すぐにこれが、噂《うわさ》に聞く「だんまり作戦」であることに気がついた。

「だんまり作戦」のことについてはあるミュージシャンから聞いた。

「だんまり作戦」とはなにか。

そのミュージシャンの例で言うと、ミュージシャンは、「三カ月後に出す予定の新譜についての会議がある」と言われて呼び出される。

指定された時間にレコード会社の会議室に行くと、担当ディレクターや宣伝の担当者やその他のスタッフが待っている。最初はなごやかに雑談をする。ところがいざ本題に入った途端、スタッフはみな面妖な顔をするばかりで、巌《いわお》のように押し黙って一言も発言しない。

オフィスの会議室という事務的な場所で大人が五人も六人も集まって押し黙っているというのは、なんとも気まずいものである。

そしてミュージシャンというのは、基本的に陽気・浮気に毎日を笑って暮らしたい、と考えている者が多く、たいていのミュージシャンはこの重苦しい雰囲気に耐えられない。

それでどうするか、というと黙っていることができず、つい自分が司会して会議を進行してしまう。

内容やリリース時期、プロモーション戦略その他について様々のアイデア、プランを出し、意見を述べる。最新の業界の動向、情勢を分析する。過去の例を挙げつつ、今後の展開を予測する。

その間、スタッフは黙っているか、「うーん、それはどうなのかなあ?」などとネガティヴな意見を言うだけである。

そのネガティヴな意見に対しても、話しているうちについ熱くなってしまったミュージシャンは誠実に答え、事を前向きに進めようとする。

このことで得をするのは誰か、というと、当然、スタッフサイドである。

なぜならばスタッフは、自分の脳は1ミリグラムも使わずに、企画を進めることができるからであり、また、なによりも大きいのは、そうやってミュージシャン本人にアイデアを出させた場合、内外に対して、「本人の強い希望で……」と言うことができる。

いわゆる、「本人のモチベーション」というやつであるが、これのよいところは、仮に企画が失敗した場合、「なにしろ本人のモチベーションから始まった企画なので……」と言って自分が責任をとるのを回避することができるという点である。

もちろん成功したときは、

「いっやー、まったくなにも決まっていないゼロのところから立ち上げた企画でオレもこれについては随分苦労したよ」

などと恰《あたか》も自分が考えた企画であるように言い触らす。

といって、ミュージシャン本人の立てたプランを忠実に実行する訳ではない。

意見を言うだけ言わせておいて、ミュージシャンが出したプランやアイデアのうち、自分の気に入った部分だけを適当にアレンジして実行するのであり、気に入らなかったり、予算がかかりそうな部分は独断で容赦《ようしゃ》なく切り捨て、当人には、

「いっやー、ちょっと社内的にいろいろ難しくて……」

と言ってこれも他人のせいにしてしまう。

つまり、「だんまり作戦」によって人は、自分ではなにも考えないでおいしいところ

だけをつまみ食いしたうえ、手柄はすべて自分のものにし、失敗はすべてひとのせいにしてしまうことができるのである。

蟇目ヒシャゴがその卑怯《ひきよう》な戦術をとっているのは明白であった。

しかしこの場合、俺は最初から断ろうと思ってきている訳だし、こんな見え透いた、「だんまり作戦」にひっかかるほど、甘ちゃんではない。アマチュアではない。

問題がひとつあるとすれば俺も、どちらかというと人生を陽気、浮気に送りたいと思っているため、こうした暗い雰囲気に比較的弱いという点であるが、そこを明るくしようとして無駄話などすれば、自ら、「だんまり作戦」の罠《わな》にはまり込んでいくようなもので、その雰囲気に耐えるため、頭のなかでまったく別のことを考え始めた。

猿というのはいたずら好きで畑の作物を荒らしたり、子供のもっているポテトチップスの袋を奪って逃げたりするから迷惑だよね。でも、みてると可愛いところもあるよね。水害に遭《あ》ったら嫌だよね。よくニュースで床上浸水とか言ってるけどあんなになったらつらいよね。幸い、僕はまだあんな災害に遭ったことはないんだよね。パン食べたいな。

窓の外の庭園を眺めながらそんなことを考えていた。

俺のマネージャーも、ミュージシャンの話を聞いていたので、蟇目の沈黙を、「だんまり作戦」だと悟ってなにも話さない。

蟇目ヒシャゴは、いつかは俺らが話し始めるだろうと思って、「だんまり作戦」を続行する。

チャルベは弛緩してにやにやしていた。

打ち合わせと称して集まり、カフェのテーブルを囲んで俺も黙っているマネージャーも黙っている蟇目ヒシャゴも黙っている稲村チャルベも喋らない。

実に妙な光景である。

人間という生き物は曲がったものがあると真っ直ぐにしたくなるという習性を持っている。中途で途切れているものがあるとつなぎたくなる。政治家の人が意味のない道路を造りたがるのもこの習性ゆえで、彼らは執務室でぶつぶつに途切れた道路地図を見て、「あっ、こことここをつなげたら完璧《かんぺき》につながるのになあ」と切歯扼腕《せっしやくわん》しているのである。

つまりどういうことかというと、おかしい状況、間違った状況と思うことがあると、これをおかしくない状態にしたくなるということで、打ち合わせと称して大人が四人集まって黙りこくっているというのは明らかにおかしい、間違った状況である。

俺も人間である以上、この間違った状況を正したくなるのは当然で、俺は、「それで例の番組についてですが……」と話を切り出しかけてやめた。

それこそが彼らの、「だんまり作戦」の狙いだからである。

みすみす奴らの術中にはまってたまるか。

自らにそう気合いを入れつつ、なお、だんまりを続行した。しかしそれは実に苦しい作業で、俺は、この不自然な沈黙をなんとかしたい。本題が駄目ならせめて、「ギャラシー賞というのはやはり、ぎゃらしい人がもらう賞なのですか?」とか、「アメリカンうまいですか?」といった世間話でよいから話をしてこの気まずい沈黙から逃れたい。普通の打ち合わせがしたい、と思ったが、結句それが命取りになる。

そう思ったが、ただ耐えるのは苦しいので、まったく別のことを考えることにした。よく、他人が話をしているのに、心ここにあらずといった風情で、「うんうん」と生返事をしてろくに話を聞いていない奴がある。

なぜそんなことになるかというとまったく別のことを考えているからで、実に怪《け》しからん奴であるが、この場合は沈黙の苦しさに耐えるため、あの状態を意図的に作り出す。これぞ、「秘技・自己中だんまり返し」である。

みっつ向こうの席でサンドウィッチを食べている人があった。何度か頼んだことがあるが、ここのサンドウィッチは実に旨いのである。俺はサンドウィッチのことを考えてこの場をしのぐことにした。

つか、俺はパン食はわりと好きだ。しかしパンも昔に比べてうまくなったものだ。いまはいろんなパンがあるが、自分らが子供の頃は食パンと菓子パンしかなかった。食パンというのはトーストして食べるパン。要するに食事ということだ。菓子パンというのは、ジャムパンとかね、クリームパンとかね、あとメロンパンというのもあって、要するに甘いんだね。菓子なんだね。樫の木が生えているところでクリスマスというものは起こってきたのかね。ジングルベルジングルベル鈴が鳴る。鈴カステラというものも地球上にはあるのだが、妙義山中で鈴カステラを食べたら間違いなく反革命と言われただろうね。でも反革命は半革命であってもいかん訳だよね。半身な気持ちでいたらいかんよ。なんでも正面からぶつかって行かなければ。昔、荒勢《あらせ》という相撲取りがあってがぶり寄りが得意だったね。吉《よし》の谷《たに》は足取り。明武谷《みようぶだに》はつり出し。時代バラバラやっちゅうねん。昔はみんな個性があったけれどいまはみな平均的だよね。平均台の上ですき焼きをしたら気まずいよ。段違い平行棒に洗濯物をかけて怒られた人っているのかな、ああ、もう。ああ、もう。ああ、もう我慢ができない。

ついに耐えきれなくなった俺が、「それでですねぇ」と言ったのとほぼ同時に、それまで苦しそうな顔で窓の外を見つめて口のなかでぶつぶつ呟《つぶや》いていた蟇目ヒシャゴが、「あの」と言った。

「それでですねぇ」

「あの」

同時にそう言って俺とヒシャゴは譲り合った。

「どうぞ」

「どうぞどうぞ」

「そちらからどうぞ」

「いえいえ、そちらからどうぞ」

「いいえいいえいいえいいえいいえいいえいいえいいえ、そちらからどうぞ。どうぞ話してください。そちらからそちらから、いいえいいえいいえいいえいいえ」

「あ、では申し上げます」

勝った。

目の前に他人がいるのを無視してひたすら自らの随想に沈潜する、「秘技・自己中だんまり返し」で、卑怯な、「だんまり作戦」に対抗したものの、相手の「秘技・自己中だんまり返しカウンター返し」に遭い、すんでのところで敗亡するところであったが、なに、自分が辛いときは相手も辛かったのだ、ぎりぎりのところでなんとか押し返して相手に先に喋《しゃべ》らせることに成功した。

俺はそう内心で思って勝ち誇っていた。

しかし、おそるべしはヒシャゴである。ヒシャゴはすぐに別の攻撃を仕掛けてきた。すなわちヒシャゴは、

「お送りした企画書は見てもらえましたか」

と訊いてきたのである。

多くの、正道に生きておられる方々は、それのどこが攻撃なのか、ただ、書類を読んだかどうだかを確認しているだけではないかとお思いだろう。蓋《けだ》しその通りである。

しかし、卑劣と卑怯の連合軍、嘘《うそ》とまやかしが常態と化している外道の世界においてはこんな何気ない一言も奸計《かんけい》に満ちた悪辣《あくらつ》で陰険な罠《わな》なのであって、ヒシャゴが「企画

書は見てもらえましたか」と言った瞬間、俺とマネージャーは思わず互いの顔を見た。

長い間、外道に揉《も》まれてきた俺とマネージャーはこれが「すり替えご納得作戦」であることを一瞬にして悟ったからである。

「すり替えご納得作戦」とはなにか。

文字通り、「すり替え」て、「ご納得」させる作戦で、ではなにを「すり替え」、なにを「ご納得」させるかというと、まず、誰が依頼したか、をすり替える。

具体的にはどういう風にするかと言うと、ここで企画書をすでに読んできている俺が正直に、「読んできました」と言ったとする。したところ、ヒシャゴは、「それではそこは省かせていただいて本題に入らせていただきます」と言って、いきなり具体的な内容やスケジュールの話に入ってしまうのである。

しかし、その企画書なるものにはおおざっぱな企画の趣旨が記してある紙が一枚あるきり、というケースがほとんどで、特にギャランティー等の条件面についてはなにも触れていないことが多い。

ということはどういうことかというと、そのあたりについては面会した際に、補足的な説明があることを前提にした不完全な企画書であるということである。

こちらはそのような文面をただ、読んだ、と言っているのである。しかるにヒシャゴは、ただ読んだ、ということを、読んだうえで理解し了承した、とすり替え、本来なすべき、企画についてのより具体的な説明や条件の提示をスルーして、「それではスケジユールの話に……」と言って、より実際的な作業に入ろうとするのである。

そのようなことをして後日、問題が生じない訳がない。しかし、その場合もヒシャゴは、心から驚いたという顔で、

「え？　それはもう企画段階でご納得いただいたはずじゃないですか」

と言って、こちらが後になって文句を言い出した、という形を作るのである。

それができるのも自分が最初になにも明言しなかったからであり、わざと不完全な企画書を送り、「読んだ」という一言を、「了承した」とすり替え、互いの権利と義務の関係をいっさい明らかにしないまま実作業に入り、自らの都合のよいように事を進める。これが「すり替えご納得作戦」の全貌である。

しかし、『実録・外道の条件』から五年の歳月を経て、彼はそんな子供騙《だま》しにはひっかからない。蟇目ヒシャゴが、「すり替えご納得作戦」を展開しているのをすぐに見破り、なにか言おうとするマネージャーに目配せして、

「いえ。忙しくてまだ読んでないのです。説明していただけませんか」

と明るく言った。

蟇目は渋い顔をした。稲村チャルベは弛緩してにやにやしていた。

渋々、蟇目は説明を始めた。

しかし、その説明は投《な》げ遣《や》りで、おおざっぱな企画書に書いてあったことをさらに要約し、あなたが興味、関心のある海外に行ってくれればよい、というだけで、説明にな

んらの誠意も感じられない。また、何度も、「枠の色」という言葉を繰り返し、話がややこしくなると、「とにかく枠の色がありますから」とか、「枠の色は秋です」などと、無闇に、「枠の色」を振り回すが、こちらにはなんのことかさっぱり分からない。

そしてその説明がどうも高飛車で、これはいったいなんだろう、と考えるうちにひとつ分かったのは、蟇目ヒシャゴが人間というものを根本的に誤解しているという点で、蟇目ヒシャゴは、人間というものは例外なくテレビに出演したいと念願している生き物である、と信じて疑わなかったのである。

つまり、人間というものは常にテレビに出たいと念願している。しかしテレビに出演できるのは芸や容姿が人並み以上に優れた少数の人間のみである。したがって大多数の人間はテレビに出演できない。その出演したくてできない人間にテレビの出演話をもちかければ随喜して、そんなよい話をもちかけた自分を神のように崇め、自分の言うことはなんでも聞く、とヒシャゴはこのように考えているのである。

そう言えば。以前、似たような人が私の仕事場を訪ねてきたことがあった。

やってきたのはプロデューサーとディレクターという若い男二人と、肩書の分からない年配の女性である。

主に話したのはプロデューサーを名乗る男で、要するに新しく始めるトーク番組の第一回目のゲストとして出演してくれという話で、男は以下のような話をした。

番組の司会は、いまたいへんに人気があり何本ものレギュラー番組を抱えている「ヒユーマー課題」という漫才コンビが務めるが、この番組では、彼らのこれまでになかった一面、具体的には、知的な一面を強調したい。そのためにはどうすればよいかを考えた結果、作家をゲストに呼ぶことにした。というのは、お笑いタレントというのは、普段は毒舌《どくぜつ》を売り物にしているタレントでも、学者、医者などの前に出ると、つい敬意をあらわにしてしまうのだけれども、「ヒューマー課題」は、そのような相手でも物怖《ものお》じすることなく、笑いの種にしてしまうことができる。作家をゲストに呼ぶというのはそこで、彼らが作家をやりこめたり、小馬鹿にしたりしている様子が全国に放送されれば見ている人は、彼らは作家と呼ばれる人よりも頭がよい、と思うに違いない。このように考えて作家をゲストに呼ぶことにしたので、作家であるあなたに第一回目のゲストとして出演してほしい。

俺は話を聞いて驚き呆れた。

いったいどこの阿呆が、やりこめられたり、小馬鹿にされたりするために、わざわざ出て行くであろうか。

もちろん作家仲間のなかには、俺なんかと違って随分と頭の良いのもあり、そういう人なら、笑芸人にやり込められるということもなく、該博《がいはく》な知識、深い叡智《えいち》の一端を披《ひ》瀝《れき》、人をして、「ええこと言わはるわー」と感心せしむることも可能であろう。しかしテレビ番組の場合、録画したものをどのように編集するかについて出演者が与《あずか》り知るところではなく、賢いところは全部カットして、アホな感じに映っているところだけをつないで、いかにも、「ヒューマー課題」にやり込められているように作ることが可能で、ならばいくら頭がよくても無駄である。

それにしてもこの男はなにを言っているのだ、と俺は思った。

ここまで直截《ちょくせつ》に、芸人にやりこめられろ、というのはいったいなんなのだ？　と思った。なにか裏があるのか？　と思った。

そこで俺は相手が直截に言うのならこっちも直截に訊《き》いてやろうと、

「なるほど。作家である僕をやりこめて、『ヒューマー課題』が頭がよく見えるのはいいとして、それで僕にはなんのメリットあるんです」

と問うた。

男は、「はあ？」と言って怪訝《けげん》そうな顔をした。俺はもう一度、言った。

「それで僕にはなんのメリットがあるんですか」

二度訊かれて男は一瞬、絶句したがやがて肩を聳《そび》やかして言った。

「テレビに出ることができます」

今度は俺が言った。

「はあ？」

「だからあ、あなたはテレビに出演できるんですよ」

傲然《ごうぜん》と言い放つ運動選手のような体格の男の顔を俺はまじまじと見た。

男の鼻の穴から大量の鼻毛が噴出していた。

俺は優しく、「ゲラウフロムヒアー」と言って男に帰ってもらったが、なにも彼が特別という訳ではなく、たいていのテレビ関係者が多かれ少なかれそのように考えているのであり、蟇目ヒシャゴもまた、そのように考えて適当な説明をし、条件や内容を検討するまでもなく、出演は自明の理、として話をしているのである。

となればもはや話は簡単で、ここまでつきあったのも宗田さんが直接、電話をかけてきたからで、当初の方針どおり、「現時点で行きたいところもなければ、興味・関心のある事物もない」と言い、話を切り上げてしまうに如《し》くはない。

そのように考えて俺は言った。

「なるほど。よく分かりました。しかしですねぇ、困ったことに行きたいところがないんですよ。興味ある人物もいなければ、興味あるものもなくてね。まあ、まったくなににも興味あるものがない訳じゃないですよ。例えば僕は、前方後円墳というものに非常に興味を持っております。前方後円墳のことを考えると眠れないくらいです。しかし、それは例えば大阪府堺《さかい》市などに行けば済む話でしょう。なにも海外に行く必要はない。或いは僕は鈴カステラにたいへん興味があるのですが、あれとて日本独自のものでしょう?　なにも外国へ行くことはない。それに僕は、ねぶた祭りというものに自分でも驚くほど関心が……」

と嘘八百を並べたてていると、それまで弛緩してにやにやしていたディレクターの稲村チャルベが口を差し挟んだ。

「文学方面はどうですか」

「え?」

「海外の作家でお好きな作家はいませんか」

「ああ、僕はもうね、日本文学。これ一筋です。外国文学は一文字も読みません」

と、いくら俺が不勉強でもさすがに一文字も読んでいないということはないが、これくらい言っておかないと押しの強い彼らには通用しない、と思って言うと、チャルベがにやにやしながら言った。

「チャールズ・ブコウスキーはどうですか?」

「うっ」

俺は思わず絶句した。

なぜ俺は、チャールズ・ブコウスキーと聞いて絶句したのか。それは、その時点では数冊しか読んでいなかったものの、俺はチャールズ・ブコウスキーの、口唇的《こうしんてき》な文章と、暴力とユーモアが楽しく同居する物語内容が好きで、これからもどんどん読んでいきたいと思っていた作家であったからである。

絶句した俺に蟇目ヒシャゴが言った。

「どうですか?　ブコウスキーは?」

「実は、俺は、ブコウスキーは……」

「嫌いなんですか」

「……大好きなんです」

「じゃあ、いいじゃありませんか。ブコウスキーでいきましょうよ」

「それもいいかもしれませんね」

となって、ついに俺は、「自分の精神の旅」になんだったら出演しようか？　みたいなことになってしまったのである。

とはいえ、仕事には諸条件があり、スケジュールやギャランティーの調整がつかないと成立しない。そこで私のマネージャーと蟇目ヒシャゴが話をした。蟇目は、稲村チャルベがこの後直ちにアマゾンの奥地にロケーション撮影に出掛け、戻ってくるのが六月頃になる関係上、スケジュールは七月初旬から七月中旬の間で十日間、場合によっては六月末出発もあり得る、ということになって、とりあえず六月二十九日から七月十五日までを空けておくことにした。

俺のマネージャーが言った。

「ただし、いつまでも仮で空けておけませんので、日程は早めに確定してください」

ヒシャゴが言った。

「わかりました。早く決めて連絡します」

とそこまで決まってくると、やはり気になるのは内容のことで、「自分の精神の旅」である以上、俺の精神がブコウスキーについてどういう思いを持っているか先方に伝えないとならない、と思った俺はキープしておく日程が決まった時点でまた口を差しはさんだ。

「しかしあれですよね、これは、『自分の精神の旅』ですよね」

「そうです」

と蟇目ヒシャゴは、なぜか偉そうな口調で言った。

「ということはですよ、僕がブコウスキーに対してどういう見解を持っているか、話しておかなくていいですかねぇ」

と言うとヒシャゴは、

「ああ、はいはいはい。それについては後日、資料を送ります。本も送ります」

とごくあっさりした調子、とりつく島もない、という態度をことさら演じているような調子で言った。

「いや、そうではなくてね、本やなんかは自分で買いますが、実際の内容的なことをもう少しね……」

「あ、それについてはですねぇ……」

と、いままで弛緩してにやにやしていたディレクター、稲村チャルベが口を差しはさんだ。

「調べてみたらブコウスキーはいろんなところを放浪してるんですね。職を求めてアメリカ中を旅してる。そこでそのブコウスキーの旅した道のりをグレイハウンドバスに実際に乗って、ブコウスキーの生涯を追ってみたらどうかと思うんですよ。まあ、ニューオーリンズまでは最低、行きたいな。できればニューヨークまで行きたいんだけど、どうかな？　それは日程的に無理かな」

突然、具体的なことを言い始めたチャルベに俺は言った。

「ええ、それもいいかもしれません。しかし、これは僕の精神の旅ですよね？　ということは僕のブコウスキーへの興味や関心というのが取材のポイントになってくると思うんですけどね……」

「いえ、そうじゃなくね、つまり僕が言ってるのはマーチダさんにグレイハウンドに乗ってもらって車窓からの風景なんかもみてもらってね、そんな風にしながらブコウスキーの生涯を追う、という……」

「ええ、だから、それもひとつの方法ではあると思うんですよ。ただね、僕の考えを言っていいですか？　僕は作家の伝記っていうか、生涯っていうか、そういうのってあんまり興味ないんですよ。というより僕は作品そのものに興味があるんですね。だから、なにを撮影するか、どこに行くかというのは、やはり作品を精読して、その作品内容に対する興味から派生した撮影をしないと、『自分の精神の旅』にならないと思うんですけどね」

「ええ、そうなんだよね。だからブコウスキーの作品にも出てくるグレイハウンドに乗ってみるというのが一番いいと思うんだよね」

「ええ、そうじゃなくね、つまりこれは、『自分の精神の旅』ですよね。そしてこの場合、自分というのは僕ですよね、その僕の精神とグレイハウンドバスというのは、いまのところなんの関係もない訳ですよ。この時点でグレイハウンドバスに乗るというのが既に決まっているというのはおかしいんじゃないかな、ということなんですけどね」

「いえ、そうじゃなくね……」

と、チャルベが言うのを蟇目ヒシャゴが遮って、

「まあ、ともかくそう難しく考えないでなんとなく行ってもらえればいいんですよ。そういう枠ですから」

と言った。日程さえ決まれば後はどうとでもなると思っているのがみてとれるような口調だった。

「じゃあ、次回の打ち合わせの日程だけ決めておきましょうよ。僕は明日からアマゾンに行かなきゃならないんだけど、日程だけ決まってればそれまでに、僕もプランをまとめておきますよ」

稲村チャルベはそう言ってにやにや笑った。

「電話で連絡を取り合えばいいんじゃないかな」

面倒くさそうにヒシャゴが言うので、

「言った、言わないになると困るのでメールかファックスにしてもらえませんか」

と言うと、ヒシャゴはなお面倒くさそうに、

「わかりました。じゃあ、メールかファックスで」

と言うなり立ち上がった。

庭の眺めが美しいカフェを出た我々は、カフェの敷地内を道路に向かってぶらぶら歩き、道路にたどりついて左右に分かれた。別れ際に蟇目ヒシャゴと稲村チャルべがほぼ同時に、

「それじゃあ、よろしくお願いします」

と言った。

俺はなにも考えずに反射的に、

「よろしくお願いします」

と答えて二人と別れた。

数歩歩いて、おや？ と思った。いま俺は、間投詞《かんとうし》のように、よろしくお願いします、と言ったが、果たしてあの人たちによろしくお願いしますとお願いしてよかったのか？ という疑念が胸中をよぎったからである。

後日、よくなかった、ということが判明するのだが、その時点では俺はまだそのことを知らず、すうどんでも食べましょうかしら、などと気楽に思いつつ坂を下っていった。

西暦二〇〇二年五月十日のことである。

チャルべらと会った直後から、昨年から準備してきた新刊と新作CDのレコーディングやプロモーションの日程が切迫してきたので、六月二十九日から七月十五日のうちの、どの十日間になるかを、俺のマネージャーからヒシャゴとチャルべにそれぞれファックスとメールで問い合わせたが返答がなく、五月二十四日に、稲村チャルべからメールが来た。

メールにはまず、返事が遅れた理由が書いてあり、そのひとつとして、瓜破《うりわり》テレビの仕事で大阪に行った際、新幹線のなかでパーソナルコンピュータを盗まれ、メールが読めなくなったうえ、仕事に必要なデータも失い、編集ができなくなって混乱していた、ということが書いてあった。

推測するに、チャルべは新幹線のなかで仕事をしようと思ってノートパソコンを開き、仕事をしようと思ったのだが、コーヒーを飲むと頭が冴えて驚くほど仕事が捗《はかど》るかも！　などと考え、立ち上がって自ら、コーヒーを買いにいき、コーヒーのカップを片手に、弛緩した表情で戻ってきたところ、ノートパソコンはもはやそこになかった、みたいなことが起きたのだろう。

しかし、それは個人の事情に属することであり、ビジネスの局面で各人が各人の事情をそれぞれ言うと契約ということが成り立たなくなる、というのは例えば、

「先週が納期の例の品物はどうなりましたでしょうか？」

「あ、すみません（笑）。先週はですねぇ。豚が仔《こ》を産んでいろいろたいへんでねぇ、

「約束した品物を半年前に納品して、請求書も送ったのにまだ入金がないのですが、どうなっているのでしょうか」

「あ、すみません（笑）。昨日、そのお金を頭金にしてクルマを買っちゃったんですよ。ごめんね、てへへ」

「あ、クルマ買っちゃったんですか。だったらしょうがない」

みたいなことになって社会が成り立たない。

また、チャルベのメールには、蟇目ヒシャゴが二度、電話したが誰も出なかった、とあった。前回の打ち合わせで、連絡についてはメールかファックスで、と取り決めたのだがヒシャゴはそれを無視して電話をかけてきたらしい。

しかし、メールかファックスで連絡を取り合うと取り決めたのにもかかわらず、電話をかけて出ないから放置するというのは例えば、ドルで支払うと約束しながら人民元で支払おうとして、相手が受け取らないから払わない、というようなもので、それでは取引が成り立たない。

しかしまあ、それについては遅ればせながらこうして連絡がついたのだからよいとして、しかしその次が問題だった。

チャルベのメールには、日程については最低でも十五日、できれば二十日は必要、と書いてあり、その理由として、「通常、皆さん十五日ほど。ルートなど特別なことがあればそれ以上になる」「今回はグレイハウンドバスに乗ってニューオーリンズまで行く関係上、なるべく長い日程が必要」というふたつの理由が記してあった。それに続いて、月末に仕上げなければならない番組が三本あり、そのうえパーソナルコンピュータをなくすなどして大変であったが、これからはあなたのことに専念するのであなたも安心してもらって結構である、と記した後、

いまのところ、LA～グレイハウンド～エルパソ、テキサスなど～ニューオーリンズ～LAを考えていますが、フィラデルフィア、セントルイスも考えてます。

と書いてあった。

俺はコンピュータの画面に向かって、

「だーかーらぁ」と大きな声で言い、がっくり疲れて、その後の、『自分の精神の旅』やっ、ちゅうとろうもん、という言葉を言えなかった。なぜなら同様の不毛な問答を先日、繰り返したばかりであったからである。あまつさえここには当のチャルベはおらず、自己都合を一方的にメールで通告してくるだけである。

ということは、俺はいかにチャルベが勘違いをしているかということを、自分が勘違いをしているなどとは夢にも思ったことのないチャルベ自身にメールで伝えるより他ない。そこで、俺はメーラーの返信ボタンをクリックし、

メール拝受いたしました。かねてよりこの、『自分の精神の旅』という番組は、出演者の興味、関心に基づいて構成される番組であり、だからこそ、「自分」の「精神」の旅、と名付けられておるのだ、とうかがっております。そして今回の場合、この、「自分」というのは、私、マーチダであり、今回については、私、マーチダのチャールズ・ブコウスキーについての興味、関心に基づいて構成されるべきと愚考いたします。しかるに、今回の場合、そこを飛ばして、まず最初にグレイハウンドバスというのがあるのは、おかしいのではないかと私、マーチダは思うのですが……、

というところまで書いて、消去ボタンを押し、コンピュータが親切に、「この書きかけのメールを保存しますか」と訊いてくるのに、「保存しない」と答えて、これを消去した。

なぜそんなことをしたかというと、疲れてしまったからで、その疲れはどんな疲れかというと例えば、これからF1レースに出場するといって、ヘルメットをかぶって手袋をはめて張り切ってレーシングカーに乗り込んだ男に、「がんばれよ」と声をかけたところ、

「ええっと、前に進むためにはアクセルとブレーキ、どっちを踏めばいいんだっけ？」と真顔《まがお》で尋ねられ、これから費やすべき膨大な文言に思いを馳《は》せてなにも言う前から疲れてしまうみたいな疲れである。

俺はマネージメントに、とりあえず日程についての誤解だけは早急にただすように頼

んで、うたた寝をしようと思ったけれどもできなかったので、その日が締め切りの随筆原稿を書き始めた。

マネージャーは、先日、話をした通りロケーション撮影に行けるのは、六月二十九日から七月十五日のうちの十日間に過ぎない。六月二十九日から七月十五日までは仮で空けてあるに過ぎず、そう長くキープしておけないので早急に日程を確定していただきたい、という内容のメールを稲村チャルベに送った。

翌二十五日、チャルべから返信が来た。メールには、
お世話様です。調整ありがとうございました。では6月30日から7月14日まで、お時間をいただきたいと思います。

と書いてあった。

事務所のアドレスに届いたそのメールを別のコンピュータで読んだマネージャーと俺はほぼ同時に、「だーかーらぁ……」と叫んで絶句した。

ほどなくしてブコウスキーの本と資料が届いた。

本は、『ポスト・オフィス』『くそったれ！少年時代』『死をポケットに入れて』『町でいちばんの美女』『ブコウスキーの酔いどれ紀行』『勝手に生きろ！』『詩人と女たち』などであり、資料には、「マーチダ・コー、MEETS ブコウスキー」という題がつけてあった。

本は既に読んでいたものもあり、気になるところもあったので資料を先に読んだ。といっても、紙が三枚あるばかりで大したことはない。しかし、読み終えて思わず、あ「わたたたた」と呟《つぶや》いてしまった。本当は、「あたたたた」と言おうと思ったのだが、あまりのことに、「わたたたた」になってしまったのだった。この際、コノワタで冷酒でも呑《の》んでこましたろうか知らん、とも思った。

果たしてその資料にはなにが書いてあったのか？

一枚目と二枚目は枡《ます》で囲んだ表のような横書きの書類であった。まず、「マーチダ・コー、MEETS ブコウスキー」とタイトルがあった。

それ以降は枡で囲ってあり、下に進むに従って時間が経過することを表しているらしく、左側の一行に六文字しか入らない狭い枡に、LA・（〜1940）、などと地名と年が書いてあり、右の広い枡に文章が書いてあった。

このような書類を作るためにチャルベはパワーブックが必要だったのだ。

そして一番上の枡には、LA・（〜1940）、という場所・年号に続いて、

（少年青年時代　出自）

父親の虐待、母親の放置＝家族の喪失

悪性のニキビ＝思春期の孤独

書くこと、作家になることの決意

と、文字を左に寄せて書いてあり、枡の下の方に右に寄せて、

《名声》
ハリウッド、バロックブックストアー、ゆかりの書店
《クリーンアメリカ》
ロングウッドアベニュー２１２２番地
ロサンゼルス高校
《ドロップアウト》
ジョン・ファンテに憧れダウンタウン、バンカーヒル暮らし

と書いてあった。これがなにを意味するかというと、左詰めで書いてあるのはここで撮影されるべき主題を文字で記したものであり、右詰めで書いてあるのはその主題をどこでどのように撮影するかを、もう一段細かい主題を掲げつつ具体的に示したものである。

つまり、

「少年時代から青年時代にかけてブコウスキーはんは、お父ちゃんに苛《いじ》められ、お母ちゃんにほっとかれ、『家族の喪失』を体験し、ニキビがごっついのがコンプレックスで学校でも女子に相手にされへんで、『思春期の孤独』も体験して、内向する気持ちを字

ィで書いたろ、作家になってこましたろ、思たんやな」

ということで、具体的には、

「それ、番組に撮るためにはやな、わしは思うねんけど、ゆかりの本屋はん？　そこい行て、名声への憧れとかな、そんなんを表現したらええとおもうにゃ。後は、行っては った高校の。そこでは、クリーンなアメリカ、ちゅうのは、ほれ、エリートちゅうか、アメフトも強うて勉強もできておなごにもてるちゅうみたいな、いわゆる、ブライトヤングっちゅうやっちゃ、それを撮ってな、それに参加でけなんだブコウスキーはんの、思春期の孤独、を撮んにゃ。ええ考えやろ。ほんでおまえ、後はドロップアウトや。ブコウスキーはんが読んでごっつい影響受けて後年までその読書体験を語っとった、ジョン・ファンテちゅうおっさんに憧れて、敢えて住んだ、ダウンタウンちゅうとこな。そこへいたらええのんとちゃうけ？」

ということが書いてあるのであり、もちろんここにマーチダの精神はまったく反映されていないが、しかし驚いたのはその切り口があまりにも陳腐《ちんぷ》で紋切り型であることである。

右に、「家族の喪失」「思春期の孤独」と書いて、その後に、カッコ笑い、と書きそうになった。

『くそったれ！少年時代』という分厚い本を出したブコウスキーにしてみれば、それだけ言葉を費やして書いた自分の人生が、「家族の喪失」「思春期の孤独」という俳句よりも短い、たった十一文字にまとめられて、カッコ泣きだろう。

それで高校に行って、アメフトの試合やチアガールのネェちゃんを撮ったり、書店に行って本棚を撮影したりするのは、表現ではなく、「説明」である。

予《あらかじ》めわかりきったことをわかりやすく噛《か》み砕《くだ》いて、「説明」するのだから陳腐でありきたりになるに決まっている。

読者や聴衆が真に求めるのは、そうした、「説明」ではなく、「体験」であり、「発見」であり、「驚き」である。それが無理ならせめて、「解釈」が必要だ。

しかし、ここにはそんなものはまったくなく、同業者が作品を読み込んだうえで、同業者ならではの、これまでになかった角度からブコウスキーをみてみる、という発想はなく、自伝的な作品を多く残したブコウスキーの生涯の要約の要約の要約のうわっつらを通り一遍になぞることによって、「説明」しているに過ぎないのである。

LA・(〜1940)(少年青年時代　出自)に続く枡には、

LA〜西部〜ニューオーリンズ(1941〜)
(放浪時代　失われた日々の始まり　自己の確立・基礎)家からの独立　放浪　職業を転々　書き続ける
トレイルウェイのバス
フォートワース、ダルシー・ディトモアとの淡い思い出

エルパソ、旅の帰路ドストエフスキーとの出会い　公園での野宿、市立図書館
ツーソン、1967年ウェブ夫妻訪ねる　4年後ウェブ死去
ニューオーリンズ、バーの向かいの2階部屋　雑誌配送会社、新聞社勤務
1965年、ニューオーリンズ再訪
「ジ・アウトサイダー」編集長ウェブ夫妻
ウルスライン通り618
ケイジャンキッチンというカフェを経営するミニー・セゲイト宅に居候

とあった。フォートワース、エルパソ、ニューオーリンズといった地名はゴシック体で書かれてあり、ひとつ目の枡に比べると観念的な文言が少ないのは、ここからは打ち合わせの際、チャルベが固執していたグレイハウンドバスの旅になるからであろう。

しかし、人と作品を粗筋《あらすじ》としてしかとらえていないのは同様で、というか、具体的な分、その傾向はいや増して顕著で、若い頃、ブコウスキーは恰《あたか》も放浪するように職を求めて各地を転々としたが、その立ち寄り先を駆け足で追っている。

ロールプレイングゲームにおいて主人公は、ある目的を持って旅に出て、図式化された体験を重ねつつ経験値を上げ、また、さまざまのアイテムを得てこれをつかいこなし、ついに旅の目的を達成するが、チャルベの描こうとしているのはまさにこれである。

少年時代、「家族の喪失」「思春期の孤独」を体験したブコウスキーはヘミングウェイ

のような作家になるべく、バスに乗って各地を旅し、ダルシー・ディトモアやウェブ夫妻と出会い、作家になるための知識や仕事を得たり、ドストエフスキーの本などのアイテムをゲットして作家への道を進むのであり、冒頭の、（放浪時代　失われた日々の始まり　自己の確立・基礎）家からの独立　放浪　職業を転々　書き続ける、という文言は、その目的と状況を端的に表している。

　ひとりの作家をこのように考えるのが馬鹿馬鹿しいことであるのはいうまでもなく、なぜなら、ロールプレイングゲームが成立するのは、その主人公が単純化され図式化されているからで、ドキュメンタリー作品において生身の人間を同様に単純化し、図式化するのは無意味で無価値であるからであり、そんなことがしたいのだったら、ドキュメンタリー番組を創るのではなく、「やってくれるぜ！　ブコウスキー！　くそったれ作家人生」みたいなZ級ゲームソフトを制作すればよいのである。

　そして気になるのは書式になんらの統一された様式がないことで、ひとつ目の枡においてチャルベは、冒頭に、少年時代などとブコウスキーの人生のその時期に対する便宜的な呼び名と、出自、といったそこで撮影されるべき大まかな主題を（　）で括って提示、その下に、さらにグリッドを細かくした主題を、《　》で括って提示、その下に地名と撮影内容を記していた。

　ところがふたつ目の枡においては、冒頭の、（放浪時代　失われた日々の始まり　自己の確立・基礎）という表現を用いているが、その下の、父親の虐待、母親の放置＝家族の喪失、悪性のニキビ＝思春期の孤独、という事実とカッコ笑いな主題を＝で結びつける表現はなぜか用いられず、家からの独立　放浪　職業を転々　書き続けるという事実だけがスペースで連なっている。

また、その下の《　》で括られた、《名声》《クリーンアメリカ》《ドロップアウト》という表題風の表記がふたつ目の枡では完全になくなっていて、その代わり、フォートワース、エルパソといった地名がゴシック体で記され、それに続いて、そこでのロールプレイング風のトピックが書いてあるのである。

このような不統一はとるに足らぬどうでもよいようなことに思われるが、意外に重要なことで、なぜならば、その都度、思いつきで事を進めるが、思いついたことを持続的に発展させることができず、また、思いついてやりかけたことを途中でやめることになんら気が咎《とが》めることもなしに、また別の思いつきで事を進めるというチャルベの性格がここにみてとれるからである。

そして最後の枡には、

LA（〜1994）

（作家時代）ブコウスキーの確立　酒女博打

という表題があり、チャルベがブコウスキーの人生を三つの時代、すなわち、少年青年時代、放浪時代、作家時代、に分けてとらえていることがよくわかる。

そしてそれぞれの時代においてブコウスキーは、「家族の喪失」「思春期の孤独」→「自己の確立・基礎」→「ブコウスキーの確立　酒女博打」を体験したとチャルベは考える訳である。

と書いて思うのはチャルベの確立好きである。喪失や孤独を体験した者は通常、魂の恢復《かいふく》を願うはずであり、例えば作家は、その魂のために書くということをするのだと思う。しかるにチャルベは、失ったり傷ついたりした場合は恢復ではなく、自己や地位を別の場所に確立するべきである、ととらえる。

それが端的に現れているのが、「自己の確立・基礎」という表現で、つまりブコウスキーは、まず基礎を固め、その上に自己を確立し、さらにその上に作家ブコウスキーを確立した、とチャルベは言っているのである。

というとなんだか建築の話をしているようでブコウスキーがタイプライターに向かっているというよりは、自己を確立しようとして型にセメントを流し込んでいるような、そんな映像がみえてくる。

しかもその下には、酒女博打という奇怪な言葉が記してあり、いったいなんのことか、とその下を読むと、

詩人としての成功　名声確立

なぜトラウマのあるLAに戻ったのか？
彼の居場所は見つかったのか？
アルヴァラド通りのバー「グレンビュー」
ジェーンとの出会い
サンセット大通りのパフォーマンススペース「ザ・ブリッジ」
初めての詩の朗読
カールトンウェイ５４３６７番地のアパート
サンペドロの自宅
ランチョ・バロス・ヴァーデスにあるグリーンヒルズメモリアルパークの墓地

と書いてあった。

基礎工事がうまくいっていたためにブコウスキーはブコウスキーの確立の上にさらに名声までも確立したという訳である。

ということは、これがロールプレイングゲームであれば、所期の目的を達成した訳だからこれでゲームオーバーできる、ということだが、しかし、さすがのチャルべも、「はい、喪失と孤独を体験し作家を志しました。はい、家を出て放浪して基礎を確立しました。はい、LAに戻って名声を確立しました。以上。ランラーン」

ではさすがにまずいと思ったのか、その下に、

「なぜトラウマのあるＬＡに戻ったのか？」

「彼の居場所は見つかったのか？」

と唐突に問いを発している。

これは読者の興味を持続させ、読者を常にストーリーに引きつけておくための、また、ストーリー自体を牽引するための、いわゆる謎《なぞ》の提示であるが、その謎の提示は通常、冒頭近くで発せられるが、最後まで来て破綻《はたん》して、唐突に謎を発するやり方は、いかにもチャルベ的な手法だが、しかし、謎を提示した以上、謎解きは絶対に必要である。

つまり番組内でみなが納得する答えを示さなければならないということで、それについてチャルベはどういう答えを持っているかと、その先を読むと、また、「　」という新しい表記が現れるが、それはよいとして、まず、「グレンビュー」というバーでジェーンという女性と出会う、とある。

これは答えではない。なぜなら、その女性とは戻ってから出会ったのであり、ということは戻る理由ではないからである。

そして次に、「ザ・ブリッジ」というバーで初めての詩の朗読、とあるがこれも謎の答えというよりはその前にある、「詩人としての成功　名声確立」に対応するトピックであろう。

ということは、その後に答えがあるのかと思うが、その後には、アパート、自宅、墓地、とあるばかりで、まあ強いて言えば、「居場所は見つかったのか？」という問いに

対しての、

「初めはアパートに住んでいたが、やがて金ができたので戸建て住宅に移り、でも死んでしまったので墓に入りました」

と答えているとも言えなくもないが、そんな人はなんぼでもあるし、というかそれって別に普通だし、トラウマがどうした、居場所がどうしたという大仰《おおぎょう》な問いの答えになっているとはとても言えない。

　まさかこれで本当に番組を作ろうとしているのではあるまい、ともう一枚、紙があったのでそれを見るとその紙は、グレイハウンドバス主要都市間の所要時間表であり、黒丸とアルファベットで記した都市と都市の間を結ぶ直線上に、10とか13とか21といった数字が記してあるのであった。

　そして俺は、「わたたたた」と呟いたのであった。

　そしてコノワタで冷酒でも呑んでこましたろうか知らん、とまた思ったのであった。

　しかし家にはコノワタも冷酒もなかったので、実際にこの資料に沿って撮影をしたらどうなるのかを頭のなかに思い描いてみた。

　まず俺は、ブコウスキーの通っていた高校に連れて行かれる。画面にはまず高校が映って、それから俺が映る。通常の高校と通常のおっさんが画面に映っているだけで、それだけではなんのことか意味が分からないので、チャルベは俺に、「どうですか?」と訊く。

しかし、どうですかもこうですかもなく、いくらブコウスキーが通っていた高校とはいえ、いま現在は別にただの高校なので、思ったことをそのまま言えば、「高校ですね」と言うより他なく、「もっと詳しく」と言われれば、「門ですね」「窓ですね」「高校生ですね」と答えるしかないだろう。

しかしそれでは見ている人が白けるのであり、チャルベとしては、

「いっやー、これがブコウスキーの通っていた高校なんですねぇ。そう思うとなんかこう、胸に迫ってくるような感慨がありますね。ブコウスキーは著作の中で〈思春期の孤独〉について語ってますよね。まさにここでブコウスキーは孤独を体験していた訳ですよね。いっやー、わくわくするなあ、どきどきするなあ」

みたいなことを言って欲しいのであろう。

しかし、それが言えないのは、この番組が、「自分の精神の旅」であり、そしてこの場合、自分イーコール俺、であるからで、俺の精神が思ってもいないことを言うというのは嘘、やらせ、になるからである。それは自分の精神を偽ることでもあり、俳優として演技するのならともかく、自分の意見でもないものを自分の意見として満天下に向けて発言することは、俺にはできない。

となると駄目じゃないか、ということになるがひとつだけ方法がある。

それは二十年くらい前のテレビ番組、「立松和平・こころと感動の旅」における立松

た口調で、

和平の口調を真似るというやり方で、高校の前に立ち、地方訛《なまり》の若干ある、しみじみし

「高校だねー。ブコウスキーはここに通っていたんだねー」

と言うと、単なる事実を言っているのにもかかわらず、精神の深いところでなにかを感じているように聞こえるのである。これなら言葉としては嘘は言っていないので、ぎりぎりできなくもなく、とりあえず高校をそれで乗り切ったとして、次に連れて行かれるのは書店である。

書店というのはだいたいどこの国でも本が商ってあるのであり、特に変わったところも不審な点もなく、「どうですか」と訊かれても、「書店ですね」とか、「本がたくさんありますね」などと答えるより他ない。

しかし、チャルベは、

「いっやー、おっどろいたね。どうも。これがブコウスキーのよく通った書店なんですってね。わくわくするなあ。どきどきするなあ。だってそうでしょう? あの、あのチャールズ・ブコウスキーがここで本を買って、ヘミングウェイとか読んで、〈書くこと、作家になることの決意〉をした訳じゃないですかぁ。いわば、ブコウスキーの原点であり出発点じゃないですかぁ。僕はいまそこに立ってるんですよ。興奮するなあ、興奮するよ。興奮のあまり、つい少量のうんこをちびっちゃいました、って、嘘、嘘。ごめんなさい。いまんとこ使わないでください」

みたいなことを言って欲しいのだろう。でも、自分の精神の旅において心にないことは言えないから、やはりここでも立松和平調で、

「書店だねー。ブコウスキーはここで『武器よさらば』を買って読んだんだねー」

と言うより他ないだろう。

それから俺は、グレイハウンドの乗り場に連れて行かれ、「バスだねー」と言い、ニューオーリンズでは、「ジャズだねー」と言い、その他の場所でも、「公園だねー」「図書館だねー」「バーだねー」「名声の確立だねー」などと言った挙《あ》げ句《く》、最後はブコウスキーの墓の前に行き、「墓だねー」と言った後、「なぜ、ブコウスキーはトラウマのあるＬＡに戻ったのか」とオフで問われ、

「わからないねー」

と答えた後、小脇にブコウスキー詩集を抱え、夕陽に向かって歩いて行け、と命令され、通行人がカメラの前を通った、とか、途中でビデオテープがなくなった、などの理由で何度も何度も夕陽に向かって歩かされ、そのうえでやっと、帰っていい、と言われるのだ。

それはそれで、「稲村チャルベの精神の旅」としては成立するのかも知れない。

しかしつくづく思うのは、いったい誰がそんな番組を見たいだろうか、ということで、ブコウスキーの生涯を追うのであれば、よい本がたくさん出ているというのに、それを何十倍にも薄めたような、ぬるい映像にくわえて、おっさんが立松和平の物真似をして

いる様が重なるのであり、誰もそんなものは見たくないに決まっている。

頭のなかに、「ペーポーパー、ペーポーパー、ペーポーパー、ペーポーパー」という間抜けな旋律が鳴り響いた。

一九八七年に俺が作詞作曲してレコーディングした、『烏滸《おこ》の沙汰なり』という曲の旋律であった。


そして六月八日。何度かの行き違いを経て稲村チャルベ、蟇目ヒシャゴと再度の会談をした。場所は前回と同じく、庭の眺めの美しいカフェである。

五分ほど遅れて、しかし焦った様子もなく、悠揚《ゆうよう》迫らぬ態度で店内に入ってきたチャルベとヒシャゴは、私とマネージャーの姿を認めるや、あっちだ、あっちだ、と指差してすたすた歩いてきて腰掛けた。

ヒシャゴは泥沼みたいな色のシャツを着てツイードの上着を羽織り、チャルベはグレイみたいな肌色みたいな曖昧《あいまい》で汚らしい色のセーターだかなんだか判然としない丸首の服を着てコーデュロイの上着を羽織り、しきりに眼鏡をずりあげている。

いずれもノーネクタイ、ジーンズ姿である。

店内は空いており、ウェイトレスが直ちに注文を聞きにやってきた。どうせまた誇らしげに、「アメリカン」と言うのだろう、そう思ってみていると、思った通りヒシャゴは、「俺、アメリカン」と言って得意の絶頂みたいな顔をしている。

アメリカンと言ったばかりでこんなにも得意そうにするなんておかしな人だよう、と思ってヒシャゴの顔を見たが、ヒシャゴは相変わらず髭を立てて昂然《こうぜん》としている。一度、この男がしょんぼりした様子で、カプチーノを注文するところを見てみたいものだ、とそんなことを思う僕もまた奇妙な人だよう、と思いながら、どうせチャルベも誇らしげに、「アメリカン」と言うのだろう、と思ってみていると、案に相違してチャルベは、ややしょんぼりした調子で、「僕、アメリカン」と言ったので意外の感に打たれた。

いったいどうしたのだろうか。

そう考えて思い当たるのは、マネージャーからヒシャゴに送った、チャルベに送ったメールと同じ内容のファックスで、すなわちマネージャーは、

撮影のために空けられるのは、六月二十九日から七月十五日のうちの十日間に過ぎない。六月二十九日から七月十五日までは仮で空けてあるに過ぎず、そう長くキープしておけないので早急に日程を確定していただきたい。

という内容のファックスをヒシャゴ宛に送り、さすがにプロデューサーであるヒシャゴはチャルベと違って内容を正確に理解し、チャルベにわかりやすく伝え、がためにチャルベはしょんぼりしているのであり、そしてその際、内容についても、「自分の精神の旅」である以上、マーチダの興味・関心が重要であると思われるが、現状の構成案はマーチダの興味・関心とはかけ離れたものである、ということも書き添えたので、それを気にしてしょんぼりしているのかもしれない。

しかし、いくらチャルベがしょんぼりしているからと言って、実際は興味も関心もないのに、さも興味・関心があるかのようにカメラの前で振る舞って世間を欺《あざむ》くことはできないし、カリフォルニアなんてところまで行って、わざわざ立松和平の物真似をする必要もない。日程のことはマネージャーに任すとして、内容については俺がひとつ、がーん、と言わないとあかぬだろう。

そう思った俺が、「あのですね……」と言いかけたのとほぼ同時にチャルベが、「実はですね……」と言ってふたりとも一瞬、黙った。

「あのですね……」

「実はですね……」

「どうぞ」

「どうぞ」

「あなたからどうぞ」

「あなたからどうぞ」

「いえいえ、あなたからどうぞ」

「そうですか。じゃあ」

そう言ってチャルベは、「実はグレイハウンドバスに乗れなくなってしまったんです」と深刻な口調で言った。

どういうことかと言うと、9・11のテロ以来、警備が恐ろしく厳重になり、カメラや照明といった撮影機材をバスの中に持ち込むことが禁止された、というのである。

なるほどそんなこともあるだろう、と思うが、違和感を感じるのは、そのことがなければチャルべは自身のプランを変更するつもりがなかった、という点で、チャルべは日程や内容についての我々の要望を受け入れるつもりがまったくなかったのである。

しかしとはいうものの、グレイハウンドバスに乗れなくなったということは、いまやプランはまったくの白紙、ということで、ということはこれから自分の興味・関心について話し合って新たなプランを立てればよいということである。

そう思って俺はチャルべに言った。

「ということは、もう一度、一から構成を考える必要があるということですよね」

「ええ、グレイハウンドに乗れない訳ですからね」

と捨て鉢のように言うチャルべに俺は自分の考えを述べた。

「結局ね、作品がすべてだと思うんですよ」

俺はそんな風に話を始めた。

「前回も申し上げたと思うんですけどね、やっぱり作家はその作品だと思うんですよ。だからどっかへ行くとしても、あの作品に出てきたあの風景、とかね、あの作品で主人公が食べてた料理、とか、そういうものじゃないと意味ないっつうか、そうじゃないと見てる人と共有するものがないと思うんですよぉ。具体性がないっつか。そいで、これは、『自分の精神の旅』な訳ですよね。で、この場合の自分っていうのは僕のことじゃないですかぁ。だったら僕の精神が興味を持った作品を中心にして番組を構成するべきだと思うんですよぉ。普通に考えて。けど稲村さんの構成だと、なんつーか、こういっちゃなんだけど、その切り口自体、稲村さんの考えたブコウスキーじゃないですかぁ。となると番組の趣旨が違ってきちゃうつか。これって、『稲村チャルベの精神の旅』なの？　みたいな。後、その切り口も観念的っていうか、〈思春期の孤独〉とか、〈名声の確立〉とかそんなんで、映像的じゃないじゃないですかぁ。そういう表現はやっぱり文章表現に敵わないし。後、作り自体が、伝記的っつーのかなあ、ただ粗く、粗筋的に生涯を追っかけてるだけじゃないですかあ。それって見てる人は面白くないと思うんですよね。ブコウスキー読んでる人には退屈だし、読んでない人には興味持てないし。それだったらいっそ作品を徹底的に紹介した方がいいと思うんですよ。映像的に読み込む、みたいにして。つかまあ、だからどうせ新たに構成案を作り直す必要があるなら、そういうね、生涯を追う、みたいなのはやめて、いま言ったみたいな作品中心のね、人となりを語るにしても、まず作品を入り口にする、みたいなね、そんな考えで行くべきだと僕は思うんですよ」

チャルベにもわかりやすいように噛み砕いて話したつもりだった。チャルベもときおり、うんうん、と頷きながら聞いていた。

少し間をおいてチャルベが言った。

「ええ。言うことはわかりますよ」

「でしょ、だったら……」

　と俺が言いかけるのを遮ってチャルベが言った。

「でも、グレイハウンドに乗れないんだから、どうしようもないんですよ」

　そう言ってチャルベは、「はあー」と大きな溜息をつき、頬杖《ほおづえ》をついて、心底困り果てた、という体《てい》で窓の外を眺めた。

　つまりチャルベはまったく一〇〇パーセントアブソルトリー完璧に、人の話を聞いていなかったのである。

　そのことがわかった瞬間、俺は、「あー」と息が抜けたような声を出し、額に手を当てて、心底困り果てた、という体でうなだれた。

　俺とチャルベがふたりながらうなだれてしまったのを見て、ヒシャゴが言った。

「まあ、内容のことはおいおい考えるとして、まずは実際的な問題として日程からつめていかないといけない訳ですが。ええっと、いろいろ言ってましたが、結局、どこがオッケーでどこがNGなんですか」

「それは先日、お伝えした通りです。一応、六月二十九日から七月十五日まで仮で空けてありますが、実際に差し上げられる日程はそのうちの十日間です。というか逆に、そろそろ他の日程に支障が出てるんで、うちとしては早くフィックスしてもらいたい、と何度も申し上げてるんですが」

　マネージャーがそう言うと、ヒシャゴは、「ああ、そうでしたか」ととぼけたような

声で言ったが、頬杖をついて庭園を眺めしきりに嘆息していたチャルベが途端に、

「ええっ？」

と半ば驚き、半ば抗議しているような声を上げて我々に向き直った。

チャルベは言った。

「日程は全部もらってるはずですけど」

「そんなことは言ってませんよ。前回の打ち合わせでも申し上げましたし、メールにもファックスにもそう書いたじゃないですか」

「でも、僕はいつも相手が誰であれ、最低二週間はもらってます」

「けど、最初に十日しか空けられないと申し上げましたよね」

「けど、十日間しかないとなるとやれることは限られてきますよ。グレイハウンドにも乗れない訳だし……」

そう言ってあからさまに不服なチャルベは、また、「はあー」と溜息をついた。

グレイハウンドに乗れないということ以外、なにも考えられない様子のチャルベになにを言っても無駄だということがわかり、俺とマネージャーが無言でうなだれていると、ヒシャゴが、

「ひとつ申し上げておくことがあります」

内容についても日程についても合意できないで物別れに終わりそうな話し合いの、もつれた糸をほぐすべく、プロデューサーのヒシャゴが口を開いたのだ、と当然思った。

ところがそうではなかった。

ヒシャゴは言った。

「ひとつ申し上げておくことがあります」

「なんでしょうか」

「今回の旅についてはニシダさんは同行しないでいただきたいんです」

ニシダというのは俺のマネージャーの名前であるが、ということはどういうことかというとマネージャーを帯同するな、と言っているのである。蓋《けだ》し暴論であるが、ヒシャゴがそのようなことを言う理由がわからない。

おまえはマネージャーを同行するような器ではない、といいたいのか。或いは、ただ単に費用を節約したいだけなのか。いずれにしても失礼な話で、こちらから売り込んだ仕事ならいざ知らず、懇願されて引き受けた仕事で、いきなり喧嘩を売るようなことを言う意味がわからない。

わからないことは素直に聞けばよい。そう思って、

「仰《おつしや》る意味がよくわからないのですが」

と問うた俺にヒシャゴはにやにや笑いながら言った。

「っていうか、マネージャーとか言ってるけど結局は奥さんじゃないですか」

なるほどそれを言っているのかと思った。確かにニシダは俺の戸籍上の妻であった。

妻が代表を務める会社と俺が顧問契約を結び、月々の顧問料を払って各種管理や出版

にあたっての宣伝その他のサポートをしてもらっていたのである。

　俺は言った。

「それがなにか問題ですか」

「大いに問題です。僕は以前、マーチダさんがドラマの現場に奥さんを連れてきたと聞いて、前から問題だと思っていたんです」

「あなたは奥さん、奥さんと言うが、彼女は僕と知り合う前から現場の経験があるんですよ。実は昔、宗田さんの現場にもいたことがあったそうです。僕もこの間、聞いて驚いたんですけど」

「あー、そうなんですか」

と言うヒシャゴに驚いた様子はまったくない。ヒシャゴはなおも言った。

「けどまあ、なんだかんだいって奥さんな訳じゃないですか」

「そうですけど、じゃああなただって家に帰れば旦那さんでしょう。誰だって職業人としての顔と家庭人としての顔があります。いま彼女は職業人としてここに来ているのであって、家庭人として来ているんじゃありません。そのひとつの根拠として、僕は彼女に毎月、安くない顧問料を払っている。つまりその分は仕事をしてもらってるということなんですよ」

「ええ、まあね。奥さんが代表とか、お母さんが代表とか、そんな会社は珍しくないですよね」

そう言ってヒシャゴはまたにやにやした。つまり実際には仕事をしていない家族が社長の会社を作って収入を分散し、節税をしようとしているのだろうというのである。しかし俺の場合はそれとは違って本当に仕事をしてもらっている。俺は慌《あわ》てて言った。

「違いますよ。そういうんじゃないですよ。彼女には本当に仕事をしてもらってるんです。それは例えば俺らが仕事してる編集者に聞いてもらえばわかりますよ」

「あ、そうなんですか」

「わかってもらえましたか」

「しかし、奥さんが現場に来たんじゃ現場が成立しないからね」

ヒシャゴは薄ら笑いを浮かべてそう言った。まったく人の話を聞いておらず、また聞く意志がないのだ。俺は再びうなだれて上下にバウンドした。

話を聞いていたニシダが言った。

「仰ることはわからなくもないんですが、しかし、マーチダはこの仕事だけじゃなくて別の仕事も抱えてるんですね。そうした仕事の連絡や報告がしょっちゅう入る関係上、私が同行しないとまずいんですよ。本人と連絡が取れなくなってしまうわけですから」

「それは私のケータイに連絡をもらえればいいですよ。私がマーチダさんに伝えます」

「無理だと思います。具体的に申し上げますと、まず今月末発売の新刊のプロモーションについての各種連絡が入ります。それから来月頭にオンエアが始まるテレビ番組、これはマーチダが番組ＭＣとそれから企画を担当しているもので、それについての打ち合わせがあります。さらには再来月にシングルを出すのでそのプロモーションがあって、それにくわえて通常の連載、さらには小説誌の締め切りがあって、その全体の進行状況を把握しているのは私だけです。連絡が入るたびに私が直接、マーチダと相談しないとなにもきめられないのです」

ニシダがそう言うとヒシャゴは露骨に不機嫌な顔で言った。

「それはそうかも知らんが、こっちにはこっちの事情があるんですよ」

ニシダが問うた。

「それはどういう事情ですか」

「だからさっきから言ってるじゃないですか。奥さんが来ると現場が成立しないんだよ」

「なぜ、私が行くと現場が成立しないんですか」

「だって、なんだかんだいって結局、奥さんじゃないですか。仕事場に日常を持ち込んでほしくないんだよ」

「そんなことはしません。仕事中にプライベートな事柄についてマーチダと話すことはまずあり得ませんし……」

「いや、そんなことはない。結局は身内ですからね。というか僕は仮に奥さんじゃなくてもマネージャーの同行そのものをやめてほしいんです」

「なぜですか」

「つい甘えちゃうんですよ」

「甘えってなんですか」

　俺が問うと、ヒシャゴは、「以前ね……」ともったいぶった口調で話し始めた。

「以前、ある往年の大女優さんと旅番組を作りました。私は彼女に、マネージャーを同行せず、ひとりで旅をするようにお願いしました。彼女は番組の趣旨をわかってくれて、ひとりできてくれました。彼女は女優でしたからそれまでは周囲の人がなんでもやってくれてた訳ですよ。ところが彼女は今回はひとりですからなんでもひとりでやらなければならない。しかも勝手のわからない、言葉もよく通じない海外です。彼女は戸惑うことばかりで、バスの切符ひとつ買うのにたいへんな苦労をするなどしたんです。その結果、どうなったかというと、そうして周囲で自分を守ってくれる人がない状態になって初めて彼女は心を開いたというか、女優としての顔を捨て、本音を丸出しにしてひとりの人間として人や景色と接する彼女の姿を撮影することができたのです。この番組はとても好評でした。僕はマーチダさんにもそういう旅をしてほしいんです」

　ヒシャゴの言うのを聞いて俺は驚き呆れた。

　まあ、一言で言うと、その人の素の顔を撮影したいと言っているのであり、そのこと自体が著名な人の素顔を覗《のぞ》き見《み》したい、という考えに基づいているのであって、まあ現今のテレビ番組などというのはほとんどがそうだが、大いに勘違いしているのは、そのような手法で私の素顔は撮影できないという点である。

もし俺が普段から身の回りの一切を自分でやらず周囲のスタッフにやらせていたのであれば或いはそれは可能かも知れない。彼の言う女優のように。

しかし俺は女優ではない。というか男優ですらない。

俺は小説家で、しかもベストセラーをばんばん出してワイナリーやフェラーリを所有して夜ごと豪遊するような小説家でもなく、世間的にはマイナーな小説家である。

俺は自分で切符を買うし、焼きそばを作りたいなと思ったら小銭を握りしめて自らキャベツや豚肉を買いに行くのである。しかもその際は気楽なサンダル履きである。東急ハンズに行ってパテを買ったこともあるし、電球や餃子の皮はしょっちゅう買っている。中古車センターで国産中古車を買ったこともあるし、ホームセンターで九官鳥の餌を買ったことさえあるのだ。

というか小説を書くということ自体、漢字や平仮名や片仮名を紙に一文字ずつ、つぶつぶ書いていくという地道きわまりない仕事で、その点について特にスタッフにやってもらうことはない。というか、いちいち横について文字の変換とか資料の朗読とかされた日には喧《やかま》しくて小説を書いていられない。頼むから帰ってくれ、と言うに違いないし、そんなことはしないまでも、書いている最中に横について、「がんばって」「ファイト、ファイト」などと励ますなどされたら、とりあえず執筆を中断してそいつを殴るにきまっている。

つまり、多くの小説家は、女優と違ってマネージャーや付き人なしに、なんでも自分でやっているのであり、同行をさせなかったからといって、ヒシャゴが言うような点においてはなんら変わるところはないはずである。

というか、そのヒシャゴの女優ということ自体が、自ら往年の大女優と言っているように時代錯誤的で、トーク番組や簡易ウェブ日記でがんがん自分を主張している昨今の娘さんが、そんな昔の銀幕のスターみたいな日常生活はおそらく送っておらないはずである。

そこで俺はヒシャゴに言った。

「しかしですねぇ、蟇目さん。僕は往年の大女優でも銀幕のスターでもなく、小説家なんですよ。普段、ひとりで電車に乗ってどこにでも出掛けていきます。お付きが付くなんてことありません。あなたの言ってることは、僕に関しては意味ないですよ」

「けどあれでしょう。マーチダさんは海外は慣れてないし、英語も話せないんでしょ。だから僕の考えてるのはね。僕と稲村は先乗りしてます。先にね、ロケ地に行ってます。それでマーチダさんにはカメラマンと二人で来てもらう。グレイハウンドは駄目な訳ですから、レイルロードになるでしょう。そこで英語もろくに話せないマーチダさんが四苦八苦して切符を買ったりね、買えなくて焦ったり泣いたりしてるところを撮れば、素の顔が撮れるじゃないですかあ。けど、そこにマネージャーが同行していたらマネージャーがさっさと買っちゃう訳ですからね。マーチダさんが慌てたり泣いたりしてる顔が撮れなくなる訳じゃないですか」

と本人を目の前にしてそんなことを言うヒシャゴに、俺もニシダも呆れてしまい、

「え、それって……」

と言ったきり絶句してヒシャゴの顔を見たが、ヒシャゴは、「どうだ。まいったか」と言ってるみたいな、「ははは。ぐうの音《ね》も出まい」と言っているみたいな、「ははは、論破してやった」と言ってるみたいな顔をし、口髭をひねりつつ傲然と胸を反《そ》らし、自信たっぷりな目つきで俺とニシダを交互に見ていた。

「あなたはすっかりつかれてしまい、生きてることさえいやだと泣いた」

という歌の文句が頭に浮かんで、俺はうなだれてバウンドした。

同様にバウンドしていたニシダが暫《しば》くしてから気を取り直して言った。

「しかし、先ほども申し上げましたように別の仕事も進行中です。いろんな連絡が一斉に入って、ゲラも来ますし、とにかくマーチダひとりでは収拾がつかなくなります」

「それが困るんですよ」とヒシャゴは不機嫌そうに言った。

「この仕事に集中してもらわないと」

「それはわかりますが、こちらにはこちらの条件が……。では、こうしましょう。私も他の仕事を抱えていてできれば東京を離れたくないので、私が奥さんでまずいというのであれば新作CDのパートナーの方のマネージャーでナウ橋さんという人がおります。この人なら仕事の進行状況もある程度把握しておりますので、この人に同行してもらうということではどうでしょうか」

「うーん。しかし、僕としてはマーチダさんひとりで来てもらいたいんだな」

　と渋るヒシャゴにニシダは、

「わかりました。それではこのお話はなかったことにしましょう」とさっぱりした口調で言い、俺のほうを見て、「いいですよねぇ」と問うので、「もちろん。お互いの条件が合わないのならやめておいたほうがいいだろう」と答えると、再びヒシャゴに向き直って、

「ということです。先ほど申し上げた現在進行中はこのお話をいただく随分以前から進行していたものばかりです。後から決まった仕事のためにそちらを犠牲にする訳にはまいりませんので、申し訳ありませんが、このお話はなかったことにさせていただきます」

　と言った。ヒシャゴがやや慌てた。

「そ、それは困ります。ぜひともお願いします。いろいろ無理を言ってすみません。なにしろ俺らテレビ屋なんで、ご立腹ならお許しを」

「別に立腹はしてませんが、お互いの条件が合わないのであれば仕方ないでしょう」

「ええ、しかしそこをなんとか」

　と懇願されてニシダが言った。

「では、ナウ橋さんの同行を認めてもらえますか」

「うーん。でもその人はなにくれとなく面倒をみてマーチダさんの切符を買っちゃった

りする訳でしょ」

俺は耐えきれなくなって言った。

「あの、僕はカリフォルニアまでバスの切符を買いに行くのでしょうか」

やる気なく、そっぽを向いていたチャルベが捨て鉢みたいな口調で言った。

「それはありませんよ。だってグレイハウンドに乗れない訳だから」

「いや、それはどうでもいいんですけどね」

「いや、どうでもよくないですよ」

「とにかく……」

とニシダが割って入った。

「そちらも事情がおありでしょうが、こちらにも事情があるんですよ。だから私は外注マネージャーというところまで譲歩したんですけど」

「ええ、ですからね、説明しますとですね、この枠というのはやはり、そうして海外をひとりで旅してですね、そこでなにかを得る、感じる、というそういう枠なんですね」

「それはわかってます」

ニシダと私がほぼ同時に言うとヒシャゴは驚くべきことを言った。ヒシャゴは、

「わかってるんだったらその内容に共感してほしいんですよ。その内容に共感すれば仕事に日常を持ち込むな、っていうのがわかるでしょう」

と言ったのであった。

これはどういうことかというと、或いは、「よい作品を創るという理想のために現実を犠牲にしてくれ」と言っているかのように聞こえる。多くの良心的な、または芸術的な作品はこのようにして創られることが多い。なぜなら、最初から多くに売ることを目的とした作品のような過剰な説明や装飾がないため、出資者がなかなかみつからなかったりするからである。

ところがヒシャゴの、「内容に共感しろ」という発言が、「よい作品を創るという理想のために現実を犠牲にしてくれ」という意味でないのは、これまでのヒシャゴの、「まー、なんとなく行ってくれればいいんですよ」という発言や、チャルベのまったく人の話を聞かない態度からも明らかである。

理想のために現実を犠牲にするのであれば、そこにいる全員がそれぞれの現実を犠牲にするはずである。ところがヒシャゴは自分たちの現実はまったく犠牲にせず、こちらの現実だけを犠牲にしようとする。ということはどういうことかというと、ヒシャゴは、「理想のために現実を犠牲にしろ」と言っているのではなく、「俺のために現実を犠牲にしろ」と言っているのであって、俺と理想を巧妙にすり替えているのである。

これは言葉を変えて言うと、「俺の女になれ」と言っているのと同じことである。

そしてこういうことを言う人というのは、自分の女である以上、どんなひどい目に遭わせても笑ってこれに耐えるのが当然、と思っているのである。

という風に我々はヒシャゴは驚くべき暴論を唱え始めたと思ったが、しかしヒシャゴがそのような暴論を吐いて昂然としているのは、それを暴論と受けとらない人がいるからで、それはおそらくヒシャゴの女になりたい人、すなわち、なんとしてでもテレビ番組に出演したい人であろう。

しかし俺は別にテレビ番組に出演したい訳ではなく、元々は宗田さんに直々に頼まれたからだし、それだって途中で断ろうと思ったのをブコウスキーが好きだったので、おもしろいかな、と思っただけで、でもチャルベはイカレポンチだしヒシャゴは俺の女になれと言ってくるし、ここまでつきあっただけで十分だろう。

そう思った俺はニシダのほうを向いて言った。

「どうだろう。ここまで話が合わないんだったら僕らはご遠慮したほうがいいんじゃないのかな」

ニシダは、

「そうですね。早いうちにやめておいたほうがいいですね。いろんなことが具体的に決まる前に結論を出せてよかったですね」

と初め俺のほうを見て言い、次にヒシャゴのほうを見て言った。ヒシャゴがまた慌てた。

「ま、待ってください。それは、それは困る」

六月十二日。きゅるきゅるきゅるきゅるきゅる、ぴら。音を立てて流れてきたたった一枚のファックスをトレイからつまみ上げると送り主は果たして、蟇目ヒシャゴであった。
ファックスには、

お世話様です。取材に出ていて、今FAX3通、目を通しました。枠の色とはいえ、先日の打ち合わせではかなりご立腹のご様子で、どうもすいませんでした。だらだらと言い訳ばかり書いても見苦しいだけなので、以下要望、質問を箇条書きで書かせてもらいます。

1.「ナウ橋」さん

日程は7／1〜7／10 ホテルの部屋の空き状況もあるのですが、マーチダ氏とナウ橋氏の個室を確保しますので。携帯電話ですが、現在、旅行代理店に要望は入れてありますので。空港または現地で借りられるようにしてありますので。

2.スケジュールの件

いろいろ行き違いがあったようで、10日間というご要望のようですが、そうなると現地8日となりますので現地10日いただけるとありがたいのですが。ですから移動日の前後をつけて12日間でお願いしたいのですが。

以上、ご確認ください。よろしくお願いします。

とあった。文章は原文ママで、わかりにくいところもあるが、だいたいの意味はわからなくもない。

「FAX3通」というのは、前回の打ち合わせの後、ニシダが送ったファックスのことで、一通目は確認の意味でこれまでの経緯を示し、いま現在のマーチダ側の条件を提示したもので、一回目の打ち合わせの際、「マーチダは六月二十九日から七月十五日までを仮で空けておくが、そのなかで最大何日必要か？」と問うたところ蟇目ヒシャゴが、「最大十日」と答えたこと。その後、稲村チャルベから、「最低でも十五日必要」というメールが来たこと。

蟇目ヒシャゴは、「マネージャーが奥さんなので同行不可」と言い、また、「切符が買えず困惑するところを撮りたいのでマネージャーそのものの同行不可」と言ったが、いま複数のプロジェクトが進行中で、撮影中、マーチダに替わって連絡を受ける者が必要なのでニシダは同行しないが、ナウ橋という別のマネージャーが同行すること。その際、連絡の方途として携帯電話をそちらで用意すること。日程は当初の約束どおり、最大十日であること。

などが書いてあった。後の二通はナウ橋の連絡先やパスポート関連を記した事務的なファックスである。携帯電話云々というのは、昨今、奇異に映るかも知れないが、当時はそれができず、海外で使おうと思ったらそのための電話をレンタルしなければならなかったのである。ところが昨今では国内で使っているケータイがそのまま海外で使えるというのだから世の中はホント日進月歩である。ドッグイヤーである。今年は戌年である。であるであるである。ナンデアル。アイデアル。などというコマーシャルが昔あった。

なんてなことは俺は心の底、腹の底からどうでもよいのだが、ついそんなことを口走ってしまうのはやはりヒシャゴのファックス全体から漂うそこはかとない傲然感のせいで、例えば、「枠の色とはいえ、ご立腹のご様子」というのは、日本語になっていないが、これを正しい日本語に直すと、「私はプロデューサーという公平な立場に立って番組の性格上、このようにしてください、と指示したのですが、あなたは無知で無理解なので感情的になってしまいました。私は間違ったことは言っておらないのですが、あなたが無知で無理解ですぐ感情的になる人間であることに配慮せず、率直な意見を言ってしまいました」と言っているのであり、これを正しい英語に直すとどうなるのか、或いは正しいラテン語に直すとどうなるのか、或いは正しい梵語《ぼんご》に直すとどうなるのか、という問題も出てくるのかも知れないが、まともに文章も書けない人間にそんなことを言われている自分というものを考えると悲しくて、到底そんなことは考えられなかった。

そこでニシダに返信してもらった。ニシダは、「ファクシミリを読んだが、やはり日程は十日しか出せない。また、番組の内容、その他の条件に対しても具体的に提示していただきたい。『枠の色』というカードはこちらにとってオールマイティーのカードではなく、条件や内容によってはお断りすることもあるのでなるべく早く提示されたい」という内容のファックスを送った。

本来であればイーメールの方が便利で、また一回目の打ち合わせの際、連絡はイーメールで、と取り決めたのにもかかわらず、ヒシャゴはまず電話をかけてきて、いないとなるとファックスを送ってくるのであった。それに対してイーメールで返信をしても返事がなく、仕方なくファックスを送るのだけれども、それに対しても何日間も返信がなかった。

そんなことで、そのニシダのファックスにたいしても、なかなか返信がなく、六月二十日に資料が送られてきた。

がん。がさっ。がばっがばっ。がん。ばりべりばへりべり。ごほっ。ごぼっごぼっ。おっほほっん。じょんじょろりん。じょんじょろりん。じょんじょろりんのぱっぱっ。という複雑怪奇な音は俺が郵便受けから資料の入った封筒を自宅に持ち帰り開封した際の音である。

がん。というのは、郵便受けを開けた音。がさっ。がばっがばっ。というのは、書類の入った茶封筒やその他の郵便物を取り出した音。がん。というのは郵便受けを閉めた音。ばりべりばへりべり。というのは封筒を開封した音。ごほっ。ごぼっごぼっ。というのは封筒を開封した際に少量の埃《ほこり》を吸い込んだ俺が咳《せき》をした音。おっほほっん。というのはこれ以上咳が出るのを防止するため咳払いをした音。じょんじょろりん。じょんじょろりん。じょんじょろりんのぱっぱっ。というのはどういう訳か突如として、「相撲場風景」という上方落語を演じたくなった俺が、その一節（観客が一升瓶《いっしょうびん》に小便をするところ）を演じた音である。
そんな騒動の末、開封した封筒には二種類の書類が入っていた。ひとつは日程その他を記した紙で、いまひとつは撮影内容を記した紙で、それぞれヒシャゴ、チャルベが拵《こしら》えたものと思われた。
日程その他を記した紙は一枚あるきりで、まず上のところに、
エヌエイチケー「自分の精神の旅・マーチダ・コー」アメリカブコウスキー
と大書してあった。その下には大小ふたつの枡があり、上の枡には、AIR、という表記が、下の枡には、宿泊場所、という表記があった。AIRの枡には、
出発便
7／1　シンガポール航空SQ12　18：45→ロスアンジェルス　12：55（16：30成田・第一ターミナル・シンガポール航空カウンター前集合）
帰国便
第一陣　マーチダ・コー、ナウ橋、蟇目ヒシャゴ　7／9　シンガポール航空SQ11
14：40→成田　18：00
第二陣　稲村チャルベ、紺谷《こんや》タカオ、秋田エースケ　7／11　シンガポール航空SQ11

14：40 ↓ 成田 18：00

とあり、宿泊場所の枡には、

基本的に、Hotel Summerfield Suitesで連絡つきますが、ロケハン結果、フェニックスにも行かせていただきます。

①7／1～7／4　Hotel Summerfield Suites
TEL　001-1-310-657-7400
FAX　001-1-310-854-6744
住所　1000　Westmount Drive　West Hollywood,CA　90069
②7／5～7／7　フェニックス
Crowne Plaza Hotels
TEL　001-1-602-333-0000
FAX　001-1-602-333-5180
Crowne Plaza Phoenix
住所　100　North First Street　Phoenix,AZ　85004
③7／8～7／11　Hotel Summerfield Suites
TEL　001-1-310-657-7400

FAX　001-1-310-854-6744
住所　1000　Westmount Drive　West Hollywood,CA　90069

　と書いてあった。なにが書いてあるかというと、つまり、AIRすなわちエアライン、すなわち航空機の便名と集合時間、集合場所、そして宿泊するホテルの住所、電話番号を書いて寄越したのであり、また、宿泊場所の冒頭にある、「基本的に、Hotel　Summerfield Suitesで連絡つきますが、ロケハン結果、フェニックスにも行かせていただきます。」という文章は、例によって意味がとりにくいが、その後の日程とあわせて考えると、ロケハン、すなわちロケーションハンティングをした結果、フェニックスというところにも行くことになった。大体はロスのホテルで連絡がつくが、三日間はフェニックスのホテルに宿泊することになる。と言っているのであろうことが読み取れる。

はっはーん。なるほど。てなものであるが、そうやって納得できぬのは、「ロケハン結果、フェニックスにも行かせていただきます」と確定的な話として書いてある点で、チャルべに何度も言ったように、これは、「自分の精神の旅」である。にもかかわらず、「ロケハン結果、フェニックスにも行かせていただきます」と一方的に通告している点で、これはいかなる禍事《まがごと》か、と、撮影内容を記した紙を読んでみた。紙は全部で九頁あり、ふたつのパートに分かれていた。ひとつのパートには概要が文章で記され、いまひとつのパートは前回と同様、枡で囲った、簡単な台本のような体裁になっていた。以下に全文を記す。

ビーエス「世界・自分の精神の旅」

アメリカ「詩人と女たち」～パンク作家・詩人　マーチダ・コー

【企画意図】

パンク歌手を経て、詩人として確立、小説家としても独自の地位を確立したマーチダ・コー。誰に師事することなく、その文学を確立したマーチダだが、ひとりだけその存在を強く意識する作家がいる。アメリカの酔いどれ詩人・小説家チャールズ・ブコウスキー（1920～1994）である。マーチダもそうだが、ブコウスキーもまた、従来のアメリカ文学にはけっして登場しなかった裏町のスラングや場末のバーで交わされる低所得者の日常言葉で独自の地位を確立した作家である。共に実体験を基にした「私小説」的な作品が多い、など両者には共通点が多い。しかし、もっとも似ているのは、世間の常識、モラルを否定して、自分自身で生き続けようという意志、そのPUNKな姿勢である。

そのマーチダが、ブコウスキーが作家として確立した頃、過ごしたイーストハリウッド地区、デ・ロング・プレ通りの部屋を中心に、彼が愛した三人の女性などゆかりの人たちを訪ねながら、酒と女に溺れながらも、何よりも書くためだけに生き、自分自身で在り続けた男のパンク魂に迫る。

番組ではこれまで未公開だった、デ・ロング・プレ通りで交わされたブコウスキーの肉声テープや、生涯もっとも激しい愛憎劇を繰り広げた恋人にデ・ロング・プレ通りの部屋で書かれた恋文、詩も初めてマーチダに公開される。

また、現地で読むマーチダによる、ブコウスキーの詩の朗読も織り交ぜ、進む。

ロスアンジェルスの光と影。マーチダはこの旅から何を感じ、何を得るのだろうか？


【取材期間】

10日間（7月1日〜10日）

【取材都市】

ロスアンジェルスを中心にサンフランシスコ、フェニックス。

【都市の位置づけ　イメージ】
ロスアンジェルス：現代アメリカのひとつの象徴。光と影。
光：クリーン。リッチ。パームツリー。ハリウッド。砂漠に出現した人工的な作りもの。
影：ダーティー。プア。ホームレス。裏町。スラム。酒、売春婦。
・ブコウスキーは中流志向の強い父から幼時より折檻《せっかん》、庇《かば》ってくれなかった母への失望などからアメリカ的家庭生活に絶望。青年期のひどい面皰《にきび》で、クリーンなアメリカからドロップアウト。終世、影の部分を愛した。

サンフランシスコ：番組の舞台となる60年代の西海岸の雰囲気を残す町。詩人など当時の文化人が住む町。詩の朗読会など。※ブコウスキーは詩の朗読会などで度々訪れていた。

フェニックス：ディープなアメリカ。LA、NYではない「地方」の象徴。うらぶれたモーテル。土地の人だけが利用するバー、ダイナー。

・ブコウスキーは1941年21歳の時、バスでニューオーリンズに旅立ち数年、アメリカ各地を放浪、その時の体験が彼を形作り、後に作品にも多く書いている。

【主な出演者】

○ニーリ・チェルコフスキー　詩人。『ブコウスキー　酔いどれ伝説』の著者。ブコウスキーのスピリットを最も語れる人物。デ・ロング・プレ通りでのブコウスキーとの会話テープ5本を所蔵（番組にて公開予定）。

○ジョン・マーティン　出版社「ブラック・スパロウ・プレス」社主・編集者。1966年、デ・ロング・プレ通りの部屋を訪ねる。『ポスト・オフィス』など多くの作品を出版。

○フランシス・スミス　内縁の妻。デ・ロング・プレ通りの部屋でブコウスキーと暮らす。マリーナの母。
○マリーナ　ブコウスキーの一人娘。
○リンダ・キング　元恋人、彫刻家、詩人。『詩人と女たち』のリディア。デ・ロング・プレ通りの一室おいた隣に引っ越したこともある。ブコウスキーの描いた絵画多数所有。52通の手紙、詩などを所有。絵、手紙とも番組で初めて公開予定。
○リンダ・リー・ベイル　2度目の妻。『詩人と女たち』のサラ。1978年にサンペドロにブコウスキーと自宅購入。

以上がひとつ目のパートで、前回の資料以上に、「チャルベの精神の旅」になっていることに愕然としたが、台本のようになった第二部はさらに驚愕《きょうがく》の内容であった。

チャルベの書いた第二部は、前回に送られてきた書式や記号の使い方が気分次第でころころ変わる枡で囲まれた簡易台本と同じ体裁で、それぞれの枡の左にそのシーンの表題や狙い、ロケ場所などが記してあり、右に具体的な撮影内容が書いてある、というのはまあ別になんと言うことはないのだけれども、その内容が振るっていた。

ひとつ目の枡には、

●導入　・LA～光の街から　・ハリウッド大通り（※ロスの光の部分）
○マーチダ・コーがアメリカ、ロスアンジェルスを訪れる。
○車内のマーチダ、車窓の風景。パームツリー。碧空。光り輝くアメリカ。
○プール。ハリウッドサイン。などなど。街角のマーチダ。
●マーチダ「初めて足を踏み入れたロスの感想：アメリカという国について」
○この国、この町に、マーチダはある作家を追い求めてきた。その作家の名前は「チャールズ・ブコウスキー」である。

とあった。月並み・凡庸ではあるが、ドキュメンタリー番組の冒頭としては、通常の始まり方であると思う。ただし、（※ロスの光の部分）というところは気になるところで、それに呼応するように、パームツリー。碧空。光り輝くアメリカ。プール。ハリウッドサイン。などと紋切り型というか、京都サスペンスで必ず写される八《や》坂《さか》神社みたいな風景をチャルべが思い浮かべているのが、先行きの暗さを暗示している。

　そして二番目の枡には、

●旅の理由・動機付け　・高級ホテルにて

○ハリウッドのど真ん中のホテル。
○夜景見下ろし、東京と仕事の打ち合わせをするマーチダ。もしくは原稿を執筆するマーチダ。
○小説家、詩人、パンクロッカー・マーチダはこの夏、連載、書き下ろし、レコーディングが重なり、秒刻みのスケジュールに追われていた。
○その谷間をこじ開けるようにして訪れた旅。
○マーチダは、ブコウスキーの何に惹かれ、どんな旅にしようというのだろうか。
●マーチダ「(何のために)ブコウスキーへの思い・・」

とあるが、そろそろ様子がおかしくなってきている。というのは、例えば、「東京と仕事の打ち合わせをするマーチダ」とあるが、こんな馬鹿な話はないのであって、なぜなら、チャルベが、「よーい、スタート」と言ってカメラを回した途端、俺の電話が鳴って打ち合わせが始まると言う訳はなく、ということは俺の方から仕事相手に電話をかけて、打ち合わせをするということになるが、そのとき打ち合わせるべき具体的な懸案《けんあん》があればよいが、そう都合よく打ち合わせるべき事項がある訳もなく、「あー、もしもし、マーチダですけどねぇ。なんか緊急な用件なかったっけ。ああ、そう。いや、だったらいいんだけど……。うん。あ、まだ切らないで。まだ撮ってるみたいだから。いやいやいや、こっちの話なんだけど、奥さん、元気？　ってそうか、ごめんごめん、君、独身か……」

　みたいな間抜けなことになり、それを防止するためにどうするかというと、その場にいる者には、先方の声が聴こえないと言う電話の特性を利用して、どこにも繋《つな》がっていない受話器を耳に当て、ハリウッドの夜景を見下ろしつつ、

「ああ、オッケー、オッケー。その件については進めてくれたまえ。あ、それは僕が確認するから。至急、資料を送るように。（突然、大声で）なっにー。そりゃ、そりゃ、困る。なにやってんだよー。頼むよ。うん。すぐに、幸田《こうだ》先生に連絡とって。よろしくね。ガチャン。あ、ガチャンって口で言っちゃったよ。大丈夫ですか？　もう一回、やりましょうか？」

　みたいな芝居をするということになる。いわゆるところの、ヤラセ、である。

　しかし簡易台本には、「もしくは原稿を執筆するマーチダ」とある。これなら相手がいないのだからヤラセをやらないで済むだろう、てなものであるが実はそうではない。

　というのは、俺は脇に人がいると気になって原稿が書けない、という奇癖があり、やむを得ず、自宅近くにわざわざ仕事場を借りているくらいで、チャルべやカメラマンやその助手がいて、むんむんカメラを向けたり、ライトをあてるなどしている状態で絶対に原稿は書けない。

　そしてチャルべに、「俺、人がいると原稿、書けないんですよ」と言ったら、チャルべはこう言うに違いない。

「実際に書かなくてもいいんだよ。書いてるふりをすれば」

この一言こそが、チャルベの番組に対する考え、チャルベと俺の考え方の違いを端的に表している。

すなわち、俺はこの番組が、「自分の精神の旅」である以上、自分すなわち俺が、俺の興味・関心に従って旅行する様をチャルベがカメラで追うもの、と考えているのだけれども、チャルベはこの番組を自分の作品、と心得ていて、俺はチャルベの指示に従って、旅をしているふりをする、劇映画における俳優のごとくに振る舞うべき、と考えているのである。

そしてその次には、「マーチダはこの夏、連載、書き下ろし、レコーディングが重なり、秒刻みのスケジュールに追われていた」と、おそらくナレーションとして挿入されるであろう文章があるが、これも現実にはありえないことで、午前九時一分一秒から九時三十六分二十八秒までは連載原稿、九時三十六分二十九秒から十時一分一秒まで書き下ろし、午後一時四十五分三秒から午後四時十八分六秒までレコーディング、午後四時十八分七秒から午後四時三十分零秒まで仮眠などというスケジュールは組めない。

そんなちょっと考えればわかるようなことをチャルベが書くのは、右にもみたとおり、チャルベが、番組においては事実・現実は（劇映画のごとくに）いかようにも操作・按配できる、と考えているからで、それはその次の、マーチダは、ブコウスキーの何に惹かれ、どんな旅にしようというのだろうか。マーチダ「（何のために）ブコウスキーへの思い‥」という文章に顕著で、「マーチダは、ブコウスキーの何に惹かれ、どんな旅にしようというのだろうか」というのはチャルベの問いである。

マーチダが答えるまでもなく、その答えはすでにチャルベのなかにある。しかし、番組の体裁上、或いはヒシャゴはそんなことをさして枠の色と言っているのかも知れないが、マーチダが自分の意思で各地を訪問するように見せかけねばならず、そのためにチャルベはここでマーチダに喋らせる必要を感じ、問いを発する。

しかし、である。マーチダの答えとしてチャルベが書いた、

マーチダ「(何のために)ブコウスキーへの思い‥」

という文章は文章になっていない。なぜチャルベはこんな訳のわからない文章を書いたのか。普通に考えれば、ここはマーチダが話すところであり、事前に予測がつかないので適当なことを書いておいた、ということになるが、もちろんすべての筋書きを予め決めているチャルベはマーチダの話を事前に想定している。

チャルベはどのようにしてマーチダをして自分の代弁者となすのか。

そのヒントは、チャルベの書いた、(何のために)という部分にある。この部分をカッコから出して、「何のためにブコウスキーへの思い」と読めば確かに支離滅裂な文章である。しかし、これを、独立した科白《せりふ》として、

「何のために（来たのですか）？」

と読めば、それに対してマーチダが、ブコウスキーに対する思いを語る、という部分に滑らかに繋がるのであり、つまりこの、（何のために）、というのはチャルベの科白なのであり、つまりチャルベは、マーチダに自由に喋らせるのではなくして、自らマーチダにインタビューをするつもりなのである。

そして、マーチダが、「何のために来たか？　宗田さんに頼まれたからに決まってるじゃないですか」とか、「僕はプレーリードッグが好きなんですよ」などといった部分は編集時にカットし、また、自分の質問もカットして、都合のよい部分のみを繋げて、恰《あたか》もマーチダがホテルの一室でハリウッドの夜景を見下ろしながら独白しているかのごとくに見せようとしているのである。

このようにチャルベは、現実を操作し、按配することができると考えているのだが、しかしそれではドキュメンタリーにならず、限りなくヤラセに近づいてしまう。ところがチャルベやヒシャゴは、そのような操作に慣れ過ぎて、感覚が麻痺し、素人であろうと小説家であろうと、人はみな役者でカメラを向ければ躊躇《ためら》いなく演技をし、番組制作者の意図を汲み取って、自らの感情や思想とは異なる意見をカメラに向かって述べる、と信じているのだ。

なんとも傲慢なことであるよな。と俺は思い、その思いを三十一文字、和歌の形で表現しようと思ったが、やらなかった。なぜなら俺はこれまで一度も和歌を作ったことがないからである。それも含めて口惜しい思いをしながら俺は書類を読み進めた。

三つ目の枡はブコウスキーその人の紹介で、四つ目の枡からは具体的なロケーションが書いてあった。四つ目の枡には、

●足跡を探して　・バーなど　・イースト・ハリウッドへ

○ブコウスキーの足跡は思わぬところに残っていた。
○観光客の行き交うハリウッド大通りを東へ、ほんの2ブロック。そこに行きつけの店があった。バー、レストラン「ムッソ・アンド・フランク」
●ルーベン・ルエダ（バーテン）「いつもドイツワインから始まった。死んでから仕入れなくなった。背を丸めて、午後やってきては何でも飲んだ……」
○行きつけだったバー、店などなど、馴染《なじ》みの場所を辿るうちに、いつしか観光客の姿がなくなり、街は猥雑《わいざつ》な、低所得者たちの住むイースト・ハリウッド地区に入る。
○ロスの影、ブコウスキーが愛した街は、光り輝くハリウッドからわずかの場所にあった。

とあって、ここではチャルベがこの番組でなにを表現しようとしているのかが明らかになる。

それはなにかと尋ねたら、ベンベン。前にみた、概要を記した書類の、【都市の位置づけ　イメージ】というところにあった、「ロスアンジェルス…現代アメリカのひとつの象徴。光と影」「ブコウスキーは父から幼時より折檻《せっかん》、アメリカ的家庭生活に絶望。青年期のひどい面皰《にきび》で、クリーンなアメリカからドロップアウト。終世、影の部分を愛した」という部分で、ひとつ目の枡では、「●導入　・LA～光の街から　・ハリウッド大通り（※ロスの光の部分）」とわざわざ、※とカッコを用いて、光の部分を表し、ここでは、「ロスの影」という表現を用いており、チャルベは、現代アメリカの光と影、という、ありきたりで陳腐な、少なくとも俺にはなんの関心も持てない主題を表現しようとしているのである。ベンベン、というのは俺の精神の三味線の音。

そしてそれをブコウスキーと結びつけるためにチャルベは、「行きつけだったバー、店などなど、馴染みの場所を辿るうちに、いつしか観光客の姿がなくなり、街は猥雑な、低所得者たちの住むイースト・ハリウッド地区に入る」と書いているのであり、これは、周到な書き方である。

つまりどういうことかというと、ブコウスキーの愛した街はこういう街であろう、と推論を立てたのではなく、ブコウスキーがよく訪れていたというバーやレストランを辿っていき、ふと気がついたら、いつの間にやら、ロスの影、低所得者の住む町に辿り着いていたというのであり、つまり、

「わあ？　ぼぎゃあ？　なーんも。なーんも考えんと、なーんも意図せんと、ただ虚心

坦懐、歩いてたら、知らん間に低所得者の住まうイースト・ハリウッド地区に来てもたやんか。もう、びっくりした、驚いた、ビール会社の社長が見学に来た。ちゅうて驚いてる訳やけど、それにつけてもあれですわ。ブコウスキーが行きつけの店を辿ってきたら、ここへ来たということは、つまりブコウスキーはんは、こういうロスアンゼルスの影の部分がごっつい好っきゃったちゅうこちゃやね。いっやー、なるほどねぇ。ロスアンゼルスの光と影か。マルユー越えたらワリシンか」

みたいなことにしたいわけである。

そしてそれを言わされるのは誰かというと、俺であって、そんな予定調和的なことはやりたくないちゅうとろうもん、と怒鳴りたくなるが、同様に気の毒なのはバーテンのルーベン・ルエダさんで、まだ会う前から、おそらく、ハワード・スーンズの『ブコウスキー・イン・ピクチャーズ』などから引用したと思《おぼ》しき科白がすでに書き込んであって、ルエダさんは、天気の話をしたいかも知れないし、趣味の盆栽の話をしたいかも知れないし、或いは三日前に突然、ブコウスキーが嫌いになり、ブコウスキーなんて口にするのも汚らわしいと思っているかも知れない。

しかし、それを言ってもらわないと自分の思想を表現できないチャルベは、事前にチャルベが書いた科白が出てくるまでカメラを回し続け、ルエダさんは本来の業務であるバーテン業ができずに困惑するに違いないのであり、まったくもってチャルベのわがままにも困ったものであるが、仮にそうしてすべてがヤラセで、贋《にせ》のドキュメンタリーであったとしても、仮にそこで表現される主題にみるべきものがあれば、それはそれで意義あることかも知れない。

しかし、ここでチャルベが得意げに開陳している主題は、「大都市の光と影」、「うわあ、立派な店が立ち並んで人々が着飾って歩いている大通りのすぐ近くに、こんな貧しい地域があるやんか。光あるところに影がある。忍びが通るけもの道、ひーとり、ひーとり、カムイー（カムイー）。ちゅうやっちゃねぇ。こんなことは誰も知らんやろうから、いっちょ、社会派ドキュメンタリー番組にしてこまして、ギャラシー賞とかもろて賞金で住宅ローン繰り上げ返済して、ちょっとだけ残しといてソープ行こ」

みたいなことであるが、そんな、貧しい者と富める者、新しいものと古いもの、価値あるものと無価値なものが無秩序に混在するなんて、都市に住む者なら誰でも知っていることをヤラセまでして表現する意義はどこにもナイチンゲールの阿波踊り見たいわあ、とまともな文章を書くのが馬鹿馬鹿しくなるくらい馬鹿馬鹿シーモンキーとパラパラ踊りたいわあ、みたいな台本は続く。

●ブコウスキーの部屋　・イーストハリウッド・デ・ロング・プレの部屋（※ロスの影の部分）

○デ・ロング・プレ通り、そこにブコウスキーが1964年から70年代にかけて暮らしたアパートがある。

○いまは違う人が住むその部屋を訪れるマーチダ。
○この部屋でブコウスキーは勤めていた郵便局を辞め作家として独り立ちし、初の長編『ポスト・オフィス』など多くの名作を生み、独占的に作品を出版する「ブラック・スパロウ・プレス」と契約…私生活でもただひとりの子供をもうけ、『詩人と女たち』に書かれたような数々の修羅場が繰り広げられた特別な部屋。ブコウスキーが、最もブコウスキーらしかった時代の部屋。
●マーチダ「感想」
○ブコウスキーはこの部屋のことを詩に書いている。
●マーチダ朗読「…『新しい場所』…」

なにか言おうと思うのだけれども、「あのさあ……」と言ってその後が出てこない。けれども黙っていては話が先に進まないので気力を振り絞って申し上げると、まず、冒頭からして、おろろんおおろんおおろんばい、と歌いたくなるような、(※ロスの影の部分)という記述があり、「大都会の光と影」という、平安期末期にはもう既に人々は陳腐な主題だと思っていた、みたいな主題を提示されて、いやだなあ。

そして、ブコウスキーが暮らした部屋に行く。そこで俺は感想を言うことになっているようだが、ブコウスキーがかつて暮らしたとはいえ、貸家は要するに貸家であって、なにか言うとしたら、「ここは日当たりはどうなんでしょうか」「お家賃はいくらくらいなのかしら」「収納が少ないなあ」「駐車場はついてるの？」みたいなことくらいしかないのだけれども、しかし、それでは番組にならず、チャルべはここでも、

「いっやー、実に実に実に。ここがブコウスキーが、かの名作『ポスト・オフィス』をはじめとする多くの作品を書いた部屋ですか。すっごいなあ、さすがだなあ。僕はねぇ、はっきり言っていまとても感動してますよ。だって、そうじゃん。そうじゃないですかあ。あの、ブコウスキーが暮らした、まさにその空間に僕はいま立ってる訳ですよ。なんかねぇ、そこの扉の陰からいまにもブコウスキーが現れそうな気がするんですよ。勿論、ビールを片手にね。そしたら僕は彼となんの話をするのかなあ。文学の話？　いっやー、やっぱエロ話でしょう。ははは。ロスの影の部分だよ。プロコルハルムの、『青い影』でも歌いまひょか。パーパーパララパラパラパー、パパパー、パーパー、パパパー、なんてね。って具合でどう？　オッケー？　オッケー。ごめん。なんか最後、訳わからんようなってまいよった」

みたいなことを言ってほしいのだ。

その上で、いつそんなことが決まったのか知らないが、俺がブコウスキーの詩を朗読することになっているらしい。しかし、今回の「自分の精神の旅」における自分、すなわち、マーチダは、不動産めぐりをして、空家で詩を朗読したいなんて一度も思ったことがない。

そのあたりはどうしてくれるのだ、と思いつつ、続きを読むと、

●寂しさ、孤独　フランク・アイ
○その部屋に移ったのは、ある出来事がきっかけだった。
○その要因を作った女性を、サンタ・バーバラに訪ねた。
○フランシス・スミス、現在はフランク・アイに改名した彼女はその事情を語る。
●フランク・アイ「妊娠して中絶しようと思い、話したら求婚された。結婚する気がないので断ったが、生まれてくる子のために一緒に住む部屋を探してきた」
●「ファンレターを書いたら電話で、前のアパートに深夜呼び出された。助けて欲しいと。ブコウスキーの孤独。恋人をなくし、父とのトラウマ、母への不信。社会からドロップアウト：」

と書いてあり、チャルベの面目躍如たるものがある。

というのは、その部屋に佇むうちマーチダは、ブコウスキーとこの部屋で一緒に過ごした女性に会いたくなり、その女性に会いに行くのであるが、なぜ、チャルベに、赤の他人であるマーチダの考えがわかるのか、わからない。それだったらいっそのこと、
●マーチダ「うわあ、なんか急にフランク・アイに会いに行きたなった。フランク永井とフランク・アイが有楽町で会いました、って感じで。その際、フランキー堺の立場は

どうなるのか。あるいはフランク・ザッパはどう出るのか。なんてどうでもいいんだよ、そんなことは。サンタ・バーバラであいましょう」

みたいな科白《せりふ》を書いておいたらどうなのか。と思う。

というのは、その当のフランク・アイの科白が、バーテンのルーベン・ルエダのときと同じく、既に書き込んであるからで、事前にわかっているのならなにも会いに行く必要はないし、もっと言うと、もしそれがなにかの本から引いてきた発言であるならば、視聴者はなにもテレビを見る必要はなく、その元の本を読めば、より正確な情報と知識を得ることができるのである。

或いは、実際のトークが始まるまでどんな話になるかわからない、トーク番組の台本などに、予め、カギカッコのなかの文章が、

マーチダ「いや、ほんとうに回転式掘りごたつというのは便利ですよね。回転寿司よりずっといい。そうそう、寿司といえば僕は先週、築地で乱射事件を起こしたばかりなのですが……」

などと予め書き込んである場合があるが、それはあくまで目安であって、ディレクターは必ず、「いちおう書いてありますけど無視しちゃって、その場の流れで話してくだ

さい」と言う。ところがチャルベの場合は、台本に、ブコウスキーの略歴をたどりつつ、大都会の光と影を描く、というはっきりした流れがあり、フランク・アイやルーベン・ルエダがマーチダと、趣味の草木染めの話で盛り上がり、草木染めの奥深さ、初めての人のための簡単な草木染め、驚きのコツとヒントなどについて話してもらっては、チャルベのこの台本は成立しないのである。

そしていよいよ烏滸《おこ》の沙汰なのは、その次のフランク・アイの発言で、

「ファンレターを書いたら電話で、前のアパートに深夜呼び出された。助けて欲しいと。ブコウスキーの孤独。恋人をなくし、父とのトラウマ、母への不信。社会からドロップアウト…」

とあるが、ちょっと読んだだけではなにを言っているのかよくわからないので、わかるように書き直すと、

「ブコウスキーにファンレターを書いて送ったところ、深夜に電話がかかってきた。彼は、助けて欲しい、と言い、私は彼がその頃住んでいたアパートに行った。思うに、恋人を失い、父との確執を抱え、母への不信感を抱き、社会からドロップアウトした彼は孤独だったのだろう」

と、フランク・アイは言うことになっているのである。

もちろん会う前からなにを言うか決まっているというのはおかしいが、

「妊娠して中絶しようと思い、話したら求婚された。結婚する気がないので断ったが、

生まれてくる子のために一緒に住む部屋を探してきた」とか、「ファンレターを書いたら電話で、前のアパートに深夜呼び出された。助けて欲しいと」

とかいうのは、それが既に公表された、事実の一側面であるのだから、事前に書き込んでおくのは、まったくあり得ないことではないのかも知れない。

ところがここでフランク・アイは、

「思うに、恋人を失い、父との確執を抱え、母への不信感を抱き、社会からドロップアウトした彼は孤独だったのだろう」

と自らの考えを述べることになっているのであり、これはどのように考えてもあり得ないし、普通に考えればただ、ワンフをコマした、ということなのだけれども、チャルべはあくまでも自分の考えどおりの科白を喋らせようとする。そしてその考えとは、資料の冒頭にあった、

ブコウスキーは中流志向の強い父から幼時より折檻《せっかん》、庇《かば》ってくれなかった母への失望などからアメリカ的家庭生活に絶望。青年期のひどい面皰《にきび》で、クリーンなアメリカからドロップアウト。終世、影の部分を愛した。

というチャルべの雑駁《ざっぱく》な考えなのである。

他人の経歴や名前を騙し討ちのようにして自分のちゃちな思想を世間に向かって開陳すんなよ。言いたいことがあったら自分でカメラの前に立てよ。チャルベちゃん。チャルちゃん。といって俺は明星チャルメラを食べたいような気分になったが、もちろんそれは索漠とした気分である。

しかし、このようにいちいち突っ込みながらチャルべの台本を読んでいくといつまで経っても終わらないので、以下、突っ込みなしで残りを書き写す。どの章にも、チャルべの陳腐な発想と予定調和的手法というかやらせ上等の手法がてんこ盛りである。

●家族、社会への諦観　・ロングウッドアヴェニューの育った家　・LA高校　・ダウンタウン
○彼が育った家。けっして大きくはないが清潔な家が立ち並ぶ一角。中流の生活。
●マーチダ「作家が書くということ。書く動機、パッション…ブコウスキーの場合…父の折檻で鞭打たれ、庇わない母。愛されたことのない子供時代。家族の喪失…」
○マーチダが興味を惹かれたのは高校時代だった。
●マーチダ「思春期はひどい面皰《にきび》で、恋人、友人のいない日々。卒業のダンスパーティーの孤独。ロスの光の部分からのドロップアウト‥共感…」
○ダウンタウンに移り住み、彼の、下町で名もなき人と生きる人生始まる。

●作家になる旅　・長距離バス
○デ・ロング・プレの部屋の時代をよく知る人がいると聞き、訪ねることにした。
○移動手段はバス。若きブコウスキーはバスで放浪の旅に出た。ちょうどその人の住むフェニックスまでは、当時のルートと一緒だった。
○バスはもっとも安価な移動手段。低所得者などブコウスキーが見つめ、愛した人たちが利用する。
●マーチダ「…車内にて」

●ブコウスキーと女　・フェニックス　リンダ・キング
○マーチダが着いたのはフェニックス。
○そこにフランク・アイと別れた後、ブコウスキーが激しく、情熱的に愛した彫刻家、リンダ・キングが住んでいる。
○『詩人と女たち』にリディアと書かれた彼女は10年近くブコウスキーの側にいた。
●リンダ・キングが当時を語る。
○リンダはこれまで未公開だったブコウスキーからの恋文、絵画を見せてくれる。
○それは52通、厚さ10センチ近くにも及ぶ。
●リンダ「恋文を読む…」
●マーチダ「…」

○マーチダに触発されたら、かつてブコウスキーを作ったようにマーチダの胸像をリンダは作るかも知れない。
○夜、マーチダは寂れたモーテルで、ブコウスキーを読み返す。あの激しさはなんだったのか。なにが彼を女に、酒に向かわせたのだろうか。
●マーチダ「…」
○翌朝、リンダとマーチダはカフェで朝食を共にする。
○リンダはブコウスキーが死んだとき、それを知らされず新聞で知った。最後に会ったのは、このカフェ。別れて引っ込んだリンダに戻ってきて欲しいと会いにきたのが最後だった。
●マーチダ朗読「…わたしは道理をわきまえた男」（そのとき書かれた詩）
●ブコウスキーがみつめたもの　・サンフランシスコ　ニーリ・チェルコフスキー
○サンフランシスコは60年代の西海岸の香りをいまも残す町だ。
○そこにある専門学校にひとりの教師がいる。その授業に紛れ込むマーチダ。
○ニーリ・チェルコフスキー。詩人である彼は、デ・ロング・プレの部屋に出入りしていた年下の友人。
●ニーリ「…当時の様子…」
○ニーリは当時、部屋で交わされた私的な会話のテープを持っていた。

○特別にマーチダに聴かせてくれる。

○それは、当時ブコウスキーが年下のニーリを教え、導いたように、時を越え、マーチダを導く声だ。

●ニーリ「ブコウスキーは自分自身であろうとしたこと。書くことが彼自身でありつづけることだったこと」

○ニーリは、マーチダの詩を英語に訳した。

○そして夜、かつてブコウスキーが行ったような詩の朗読会、もしくは詩人仲間のパーティーに詩人の友人としてマーチダを招く。

○翌日、マーチダは彼の作品を出版する「ブラック・スパロウ・プレス」の社主、ジョン・マーティンを訪ねる。ジョンは引退するため、6月に社を畳んだ。ひとつの時代の終わり。

●ジョン「…衝撃的なブコウスキーの詩との出会い。デ・ロング・プレの部屋を訪れ、無名のブコウスキーと契約したこと。なにが彼は違ったのか。なぜ人は彼に惹かれるのか…」

○かつてブコウスキーを見いだしたジョンの目に、作家、マーチダ・コーはどう映るのだろうか。

●ブコウスキーの部屋、再び

○デ・ロング・プレの部屋、再び訪れるマーチダ。家族はいない。マーチダのために無人となった部屋。
○かつてブコウスキーが生きた部屋で、マーチダはブコウスキーの作品を朗読する。一番好きな詩、もしくは旅の過程で自ら翻訳した詩。
●マーチダ「…」

●エンディング・ブコウスキーの最後の家・墓
○ブコウスキーが最後に暮らした家に未亡人がひとりで住んでいる。
○リンダ・リー・ベイルはマーチダを迎える。
●リンダ・リー「…彼の人生について…」
○丘の上の墓地にあるブコウスキーの墓。
○「Don't Try」と刻まれている。
○その意味を考える。闘うこと、生きること、書くこと、作家であること。本当のパンクであることを教えられた旅も終わりが近づいてくる。
●マーチダ「Don't Tryへの思い…総括…」

以上でチャルベの台本は終わっていた。私はソファーに倒れ込み、意識不明の重体に陥った。

資料を読み、意識不明の重体に陥った俺は、暫くしてようよう意識を取り戻し、いったいこれはなんなのか。と考えた。

これまで話をしてきたことがまったく通じていない。彼らは人の話をどう聞いているのだろうか。

「赤ずきんちゃんはおばあさんの家にお使いに行くために森へ入っていきました」

「へぇっ。ところで赤ずきんちゃんはなんで森へ入っていったの？」

「おまえ、人の話、なに聞いとんねん？」

みたいなことになってしまっている。

それに今日がもはや六月二十日。出発まで十日あまりしかなく、しかし俺とチャルべの考えはあまりにも隔たっているため、話し合いは猿と鳩のトークショーのごとくで、互いになにを言っているのかまったく理解できない。

こんな体たらくでロサンゼルス三界《さんがい》まで出掛けて行ってろくな撮影ができる訳がなく、これはもう中止にするほかないのではないか、と思いつつ、午後は仕事場で談話取材を受け、夕方、東銀座に行ってまた談話取材を受け、その後、甘木書店の当山房雄と東銀座のジョン・レノンがしばしば訪れたという喫茶店で打ち合わせをした。

たまたま座った席が、ジョン・レノンがいつも座っていた席だというので、自分の心を仔細に点検、

「おおっ。ここがジョン・レノンがいつも座っとった席ったい。ううむ。興奮する。ううむ。もはや僕は激情を抑えることができない。すみません。歌っていいですか。っていうか、駄目と言われても歌います。ソレッ、パワー、トゥー、ザ、ピーポー、パワー、トゥー、ザ、ピーポー、パワー、トゥー、ザ、ピーポー、パワトゥザピポライオン。うわあ、ピーポーピーポー、救急車だよぉ」

みたいな気持ちになるかどうかを確認したが、心はあくまでも冷静で、ただ木製のテーブルだなあ。木製の椅子だなあ。長時間座っていたら尻が痛くなるだろうなあ。みたいな感慨しか浮かばない。

ということはどういうことかというと、ジョン・レノンが作った音楽は人の心を打つが、ジョン・レノンの座った椅子はただの椅子で特段、人の心を打つということはない、ということである。

ということは、まあ、わかりきった話だが、「ここがブコウスキーの部屋ったい」中心のチャルベの台本に基づいてロサンゼルスに行ったところで、なんらおもしろいことはやはりないということで、もうこの仕事はやめよう。

当山房雄と話しながらそう心に決め、打ち合わせが終わった後、自宅近くまで戻り、「豚虎争闘房」という名前の中国料理店に行って餃子を食べ、ビールを飲んだ。

隣の席に若いカップルが座っていて、男が女に、酢豚がまずい、接客態度が悪い、といった苦情を言っていた。

文句があるのなら女に言わずに正々堂々と店員に言えばよいだろう。ぐずぐずした男だな、まったく。と思いつつそれを正々堂々と隣の若い男に言わず、ぐずぐず心のなかで思っている俺もぐずぐずした男なので、仕方ないからピータン豆腐でも食べよう。

そう思ってピータン豆腐を食べ、さらにビールを飲んで金を払って店を出た。

家に帰る前に仕事場に寄ったら、蟇目ヒシャゴから留守番電話にメッセージが入っていた。

「一回目の打ち合わせで、連絡についてはメールか、ファックスで、と取り決めたはずなんじゃがね。お爺さんは山へ柴刈りに、お婆さんは川へ洗濯に行ったんじゃがね。肉じゃがを食べていて忘れたんじゃろう。じゃがいもはおいしいから」

と呟いて再生すると、学校の先生が校則について説明するような、落ち着き払った、一語一語を確認するように区切った言い方で、

「先日、送りました資料を基に打ち合わせをいたしたいと思います。この電話をお聞きになりましたら、至急、蟇目までご連絡ください。以上」

と言うヒシャゴの声が聞こえた。

不機嫌そうな声の調子に、資料が届いたのならなぜそちらから、届いた、という確認の電話を寄越さぬのだ、というヒシャゴの思いが聞いてとれた。

その他の仕事も抱え忙しいヒシャゴやチャルべが六月八日に打ち合わせをしてから十日かそこらであれだけの資料を拵《こしら》えて送ったのだから、おまえは受け取ったらすぐに受

け取ったと連絡すべきだろう、と言っているのである。

しかしその間、俺は他の、というか自分にとってより重要な仕事に取り組んでいたのであり、ヒシャゴの資料を待ちわびていたなどということはない。ところが、俺が、自分の仕事以外の仕事をしているという想像力を欠いたヒシャゴは、この一週間、俺が、ひたすらヒシャゴから書類の到来を恋文を待つかのごとくに待ちわび、来る日も来る日も二時間ごとに郵便受けを覗きにいっていたとでも思っているのである。

あのさあ、俺だっていろんなことやってるんだよ、「マーチダさんにとって音楽と文学の最大の違いはなんですか」みたいなくだらない質問に真面目に答えたりさあ、頭、悪いレコード会社のディレクターに、「ここの歌詞がいまいちボク的にドーンとこないんだよなあ」とか言われて、「ボクはCD買わないでしょ。CD買うのはお客さんでしょ」って教えたりさあ、いろんなことやってるんだよ。そのうえ東銀座のジョン・レノンが、よく行ったという喫茶店でピーポーピーポー言わなければならないんだよ。君の相手だけして生きていられないんだよ。

そんなことを思ったが、それがどうしてもヒシャゴに伝わらない悲しみを胸に抱いて俺は、ジャーマネ・ニシダと協議のうえ、もはやここまで話が通じない以上、この話は断るしかない、ということになり、ではその旨、直接会って通告しようということになり、しかし、六月一杯は毎日予定が入っていて空きがなく、日程を精査したところ、甘木書店の会議室で何本かインタビューを受ける六月二十五日だったらなんとかなるということになり、当山房雄に頼んでそのまま会議室を使えるように手配してもらい、ニシダがその旨をヒシャゴにファックスした。

「つまりね。もう無理だと思うんですよ」

そう言えば、少しは慌てると思った。ところが、まったく無関係な第三者である会社の会議室の、ふかふかのソファーに背中を持たせかけて仰角、四十五度上方を向いた、ヒシャゴもチャルベもまったく慌てず、とりわけヒシャゴは、

「ええ。だから今日はご意見をうかがいたいと思ってるんです」

なんつって髭をしごいている。

俺は最後通告として言った。

「ご意見はこれまでずっと言ってきましたよ。それをあなたたちはぜんぜん聞かないで、こんな、構成台本を送ってきたんじゃないですか」

「ええ、ええ。だからね、僕らとしては今日、お目にかかってマーチダさんのご意見をうかがいたいと、こう思ってる訳です」

そう言ってヒシャゴは新しい資料を俺とニシダに手渡し、

「まあ、こんなものを作ってみました」

と言った。俺は資料をぱらぱら見ながら言った。

「そうなんですけどね。ただね、何度も言うようですけど、これまで僕は何度もご意見

を申し上げてきた訳じゃないですかあ？ ところがそれがちっとも反映されてない訳じゃないですかあ？　つうことはいくらご意見を言っても無駄ってことで……」

「それも含めてね、とにかくマーチダさんの意見をうかがいたいんですけど、例えばこの演出プランのどこに問題がありますか」

「いや、どこにとかね、そういう次元の問題ではなく……」

「ええ、ですから僕らとしてはね、マーチダさんの意見をぜひともお聞きして、どんどんプランに取り入れたいと思ってるんですよ。どうか、ご意見をお聞かせください」

「ええ、まあ、その意見を言うという前提というかね、この構成台本はそれ以前のところでぜんぜんお話になってないんですよ」

「どういうことでしょうか」

「どういうって前から言ってるじゃないですか。簡単なことですよ。つまりね、これは、『自分の精神の旅』っていう番組じゃないですかあ？　そしてこの場合の自分っていうのは、私、マーチダですよ。つまり、言い換えれば、マーチダの精神の旅ということでしょ。つまり、マーチダが興味・関心のある場所に旅行して、マーチダの精神になんらかの影響を及ぼすさまを撮影する、ということでしょ？　ところがね、この台本では、僕の興味・関心という部分をまったく無視して、なぜそうなったか知らないけど、妻とか、元カノとか、そんなばっかかじゃないですか」

「あ、それはね」

とそれまで黙って話を聞いていたチャルベがへらへら笑いながら口を差し挟んだ。

「それはマーチダさんの意見を取り入れた結果なんですよ」

「はあ？　いつ僕が元カノとか元・妻に会いたいって言いました？」

「いや、そうじゃなくね。ほら、二回目にマーチダさんと会ったとき、マーチダさんは作家は作品だって言ったんでね、それで僕は作品を切り口に構成を考えてみたんですよ」

「なんという作品を切り口に考えたんですか」

そう問うとチャルベは胸を張って、

「『詩人と女たち』です」

と答えた。

がんがらっかっしゃん。どらどらどら。ぽっしょん。ぷう。というのは俺の精神が錆びた鉄階段を踏み抜いて落下、たまたま下においてあったボロボロのマットレスの上に落ちて放屁をした音である。

手渡された資料を改めて見ると、「世界・自分の精神の旅」アメリカ「詩人と女たち」～パンク作家・マーチダ・コーと大書してあった。

なぜチャルベは名作、傑作の多いブコウスキーの著作のなかから、よりにもよって、『詩人と女たち』を選んだのであろうか。

『詩人と女たち』は、はっきり言って、晩年の愚作である。

どこが愚作かと言うと、ブコウスキー作品の最大の美点は、作者と作中人物の距離を確実にとることによって人間の愚劣だったり醜悪だったり陳腐だったりする部分を正確に描き、そのことによって笑いを誘ったり、哀しさを浮かび上がらせたりする点にあるのだけれども、この作品ではその距離がとれずに、作者の生な、そして作者が人間である以上、愚劣だったり、醜悪だったり、陳腐だったりする感情や意見が垂れ流しのように書いてあるからである。

心の底から不思議だったので俺はチャルベに聞いた。

「なんで、『詩人と女たち』なんですか」

チャルベはへらへら笑って答えた。

「僕、ブコウスキーのなかで、『詩人と女たち』が一番好きなんですよ」

あのさあ、それって……、と言おうとしたらヒシャゴが慌てて、

「もちろん、稲村が好きだから、という理由だけでこの構成になったのではありません。現地コーディネーターから、夫人や元・恋人に接触できそうだ、という報告があったので、こういう演出プランを考えてみた訳です」

と言った。

つまりヒシャゴは、この番組は、「稲村チャルベの精神の旅」ではありませんよと言おうとしたのだが、しかしこの場合、「稲村チャルベの精神の旅」と言っているよりもっとたちが悪い。なぜなら、現地コーディネーターがそう言っているからそうなるとい

うのであればそれは、「現地コーディネーターの精神の旅」ということになるからである。

しかしチャルベとヒシャゴのこの姿勢は一貫していて、そもそも最初のチャルベのプランは、まずグレイハウンドバスありきだった。

グレイハウンドバスに乗ってさえいれば番組を一本作ることができる、という考え方だった。ところが調査の結果、グレイハウンドバスにはテロ対策で機材が持ち込めぬ、ということになり、そこで現地コーディネーターに丸投げ、ブコウスキー関連で撮影ができそうなトピックを調査させ、そこから、未亡人や元・カノっつうのがあがってきて、後は安手のテレビ番組の常套手段、「未公開のなんちゃら」「初めてカメラが潜入」「秘蔵の未公開肉声テープ」「直筆色紙・豪華家紋入り」なんてなことを大袈裟に謳《うた》い、空疎な内容に観るものの関心をひきつけておくために、「なんやらはなぜかんやらしたのだろうか」というどうでもよい謎を提示しておいて最後は、

その意味を考える。闘うこと、生きること、書くこと、作家であること。本当のパンクであることを教えられた旅も終わりが近づいてくる。

マーチダ「Don't Try への思い…総括…」

と、ラストコメントなるタレントや役者が一般的な感想を述べて誤魔化《ごまか》すという手法

をとって終わりで、エヌエイチケーに納品した瞬間に制作者は内容をすべて忘れ、見終わった瞬間に視聴者は内容を忘れるという、関係者間に銭が流れるという以外になんの意味もない、陳腐・愚劣なテレビ番組がまた一本制作されるのである。

それはそれで結構だが、組織に属さず、自分の名前で仕事をしている俺はそんな無意味な仕事にかかわりたくないし、まあ、ひとつだけ魅力があるとすれば銭の流れの近くに行けるという点であるが、それもおそらくは、自分のような者の懐に入るのはごくわずかで、ほとんどは番組制作会社の儲けになるのである。

俺は言った。

「あのさあ、それってまずくないですか」

「なにがですか」

まったく悪びれる様子のないヒシャゴに俺は溜息まじりに言った。

「だから何度も言っているんですけどね。これは僕の精神の旅なんですよね？」

「その通りです」

「だったら僕が興味のあるところに行かないと意味ない訳じゃないですかあ？」

「ええ」

「でもさあ、いま蟇目さんが言ったのは、コーディネーターがここが取材可能だからここに行けっつったつうことでしょ。けど、そこに僕がなんの興味もなかったらどうするんですか」

「マーチダさんは夫人や元・恋人に興味ありませんか」

「ありませんよ。僕は『詩人と女たち』というのはブコウスキーの作品のなかでも、あまりできのよい作品だと思いませんし、それといま気がついたんですけど、この資料に書いてある、『サンペドロの自宅。(撮影を許可するかどうかは、妻リンダ・リーは、マーチダさんに会ってから決める。それにあたってマーチダ・コーの詩の英訳が欲しいと言っている)』って書いてありますけど、そういうのは困ります。僕の詩は英訳されてませんし」

「ええ、それはこちらで……」

「やめてくださいよ。簡単に訳されたら困ります」

「わかりました。それについては改めてコーディネーターと相談しますが、では改めてうかがいます。マーチダさんはブコウスキーのどの作品に興味をお持ちですか」

「いまそれを聞いてどうするんですか。もう出発予定日まで十日しかないんですよ」

「ええ。だからそれをうかがって最大限、内容に反映するようにします」

「いまからそんなことできるんですか」

「まあ、もう日がありませんからできることとできないことがありますが……」

「じゃあどうするんです」

「まあ、まずは現地コーディネーターに問い合わせてみてですね……」

と、ここにきてなにかというと現地コーディネーターを振り回すヒシャゴに、心のなかで、「ええ加減、現地コーディネーター離れ」と突き込みを入れながら、心身ともに疲れ果て、ふと窓の外を見ると、会議室はビルの最上階、夕陽がとっても素敵だった。

そして部屋に視線を戻すとその夕陽に染まってチャルベとヒシャゴ顔が真っ赤なのは、大酒のあげく泥酔したるようであった。

チャルベは弛緩してにやにやしていたのでなおさらであった。


空港というのは飛行機という巨大な乗り物が離発着する関係上、広大な用地が必要だし、その際、轟音《ごうおん》を発してきわめて喧《やかま》しかったり、危険であったりもして、人家が密集しているところにはこれを建設できない。

だからといって、まったく人気のないところに建設したのではこれを利用する人に不便を強いることになる。

空港というのはそもそもそんな矛盾を抱えた施設で、まあ大抵はよい加減なところに建設するのであり、我が朝《ちょう》においても、お上の方で、このあたりがよろしかろうってんで、成田というところに空港を建設することにしたところ、その手法が強引だったため、地元の人や左翼の人が怒って、絶対に建設したらあかん、ということになってえらい騒動になり、すったもんだの挙げ句、ようやっと開港したと思ったら管制塔を燃やされた、なんてなことがあった。

といったようなことは俺は昔から知っていた訳ではなく、物心がついたころには、この話はそうとうにこじれており、新聞記事を読むなどして事後的にこれを知ったのであるが、こいつなどは、そんな揉め事があったことすら知らんのだろうなあ。

と思って七月一日。シンガポール航空のチェックインカウンター近くで俺はナウ橋の顔をみた。

縮れた髪の毛を後ろで束ね、口髭をぼうぼうに生やして、オサマ・ビンラディンみたいなことになっているナウ橋は、しかし、リュックサックを背負ってバックパッカーのようでもあった。

六月二十五日の甘木書店での打ち合わせでは結局なにも決まらなかった。俺たちは、「ここまで意見がかけ離れていてはとうてい現場は回らない。この話はなかったことにしてはどうか」と提案したが、プロデューサーの蟇目ヒシャゴは、

「最大限、マーチダさんの意向を取り入れ、その都度、話し合って進めていくので予定どおり進めたい」

と譲らず、結局、
マーチダにはマネージャーとしてナウ橋が同行する。

マーチダが直接、連絡を取らないと決められない仕事が多いので、制作サイドはマーチダのために携帯電話をレンタルする（当時、海外で使えるケータイはほとんどなかった）。

マーチダの作品の不確かな翻訳を第三者にみせない。

チャルベは撮影開始までに構成案を作成する。


ということだけを取り決めたのであって、しかし、こんなことは第一回目の打ち合わせで決めておくべき話で、一週間後に現地に出発という段階でする話ではない。

もちろんそれでは、撮影ができる訳はなく、この期に及んで漸く、ヒシャゴが、

「マーチダさんはブコウスキーの作品ではなにが好きなんですか」

と聞いてきた。これも最初の打ち合わせでするべき会話ですやん。と、思いつつ俺は答えた。

「そうですね。どれも好きですが、今回の番組との関連で言うと、『勝手に生きろ！』なんかいいと思いますね。ヘンリー・チナスキーは職を求めて各地を転々とするけど得る職は惨《みじ》めでギャラが安くてつまらない仕事ばかりです。それを一定の距離感で真面目に書くだけでおもしろいんですよ。その距離感みたいなものをいまのアメリカとカメラの距離、僕の視線との距離みたいなもので表現したらおもしろいものになると思うんですよね」

「なるほど。わかりました」

とヒシャゴは、そっけない口調で言った。そして目を細めて口を窄《すぼ》めるという奇態な顔で話を聞いていたチャルベが口を開いた。

「それは、具体的にはなにを撮るってことかな」

「そうですね。ブコウスキーがやったような仕事の現場に行って、地の文としてのカメラが労働の本質を切り取れば、それは滑稽でおもしろいものになると思うんですけど」

という俺の話を、途中から、「ああん、ああん」と聞き流していたチャルベは言った。

「あ、でもそれはどうかな。結局、それって僕の最初のプランと近くて、ブコウスキーの放浪時代っていうことでしょ、それは僕も最初、おもしろいかなと思ったんですよ。けど、グレイハウンドに乗れない訳だから」

「っていうか、グレイハウンドは別に僕はどうでもいいんですけどね。つか、そうやってなになに時代、なになに時代って年譜的に分けて考える事自体、あんまり意味ないいんじゃないかなー、って思うんですよ。そういう滑稽な人間のありさまを距離感を保って書くというのは生涯の手法だし……」

「ああ、まあね」

「とにかく」

とヒシャゴが割って入った。

「とにかくそういう話を踏まえたうえで、これから構成案を作成して、そして出発ということにしましょう」

みたいなことで我々は甘木書店を辞したが、出際、エレベーターホールに向かう途中、ヒシャゴがニシダにごそごそ話しかけていたので、彼はなにを言っていたのか、と聞くと、ヒシャゴは次のように言って笑ったと言う。

「いやあ。参りました。エヌエイチケーに構成台本を提出したら、これはブコウスキーのドキュメンタリーで、マーチダ・コーはどこにも出てこない。もっとマーチダ・コーを前面に出さないと駄目だ、って言われちゃいましたよ。なははははは」

そやから最初からそれを言うとろうもん。それで今回の打ち合わせで初めて俺の意見を聞いたのかよ。チイチイパッパ。おせーんだよ。おせん泣かすな馬肥《こ》やせなんだよ。といって、ヒシャゴがそれを深刻に受け止めていないのがただちにわかるのは、ヒシャゴが発したという、「なはははは」という笑いによってで、打ち合わせでの一貫した態度に明らかなように、ヒシャゴそしてチャルベは、マーチダの興味・関心に基づいた番組を作る気はまるでないということで、俺は、なぜだろう、と思った。

番組のタイトルは、「自分の精神の旅」である。にもかかわらず、かたくななまでにその趣旨に沿った番組を作ろうとしないヒシャゴとチャルベはいったいなんなのだろうか。と思ったのである。

まあ、確かに彼らは明らかにこちらを見下している節がある。その根拠は自分たちがテレビ制作者だ、という点にあって、テレビ制作者がなぜ小説家を見下すかというと、それは別に小説家だから見下している訳ではなく、彼らは多くの人を頭から見下していて、なぜ見下すかというと、それは彼らがテレビの外に現実の世界があることを知らないからである。

彼らにとって人間とは、つねにテレビに出演したいと強く念願している生き物で、しかし多くの人はテレビに出演せず、それらの人は彼らにとってテレビに出演できない可哀想な人なのである。

そしてテレビに出演させるかさせないかの決定権は自分たちにあるのであり、つまり彼らにとって多くのテレビに出演しない人間は、掌のなかの小鳥同然の存在で、その生殺与奪《さつよだつ》の権限は自らにあり、人々は売れないタレントのごとくに、彼らの一顰一笑《いっぴんいっしょう》をうかがって暮らしていると思いこんでいるのであり、彼らのなめた態度、余裕綽々《よゆうしゃくしゃく》な態度、弛緩した態度の理由はそこにあるのであるが、笑止千万とはこのことである。

なんとなれば多くの正気の人はテレビに出演したいなどという浅ましい考えは抱いていないし、正常な神経の持ち主にとって、テレビ番組を三十分以上視聴し続けるのは拷問に等しいので、テレビを見ないで読書を専《もっぱ》らとする人も現実に多数存在するからである。

しかし、そのような現実の世界があるのを知らぬ彼らは、すべての人を、実況中継をする記者の後ろで、横向きになってVサインをする痴呆と同様に、テレビに出たいが出られない可哀想な人、として見下し、なめた態度をとって、相手が気を悪くしてもまるで気がつかないのである。

ううむ。なぜ、そんな人と仕事をしなければならないのか。俺、アメリカン？

なんて悩みつつも、別のこと、すなわち、ガス代を払いにいったり、談話取材を受けたり、海老の天麩羅《てんぷら》を食べたり、電話代を払いにいったり、仮眠をしたり、放屁をしたりしているうちに、日々は過ぎ、放置していたら二十八日になってからヒシャゴからファックスが届いた。文面は以下の通りである。

お世話様です。よろしくお願いします。
☆ブコウスキー、デビュー前の件
パーティーがあった高校の取材はOKになりましたので、少年時代の心模様などを、構成に取り入れていきますので、よろしくお願いします。
☆携帯電話の件
デスクの方から番号などの連絡いっていると思います。
☆大まかな日程、別紙に書きます。
フリーハンドな部分は現地で相談させてください。よろしくお願いします。
☆追伸　ブコウスキー未亡人ですが、親戚のジョンという人が、家庭用ホームビデオで、我々の撮影風景を撮ってもいいですか？　と訊いてきています。問題ないと思いますが、OKの返事をしてもいいでしょうか？

7／1　現地着。空港から市街へ。ハリウッド中心街へ（この移動中にカメラを回し旅

が始まった感じを表していく）
7／2　両親と暮らしたウェスト・ハリウッド周辺、小学校、LA高校（デビュー前のブコウスキーのくだりなど）
7／3　未亡人、リンダ・リー自宅
7／4　ブコウスキーが実際使っていたアパートや、イーストハリウッド界隈のバー
7／5　フェニックスへ移動。元恋人、リンダ・キング自宅へ
7／6　ロスへ移動
7／7　予備日
7／8　ブコウスキーの墓へ
7／9　現地発

いよいよ、出発。すでに決まっていた放送枠をぶんどっての出発です。どうぞよろしく。

ファックスを読んだ俺は、誰に言うともなく、「あのさあ……」と言い、続けて、「蒟《こん》蒻《にゃく》って味噌《みそ》田楽《でんがく》にするとおいしいよね」と言ってしまった。
これまで味噌田楽を食べて、うまいと思ったことが一度もないのにもかかわらず、である。なぜそんなことを口走ったかというと、当然だが呆れ果ててしまったからで、だ

ってそうだろう、忙しいのにわざわざ甘木書店に全員集合して話し合ったのはいったいなんのためだったのか。

前回に送ってきた、チャルベの台本が俺の興味・関心と百万光年隔たっているうえ、卒倒するくらいに陳腐かつ愚劣であったからで、到底、ロサンゼルスに出発できる内容ではなかったからで、事実、俺は中止するか延期するかしたらどうだ、と提案した。

しかし、その場では結論が出ず、「マーチダさんの意見を取り入れた構成台本を再提示する」とヒシャゴが言って散会したのである。

で、送られてきたのがこれで、けれども内容は前回とまったく同一で、ただそれを要約しただけである。強いて言えば、

7/2　両親と暮らしたウェスト・ハリウッド周辺、小学校、LA高校（デビュー前のブコウスキーのくだりなど）

というところが、『勝手に生きろ！』というヘンリー・チナスキーが最下層の職業遍歴を繰り返す小説を主題に捉えてはいかがか、というマーチダの提案を取り入れていると言えなくもないが、しかしその視点は、あくまでも年譜的で、ブコウスキーの人生を三つの時代、すなわち、少年青年時代、放浪時代、作家時代、に分け、それぞれの時代を、「家族の喪失」「思春期の孤独」→「自己の確立・基礎」→「ブコウスキーの確立・

酒女博打」とするきわめて表層的なチャルべの視点に他ならない。

そしてヒシャゴは、

「☆ブコウスキー、デビュー前の件　パーティーがあった高校の取材はOKになりましたので、少年時代の心模様などを、構成に取り入れていきますので、よろしくお願いします」

と書いていて、『勝手に生きろ！』をデビュー前のこと、と短絡させ、別の著書にある、高校時代にカップルで出席が前提のパーティーに出席できなかった、というエピソードを踏まえLA高校を訪ねる、という案を提示している。

しかし、これはもっとも初期のチャルべの案にあった項目で、俺は、

「結局、なんもかわってへんやんけー」と怒鳴り散らしながら、ちくわの穴のなかに四つ割りにしたキュウリを差し込み、食べやすい大きさに切って小鉢に盛ったものをロサンゼルス中の人に、「これが僕の心です。からしれんこんで食中毒です」というメッセージとともに配りたくなったが、そうしなかったのは、それとは別の違和感をこのヒシャゴの文面に感じたからである。

どこに違和感を感じたかというと、この全体に漂うポジティヴな感じである。

普通で考えれば、プロデューサーであるヒシャゴは、俺とチャルべの間でまったく意思疎通ができていないというこの現状に、もっと暗くなって当たり前である。ところがチャルべの文章にはまったく危機感が感じられず、それどころか、「いよいよ、出発。」

などと言っているあたり、期待感でわくわくしているような印象すらある。

そして最大の違和感というか、こうなってくるともはや奇怪な印象を受けるのは、「すでに決まっていた放送枠をぶんどっての出発です」というくだりで、たまたまいまの時期、新刊とシングル盤の発売と新番組のスタートが重なってなかなか時間が取れないということは初めに伝えてある。

ではなぜわざわざ、すでに決まっていた放送枠を押しのけてまでこの時期の撮影を強行するのか、その意味がわからない。ならば撮影は先に延ばし、それまでの期間、内容についてじっくり打ち合わせをすればよいのではないか、と心の底、腹の底から思う。

しかし、ヒシャゴは他の枠を押しのけてまで、この失敗する可能性のきわめて高い撮影を強行しようとしているのであり、その自信の根拠はいったいどこにあるのであろうか。仏壇の抽斗《ひきだし》にでもしまってあるのか。或いは辞書をくりぬいて本棚にさりげなく隠してあるのか。そんなものは国税がきたら一発でばれてしまう。

なんてなことを考えていると向こうからカートに山盛りの機材を載せた、ポジティヴな雰囲気というよりは迷惑な雰囲気を周囲に発散している一団がこっちに向かって歩いてくるのが見えた。

俺はネガティヴな声でナウ橋に、

「きたみたいだね」

と言った。

ナウ橋はネガティヴともポジティヴとも言えない、どっちつかずな声で、

「そっすね」

と言った。

空港の、暗くて狭い、片隅みたいなところにある喫茶店にみんなで入った。ロケ隊は総勢四名で、チャルべとヒシャゴ以外にふたりの男がいて、背の低い、髭面に銀縁眼鏡をかけた男は、紺谷タカオと名乗った。カメラマンであると言う。

もうひとりの背の高い、無髭の若い男は、秋田エースケと名乗った。紺谷タカオの助手である。

そうして紹介をしたうえでヒシャゴが、それで具体的な撮影の方針について話し合いましょうと言い、話し合いが始まった。

意外なことに話し合いをリードしたのは紺谷タカオだった。アロハシャツにビーサンという四十半ば過ぎという推定年齢の割に気楽な格好の紺谷タカオは、へらへらしている割に他の言うことを絶対に聞かないチャルべや、謝っていても高圧的なヒシャゴと違ってその口調もまた、くだけていてフレンドリーで、にこにこ笑いながら、

「俺はさあ、けっこうソープとかいくんだけどさあ、マーチダさん、そういうのいかないの？　あ、そう。いかないの。俺、ひとりもんだもんなあ。ばはははははは」

みたいな口調で話した。そしてその紺谷タカオの話は、作家の基礎とか確立とか、普請みたいなことを言い、また、アメリカの光と影、思春期の孤独とか抽象的なことを言

って、なにをどう撮るかよくわからないチャルベの撮影プランを、具体的にどう撮るか、みたいな話で、

「例えばさあ、ブコウスキー的なタッチってある訳じゃん。それをどんな具合にあらわすかっつうことなんだけど、なんかさあ、やっぱ町の表情みたいなのは撮りたい訳じゃない？　そしたらやっぱ、こうなんていうか地面すれすれにカメラを置いて、行き交う人の足ばっか撮ってさあ、そいでひとつだけ感じの違う足があって、そいでパンナップしてマーチダさんとかさあ、そんなことはできるよね。そのみんなと違う感じっつうのがブコウスキー、っぽいつうか」

みたいな話をした。この話が持ち上がって初めて聞く、クリエイティヴというか、具体的に映像が見える提案で、俺は、「だったらその足が、裸足であったり、馬鹿げたペイントが施してあったり、豚足であったりしたら笑えるよね」と言いそうになったが言わなかった。

なぜかというと、我々の間には、前回の打ち合わせで、チャルベは出発までに新たな構成案を提出する、という約束があるからで、それを見ないうちに紺谷タカオと具体的な話をしてしまえば、チャルベの精神を俺が演じるという撮影がなし崩し的に進行してしまうからである。俺は紺谷タカオとヒシャゴとチャルベを交互に見て言った。

「っていうか、出発までに稲村さんが新しい構成案出すって話だったじゃないですかあ？　あれってどうなってるのかなあ」

「ええ。それについては事務所にファックスをお送りしたはずですが」

とヒシャゴが落ち着き払った声で言った。驚きのあまり総入れ歯にしようかなと思ってしまった。そんなことを思うくらい驚いたということである。

しかし、このあたりに歯医者はないし、いまから歯医者に行っていたのでは出発に間に合わないし、第一そんなことをしてもなんらの意味もないし金も無駄なので、俺は総入れ歯にしないでヒシャゴに、「だってあれって……」と言ったがその後の言葉が出てこない。というのは、あまりにも自明なことを言おうとした場合、それがあまりにも自明なので、かえって説明する言葉がみつからないからである。

困惑しつつヒシャゴを見ると落ち着き払っている。やむなく俺は言葉を探しつつ話した。

「えっとだからですねぇ。ほら甘木書店で話したとき、僕は、考え方がかけ離れ過ぎてて無理だから、この企画は中止するか、少なくとも延期すべきだって言ったじゃないですか」

「あ、なんかそんなこと言ってましたね」

「けどね、そうしなかったのは、まあ、宗田さんからの話、っていうのもあるんですけど、あのとき、出発までに稲村さんから新しい構成案を出す、っていう話があったからなんですね。でもあの送られてきたのはちっとも新しくないというか、結局、一番最初のプランを箇条書きにしただけじゃないですか。それって新しい構成案とは言いませんよね」

「ええ、ですから、マーチダさんが言ってた少年時代の心模様などを現場で取り入れようと思ってですね、ＬＡ高校の撮影許可も取った訳で……」

とチャルベが言うと、

「あ、その撮影については俺、思うんだけど……」

と紺谷タカオがまた先走った話を始めようとするので慌てて、「あ、ちょっと待ってくださいよ」と遮って言った。

「ちょ、ちょ、ちょっと待ってください。まずですね、その構成案の話が終わらないとそういう細かい話はできないんですよ。それでええっと、なんだったっけ。あ、そうだ。あのね、その少年時代の心模様というのはどっから出てきた話か知りませんけど、僕はそういう話はしてないんですよ」

「いや、例の甘木書店での打ち合わせで、マーチダさんがデビュー前のブコウスキーに興味があるというから入れたんですよ」

「僕はそんなことは言ってませんよ。僕が言ったのは、『勝手に生きろ！』という職業にまつわる小説が面白いって言ったんですよ。っていうか、高校時代のエピソードっていうのは、一番初めの稲村さんのプランに入ってたじゃないですか」

「そうだったかな。まあ、でもそういう部分も含めて、いま打ち合わせをして……」

「いや、だからあ、そういう細部の話に入る前に、稲村さんの構成案を紙でもらうっていう約束をしたんじゃないですか」

「ええ、だからそれは、先日、ファックスをお送りしたはずで……」

「ええ、だからそれは、約束した内容ではなく……」

と、話はいつまで経っても嚙み合わない。やむをえず、

「とにかく新しい構成案を出してください。約束ですからね。それが出てこない限り僕はカメラの前に立ちません」

と言うと、それまで落ち着き払って余裕をかましていたヒシャゴが初めて慌てた。

「そ、それは困ります」

「でもそういう約束だったじゃないですか。それがなされない以上、契約は無効です」

「ええ、それはそうなんですが……」

と、ヒシャゴは初めて、構成案が出ていないという事実を認めた。ということはさっきまでの、ファックスを送ったはず、というのはわかっていて言っていたということで、つまりこういうことだろう。

マーチダに、「これではブコウスキーの大雑把な紹介ＶＴＲもしくは稲村チャルベの精神の旅だ」と言われ、エヌエイチケーにも、「これではマーチダがどこにも出てこない」と言われ、焦ったヒシャゴは、チャルベにマーチダの意見を取り入れた構成案を作らせようとしたがチャルベは、自らの当初のプランに固執したのか、或いは、本当にそれしか考えられなかったのかわからないのだけれども、とにかく新しい構成案を作らず、

しかし、約束があるのでやむなくいい加減なファックスを送ったのである。

しかし、エヌエイチケーにも、「これではマーチダがどこにも出てこない」と言われているし、マーチダとも約束をしてしまい、このままではまずい、との思いを抱いたヒシャゴは、現場経験が多く、楽勝な性格のカメラマン、紺谷タカオに、「マーチダをうまく乗せてくれ」と依頼、マーチダをうまく乗せて、チャルベの構成案のままに現場を回し、エヌエイチケーにも、マーチダの意見を大幅に取り入れた、ということができる、と踏んだのであろうし、事実、紺谷タカオの話に俺は乗りかけた。

危ういところであった。現場というのは、「うわっ。人が通った」とか、「うわ。車が来た」「うわっ。日が翳《かげ》った」みたいな制約が滅茶苦茶《めちゃくちゃ》に多く、そんな制約を乗り越えて撮影がうまくいくと楽しいし、面白く、このカットをうまく撮るためにはどうすればよいか、という一点において、ポジションの違うスタッフが意識を集中するため、独特の連帯感、一体感が生まれる場合がある。

そんな現場の乗りに巻き込んでしまえば、チャルベの構成に少々納得がいってなくてもマーチダは自分たちの思惑《おもわく》どおりに動くだろう、とヒシャゴは考えたのである。

それがわかった以上、もはや紺谷タカオと話をする必要はない。

俺は決まりをつけるように言った。

「とにかく具体的な話は新しい構成案が出てからにしましょう」

「うっ」

ヒシャゴは一瞬、呻《うめ》いて、そして、俺がこのまま帰ってしまうのではないか、と思ったのか、

「とにかくチェックインしてしまいましょう。この続きはなかで、ということで」

と言って立ち上がった。

で、一行は諸手続きを済ませたが、俺がドルを買いに行くなどしたため、撮影スタッフと我々は別々にゲートのなかに入った。別れ際、ヒシャゴは、「なかのラウンジで待っていてください」と言い、我々は、「わかりました」と答えた。

ラウンジでナウ橋と茶を飲みつつ、いきなりのやりとりで事情がのみ込めない様子のナウ橋にこれまでの経緯を説明し、「フンギー」と叫び声をあげているナウ橋に、「まあそんなことでよろしくお願いするけどフンギーという間投詞は僕は初めて聞いたんだけど、君の会社のあるあたりではポピュラーな言い方なの?」と質問し、ナウ橋が、

「まあ、そうですね」

と一転、低いテンションで答えるのを聞くなどするうち、ラウンジの入り口あたりでなにか揉め事が起きている。

「なんか、入り口で揉めてる人いるね」

とナウ橋に言うと、ナウ橋は、「そっすね」と嬉しそうにしている。俺はナウ橋に言った。

「君、なんか嬉しそうだね」

「いやそんなことないすよ」

「いや、君はいま確かににやにやしていた。それはなぜかというと、他人の揉め事は面白いに決まっているからだ。それが証拠に僕だって面白いと思っている」

「あ、そうなんすか。じゃあ、俺も面白がっていいんですか」

「もちろんだ。さあ、ふたりで思う存分、面白がって入り口の揉め事を観察しよう」

「そうしましょう」

とふたりでにやにや笑って入り口の揉め事を観察した。

ジーンズを穿き、ポロシャツを着たアジア系の男が受付の女性と押し問答をしている。キャップを被って口髭をたてた、背は低いが引き締まった体つきのその男は、頻《しき》りにラウンジのなかを指差してなにか言っている。

どうやら、なかに入れろと言っているようだ。しかし受付の女性はこれを認めない。それでも男はどうしてもラウンジに入りたい様子で、必死の形相でラウンジのなかを指差してなにか言っている。しかし、こういうところの受付というのはたいてい規則に厳密なので、取りつく島もない。木で鼻をこくるどころではない、鋸《のこぎり》で鼻をこくったような態度で、これを拒絶している。面白い。

そう思って見ていると受付の女性が、突然、立ち上がり、こっちに向かって歩いてくる、なにごとならん、と身構えると、丁重に腰を屈《かが》め、眉をひそめて、

「あちらのお客様が、お客様に話がある、と仰ってるのですが、いかがいたしましょう

か」

　と言った。

「ナウ橋君、どうしよう」

「どうしましょうね」

「まあ、行く必要はないと思うけど、けど少し気になることがあるんだよ」

「なんでしょうか」

「あの、アジア系の男性ねぇ」

「ええ」

「あれ、日本人じゃないかなあ」

「そうかも知れませんが、日本人だからといって行く必要はないじゃないですか」

「まあ、そうなんだけどね。ただ、ほら、ご覧。キャップをかぶって口髭をたてている」

「キャップをかぶって口髭をたてているからといって行く必要はないじゃないですか」

「まあ、そうなんだけどね。ただ、ご覧。あの男、どういう訳か蟇目ヒシャゴ氏に酷似している」

「あ、ほんとだ。そっくりだ」

「そうだろ。っていうか、本人と言っても過言ではない」

「仰るとおりですね」

「うむ。ところでナウ橋君」

「なんでしょうか」

「君は僕が指摘して初めて、あの男が蟇目ヒシャゴ氏に酷似していると思ったのか。それとも少し前から気がついていたのかどっちなのかな」

「実は……」

「実は？」

「けっこう前から気がついてました」

「いつ頃から気がついていたのだ」

「蟇目さんが入ってきたときから気がついてました」

「だったらすぐ僕に言わなきゃだめじゃないか。なぜ黙ってにやにや笑っていたのだ」

「すみません。その方が面白いと思って……。けど」

「けどなんだ」

「マーチダさんは、いつ気がついたんですか」

「僕か。実は僕も最初から気がついていたんだけれど、面白いから黙って見てたんだ。さあ、行こう」

ナウ橋と俺は立ち上がって受付の方へ歩いていった。

やってきた我々を見てヒシャゴは、

「ここで打ち合わせをしようと思ったんだけど、どうも駄目らしい」

と言った。当然である。我々が渡されたビジネスクラスのチケットを持っていないとラウンジに入れないのであるが、ヒシャゴらスタッフはエコノミークラスのチケットしか持っていないのである。

といって少し奇異なのは、ヒシャゴやチャルベが自分らの思惑どおりに動かせるものと頭から思いこんでいる、つまり自分らより地位の低い者とみているキャストに対して高い席をあてがい、自分らは安い席で我慢をするという点であるが、ニシダに同行するな、と言った際のヒシャゴの発言、すなわち日常のことをすべて周囲にやってもらっている往年の大女優が外国で素顔をさらけ出す、という発言を考えれば合点がいく。

すなわち、その際、俺は女優ではなく小説家だ、と言ったのだけれども、それをまったく聞く耳を持たなかったチャルベやヒシャゴは、テレビに出演する人間、イーコール、女優もしくはタレントという硬直した考えを持っており、女優もしくはタレント、イーコール、ビジネスクラスでないと怒り出す人、というこれまた硬直した考えの持ち主であるのである。

こっちはそんなことはどうでもよいからやる限りは妙なやらせはやりたくない、と思っているのだけども、相手がそんなことを考えているなどと夢にも思わない。

しかし、少しく不安なのは、エコノミーのチケットでラウンジに乱入しようとするヒシャゴで、果たしてプロデューサーがそんな人で現場は回るのか。最初からヒシャゴは落ち着き払った口調で、偉そうに喋っていたが実はなんらの経験もないのではないか、

という点で、俺は思わずヒシャゴの顔をじっと見てしまったが、我々が出てきて落ち着きを取り戻したヒシャゴは、

「では、ここが使えないのであちらで打ち合わせいたしましょう」

と言って先に立って後も見ないで歩き出した。

当然、我々がついてくるものだと信じきって。なんの根拠もないのに。

小学四年のとき、タカノという騒がしい友人が、泥水を掻き回しながら、「ギャンゴウ、イガ、かしこっ。ギャンゴウ、イガ、あーほっ」という自作の騒がしいうたを歌っていたのを突如として思い出したのは、ヒシャゴに案内された店があまりにも騒がしいからだった。

あらゆる音が噴出していた。子供が突如として、「きいいいっ」と奇声を発する。走り回る。高菜《たかな》漬けが大好物、みたいなおばはんが、なにが面白いのか、「げはははははは」と高笑いする。不動産仲介業者のようなおっさんが、「ああ？　ああ？　ああん？眠たいやっちゃのお。ああ？」とケータイを耳に当てて大声を出す。店員がオーダーを通す声が響き、厨房の方からなんだかわからない機械が、ぎゅるるるるるるるるるるっ、ぐわっぐわっぐわっ、ぎーん、ぶちゅぶちゅぶちゅぶちゅ、ともの凄い音をたてたかと思ったら、今度は、からかっちからからかっちからかっちかっちかっちどんがらがしゃぷっぷっ、ってそんなのはないン。

というのは店内の音だけれども、店外からも、何番のどこ行きに乗る人は何番の口に

参集されたし、という案内もひききりなしに聞こえるというのは、この店が店といってとくに壁を立てておらず、空港内通路のやや広がったところに、カウンターや椅子やテーブルを設置し、植木や看板で目隠しをしたに過ぎない簡易店舗であったからである。

そんなうるさいなか、紺谷タカオと秋田エースケを別の場所に待機させているらしく、俺らにヒシャゴと二人向かい合って座るチャルベの説明がうつろに響いていた。

「内容については稲村が説明します」

ヒシャゴがそう言ったのは、チャルベが出発までに構成案を出さなかった以上、チャルベには口頭で説明する責任があると心得てのことらしかった。

それを受けてチャルベは、なにが嬉しいのかにやにやしながら説明を始めたのであるが、まったくむなしい説明であった。

チャルベは紙を取り出し、

「まずは少年時代のことからあたってみたいんだけど、住んでいた家とかは取材できないんで、高校から行こうと思ってます。LA高校は取材オッケーになったんで、そこでブコウスキーの孤独な青春っていうのをとらえていこうか、と。そんな風にいまの段階では思ってて。それから未亡人の取材、オッケーになったんで、そっちの方では、『詩人と女たち』という小説が実際のところどうだったのかっていうね、そういうリアルな話が聞けたらな、って考えてます。そのフェニックスに移動する、移動中のショットなんかは、ああ、ハリウッドとかもそうですけど、フレキシブルにとらえていけたらいいんじゃないか。後はやっぱバーとかも取材しようと思ってて……」

みたいな話を続けた。つまり新しいプランはなにもないのであり、チャルベは甘木書店での打ち合わせ以来、なにひとつプランの変更を行っていなかったのである。

ともすれば騒音と同化しがちなチャルベの説明を聞きつつ俺は、なぜチャルベは、にやにや笑いつつこんな無意味な説明ができるのだろうか、と考えた。

通常の神経であれば、これだけ話し合ったうえで、しかももはや空港まできている段階で、約束した新しい構成案を用意できていないとなれば、このように余裕をかましていられないはずで、俺のみならず、エヌエイチケーに文句を言われているヒシャゴにも文句を言われる可能性があるのであり、もう少し焦ったり、慌てたり、ゴヤゴヤゴヤと意味のないことを言ってごまかそうとしたり、マヤマヤマヤ、と語尾を曖昧にしてまやかそうとしたり、くらいのことはする。

ところがチャルベは、そんなことは一切しないでにこやかに説明をしている。

なぜか。

虚しい説明と周囲の雑音を半々に聞きながら考えて、なるほどそうか、と思った。

つまりどういうことかというと、俺が一貫して言ってきたのは、番組は、「自分の精神の旅」であり、この場合、自分というのは俺のことで、この旅は俺の精神を反映させるべきなのだけれども、チャルベの構成では、チャルベの精神の旅になっていて、テレビに出演し、恰《あたか》もそれを自分の精神であるがごとくに語るのは満天下に嘘をつくことになるので、それはできない、ということである。

ところがチャルベは俺が、そのように考えて別のプランを出してほしい、と言っているとは思っていないのである。

ではどう思っているのか。

チャルベは、俺がアホでチャルベの構成案を正しく理解できないので異論を唱えている、と信じているのであった。相手はアホなんだから根気よく、何度も説明しなければならない。しかも、アホなのでわかりやすい言葉で言わなければならない、と心の底から信じているのであった。

だからチャルべがにやにや笑っているのはバカにして笑っているのではなく、本人は、やさしくにこやかに微笑んで説明をしているつもりなのだが、そもそも顔が弛緩しているのでにやにやしているようにみえるに過ぎぬのであった。

やさしいチャルベ！

そんなやさしいチャルベの気持ちも知らないで僕ときたら、これは自分の精神の旅なのだから、自分の興味・関心の赴くところにしたがって旅をしなければならない、なんて、そんな正論を言い張って、チャルべさんを困らせてしまった。ああ、ボクときたらなんておバカさんなんだ。親の心子知らずとはこのことだ。そうとわかった以上は、チャルべさんの説明をよく聞いて、チャルべさんの言う通りにカメラの前でヤラセをやろう。

そう思おうと思ってみた。

思えなかった。というか、そんなことをちらとでも思おうと思った自分の精神に、ノーザンライトボムのようなことをやってみたい気持ちになった。

そこで俺はチャルベさんに言った。チャルベに言った。チャルベのクソバカに言った。

「ええ、そうなんです、そうなんです。あなたのね、いま言ってるようなことは僕は最初からすべて理解してますよ。あなたがブコウスキーをどう読んでどうとらえたかも大体わかっているつもりです。っていうのは、ほら、僕も一応小説家なんですよ。毎日、ニホン語書いて、それで生活してるんですね。だから書いてあるのを読めばだいたいその意味がわかるんですよ。ええ。そうなんです。でね、それをわかったうえで僕は言ってるんですけどね、つまりこれは自分の精神の旅であって……」

と、言いかけたのをヒシャゴが遮って言った。

「ええ、それはもうこちらも理解してます。だからマーチダさんの興味のある部分を伺ってそれを反映していこう、とこう考えておりまして……」

「ええ、だからそれについては甘木書店でも言った通り、僕は元・奥とか元・カノに興味はなくて、後、年譜的に足跡を追っていくっていうのも面白くないなあ、と思っていて……」

「じゃあ、なにに興味があるというんです」

「だからそれも言ったじゃないですか。まずね、これはもうかなり最初の頃に言ったと思うんですけど、僕はやっぱり作家は作品だと思うんですよね。だからやはり作品を通じて……」

そう言うとチャルベが言った。

「わかります。わかります。僕もそう思いますよ。で、僕はね、『詩人と女たち』を入れたんですよ。っていうのも、リンダ・キングも取材オッケーだし、リンダ・ブコウスキーも取材できるんですよ」

「ええ、それはいいかも知れないんですけど、僕は、『詩人と女たち』って、ブコウスキーの作品のなかでももっともよくない部類に入ると思うんですね、って、でもこれ前に言いましたよね」

「あれ、そうでしたっけ」

「ええ、確か甘木書店で……」

「そうですか。でも僕はそうは思わないなあ」

ヒシャゴが言った。

「じゃあ、マーチダさんはどの作品がいいんですか」

「いや、どの作品がベストだ、っていうのはなかなか言えないですけどね、ただ、これも言ったと思うんですけど、この番組の中心に据えて面白いかも知れないと思ったのは、『勝手に生きろ!』です。職業遍歴の話でしょ。労働とか職業って、僕自身の小説の主題でもあるし、そういう現場を実際に観てみたいって気持ちはやっぱりあります。今日的な主題でもあるし……」

そう言うとチャルベが遮って言った。

「それって、作家、デビュー前の話じゃないですかあ。それはね、僕も最初、やろうと思ったんですよ。けど、テロの影響で機材持ち込みでグレイハウンドバスに乗れない訳だからできない訳じゃないですかあ」

「いや、別に僕はグレイハウンドバスに乗りたいって言ってる訳じゃないんですよ」

「けど、実際的には乗れない訳でしょ。だから、デビュー前の話っていうことで、LA高校の取材オッケーになったんで、思春期の孤独を入れてるんですよ」

「あのね、チャルべさん。その取材オーケーになったからっていうね、まず取材オッケーになってそれから後付けでそこに行く理由をつけるっていうのおかしくないですか。まず、僕の興味というものがあって、それからそこで撮影できるかどうか考える、っていうのが普通なんじゃないですか」

「けど、もう時間なかったし、しょうがないじゃないですか」

「時間はありましたよ。最初に打ち合わせしたのいつだと思ってるんですか。五月じゃないですか」

「けど僕、アマゾン行ってたし、愛機パワーブック盗まれたし……」

とチャルべが詮《せん》のないことを言うのをみてとったヒシャゴが割って入った。

「すみません。しょせん俺らテレビ屋なんで、どうしてもそういう発想しちゃうんですよ」

「けど、僕はテレビ屋じゃありませんからね」

「そうでした」

とヒシャゴがなぜかきっぱりした口調で言い、

「そろそろ搭乗口に行かないといけないじゃないですか」

「けどどうするんですか。まだ、なにを撮るかぜんぜん決まってないじゃないですか」

「それは、向こうに着いてから打ち合わせしましょう」

ヒシャゴはそう言って立ち上がりかけ、それから、「あ、そうだ。忘れるところだった」と言うと、肩掛けのバッグから、黒い、布製のポーチのようなものをふたつ取り出した。出演の条件のひとつとして要求した二人分の携帯電話であった。ロス滞在中に、進行中の他プロジェクトについての問い合わせが入った場合、ただちに連絡がつくように、と要求したのである。

ヒシャゴは、ポーチのファスナーを開け、外国製の、みるからに旧式のトランシーバーのように大きくて角張った携帯電話を取り出し、それから、四つに折り畳んだ小冊子のようなものを取り出して言った。

「これがお約束の携帯電話本体、そしてこれが取扱説明書です。ご確認ください」

ヒシャゴは改まった口調でそう言いつつ、ポーチのなかに電話と小冊子を入れ、ファ

スナーを閉めないで、開けなかった方のポーチと一緒に、俺とナウ橋の方へ押しやり、それから少し砕けた口調で、

「なんかそれ設定しなきゃいけないみたいだけど、わけわかんないよ」

と言って笑った。

言われて四つに折り畳んだ小冊子を開いて見ると、外国語の取扱説明書をごくいい加減に翻訳したものをワープロ打ちにしてホッチキスで留めた、その説明書の説明は実にわかりにくく、これを読んで使えるようにするのは至難の業と思われた。

それをみて、ヒシャゴがなぜ、最初、改まった口調で、「ご確認ください」と言い、砕けた口調で、「わけわかんないよ」と言って笑ったかがわかった。

ヒシャゴは、チャルベが番組を、チャルベの精神の旅、としてよいと信じて疑わないのと同様に、相変わらず、キャストはテレビに出たくて仕方がないものと信じて疑わないのであった。

そう信じて疑わない以上、キャストそしてキャストサイドがプロデューサーである自分に、なにか要求することなどあり得ず、自分の要求を完全に呑むもの、と思いこんでいるのであった。

にもかかわらず、逆にマネージャーの同行や携帯電話の手配を要求した俺らに対してヒシャゴは納得がいっておらず、不承不承これを用意したので、契約を履行しましたよ、という態度をとると同時に、普段、キャストやマネージャーに上からものを言っている

のと同様の砕けた口調で、「それわけわかんないよ」と言い、相手が困惑するのをみて笑い、自らの心理的バランスをとったのである。

なぜここまで詳細にヒシャゴの心理を分析しなければならないのか。しかもこんな喧《やかま》しいところで。

思いつつ立ち上がってすたすた歩き出すヒシャゴについて歩いた。店を出るとなぜか急に静かだった。中より外の方が静かなんだよ、どういうことだ。

搭乗口でスタッフと別れ、俺とナウ橋はビジネスクラスの席に向かった。ナウ橋の様子が妙だった。歩き方がぎこちないし、顔色も悪い。

俺は、まあ無理もない、と思った。

だってそうだろう。ナウ橋はマネージャーと言ってもまだ三十そこそこで経験も少ないし、普段は音楽業界の、それもライブ現場よりの仕事しかしたことがない。それがいきなり、ヒシャゴやチャルベみたいな、エグエグの「俺、アメリカン」な奴らと遭遇したのだから、それはショックだろう。

可哀想なナウ橋。こんな、ぼんぼんのドレッドヘアーで、こんなに緊張して蒼ざめて。と、そう思ったので俺はあえてナウ橋になにも言わず、黙って席に向かった。

俺には窓際の席がとってあり、ナウ橋には通路側の席がとってあった。俺は、外の景色をみることによって緊張したナウ橋の心が少しでもほぐれればよいと思って言った。

「ナウ橋君、君は窓際に座りたまえ。僕はこっちの通路側に座るから」

「え？　いいんですか」

「いいんだ、いいんだ。僕はこっちがいいんだよ」

そんなことを言ってナウ橋をいたわったが、ナウ橋の緊張は解けず、ナウ橋は、横になって、気をつけ、をしているみたいな格好で硬直している。そこへ、客室乗務員が来てナウ橋に、「マーチダ様、本日はご搭乗ありがとうございます」と言った。ナウ橋は硬直したまま言った。

「私はナウ橋です」

「あ、それは失礼いたしました」

といろんな客に慣れているはずの客室乗務員がやや狼狽《ろうばい》気味になったのは、ナウ橋があまりにも思いつめたような表情で、決然と言ったからである。

俺にも挨拶して客室乗務員が去った後、ナウ橋に声をかけたのは、ここまで緊張している若い者に声をかけてやるのは年長者としての義務と思ったからだ。俺はナウ橋に言った。

「ナウ橋君」

「なんでしょうか」

「君は相当、緊張しているようだな」

「いいえ、そんなことありません」

「隠さんでもいい。現に君は座って気をつけをしているみたいな格好をしているじゃないか。といって、そんな急にだらしない格好をしなくてもよい。緊張してるんだろ」

「はあ、すみません」

「謝らなくてもいいよ。まあ、君が緊張するのも無理はない。心の準備もないままあんなチャルべやヒシャゴみたいな連中と遭遇したんだものな。それに君はこういう現場も初めてだろう。知らないこと、わからないことだらけで、失敗したらどうしよう、みたいな不安で一杯なのだろう。しかしまあこの……」

「あのう」

「なんだい」

「僕はそういうことで緊張してるんじゃないんです」

「じゃあ、なんで緊張してるのよ」

「実は……」

「遠慮しなくていいよ。なんでも言いたまえ」

「僕、ビジネスクラスに乗るの初めてでそれで緊張してるんです」

ガクッ。ヒューン、ドッカン、ガッスン、アギャー、ワー、ドロドロドロドロドロドロ、ボッベボッベボッベ、ボヘボバー、ボベボバー、ボベボバー、ボベボバヘー、ボンボンバーバ、ボンボンバーバ、ボンボンバーバ、ボベッボババ、ボベボバヘー、ボンボンバーバ、ボンボンバーバ、ボンボンバーバ、ボベッボババ。

というのは、俺の精神が階段を踏み外して奈落に落ち、全身がぐしゃぐしゃになりながらも不屈の闘志で蘇り、ジミ・ヘンドリックスの『紫のけむり』を演奏した音である。

蒼ざめて緊張しているナウ橋に、男だてらなにをそんな程度のことで緊張しているのだ。そんなことでいちいち緊張していてはとうてい出世はおぼつかぬ。さあ、ナウ橋君。僕を見習ってリラックスしたまえ。どんな高級なところへいっても臆する必要はない。君自身がしっかりしていることが大事なんだ。そして初めての給料は全部、一流のものにつぎ込むこと！

なんて中途から山口瞳先生のようになりながら、身を以て範を垂れようと思いつつ、なかなかそれらしい行動に移れぬというのは、俺自身が国際線のビジネスクラスに搭乗したことは過去に一度しかなく、丁重に扱われ却《かえ》ってへどもどしていたからである。しかしだからといって人生の先輩としてなにもしないわけにはいかない。そこで俺は、年間百回はビジネスクラスに乗っているような顔でナウ橋に言った。

「まあ、若い君がそうやって緊張するのも無理はない。しかしなあ、いまから緊張していては身体が持たんぞ。とりあえず飛行機に乗っている間はリラックスしていなさい。なに？　リラックスできない？　そういうときはな、靴を脱ぐといいんだよ。日本人は靴を脱ぐとなんとなく気が休まるものだ。そうそう、そうやって。そうだ、僕も靴を脱ぐことにしよう。でな、ナウ橋君。こうして靴を脱いで注意しなければならないという点を人生の先輩としてひとつ言っておくと、こうした脱いだ靴を座席の下に置いておくだろ、したところ、なんかがさがさしているうちに靴がどっかいっちゃうケースが非常に多いんだな。だから靴の位置をときどき確認しておいた方がいいということを肝に銘じるのだ。いいな、ナウ橋君」

「はい。でも……」

「でも、なんだ。わからないことがあったら恥ずかしがらずになんでも聞くといい」

「ここに靴入れがあるんですよ」

ナウ橋はそう言って窓の下の蓋を開けた。のぞき込むと確かにそこには脱いだ靴が二足入るスペースがあった。俺は顔を赤くして言った。

「うむ。よくそれに気がついた。僕はもちろんそんな靴入れがあることは知っていた。知っていたが、あえてそれを言わないで黙っていたんだよ。その理由は言わないでもわかるだろう?」

「わかりません」

「わからんか。まあ、それも仕方あるまい。ただなあ、僕はもうひとつだけ言っておく。そうやって靴を脱いだらな、脱いだままにしておいては駄目だ」

「どうすればよいのでしょうか」

「スリッパーを履くべきなのだ」

「スリッパですか」

「ノンノンノンノン。スリッパーだよ、君。そのスリッパーがどこにあるかというと、たいていここに……」

と俺は、座席の前の網袋をまさぐった。ところがそこにスリッパはなく、「っかしーなー」と訝《いぶか》っているとナウ橋がこれじゃないすか、と言い、網袋のなかから灰色のスリッパらしきを取り出した。

「おおっ。君はよくみつけたねぇ、それそれ。それを履くとよいんだよ」

と外面には余裕をかましつつも内心では大いに焦って網袋をまさぐると、それらしきがでてきたが、みつからぬのも当然で、それはスリッパというよりはむしろ厚手の靴下というか、柔らかい靴のような形状でどうもへなへなしており、これはいかなる代物《しろもの》なのかと大いに訝ったが、ナウ橋に余裕をかました手前、いまさら疑義を表明することもできず、そんなことは百年も前から承知みたいな口調で、

「これはなあ、少々へなへなところが味なのだ。ナウ橋君、君にその味がわかるかな」

などと言いつつ、へなへなの靴下か靴かスリッパかわからぬものを履いた。

しかし、どうにも具合が悪いのは、靴下をはいているのか靴を履いているのか判然としないという点で、例えば小用に立つ際、これを靴と考えればそのまま立っても差し支えないが、これを靴下と考えれば靴下で往来を歩くということになり、世間の手前それはやめた方がよく、改めて靴を履いた方が穏当ということになるのだけれども、ところがこのへなへなの靴だか靴下だかわからぬ代物は、靴下にしては随分と分厚く、この上

から靴を履くのは少々きつい。ということはいったんこのへなへなを脱いでそれから靴を履かなければならぬということになりそれは面倒くさい。

それでも履いていてリラックスできるのならまだよい。ところがこのへなへなの許し難いのは、まあ確かに靴ほど足を締め付けられるということはないのだけれども、踝《くるぶし》の下あたりまできている履き口のところがゆるゆるで、気がつくと履き口が土踏まずのあたりまでずり下がり、半脱げの、なんとも中途半端な状態に成り果てているのである。

そんならいっそのこと脱げてしまえばよいのだけれども、未練と言うか、優柔不断と言うか、そんな半端な状態のまま、いつまでも脱げないで、土踏まずのあたりに丸まって滞留してやまず、出て行くと言いながらいつまでも出て行かないヒモ夫みたいなことになっていて気になって仕方なく、とうていリラックスできない。

そこで、腕を伸ばして履き口を足首のところまで引っ張り、正しい状態に戻す、それもよい加減にやるのではなく、今度こそずるずるしないように、そのことのみに神経を集中し、二度と垂れるのではないぞ、と言い聞かすようにして位置を正すのだけれども、このへなへなときたら芯まで性根が腐っているらしく、三十分もしないうちに、またずり下がってへなへなしていやがるのである。

靴だか靴下だかわからない中途半端なものが、脱げそうで脱げない中途半端な状態で蟠《わだかま》っている。

実は、人間という生き物はこういう中途半端な状態にもっとも弱い生き物で、交渉事やなんかでは、なかなか物事が決まらない状態に強い人が圧倒的に有利だし、詐欺師の才能とは中途半端な保留の状態に耐える才能と言える。

中途半端な状態に弱い人は、なかなか物事が決まらないのに苛立ち、すぐに、「じゃあ、こうしましょう」と譲歩して、早く決着をつけようとする。ところが、中途半端な状態に強い人は、「うーん」とか「まーん」とか「もーん」とか言って、なかなか返事をしない。したところ中途半端な状況に弱い人は、ますます耐えられなくなってきて、「わかりました。これは本来、百万円が原価なのですが、もう僕はこんな状況に耐えられない。よござんす。原価割れの八十万円。それで決めましょう。ね、ね、ね」と、さらなる譲歩をする。

ところが、中途半端な状況に強い人は、「うぷーん。どうしようかなあ、おーん、おーむ」などと言って、まだ態度を決定しない。中途半端な状況に弱い人はなかばブチ切れ、

「わかりました。こんな状況が続いたら僕は発狂します。発狂したら困るので、もういい。五十万。これでいいでしょう」

と最後通告のように言い、中途半端な状況に強い人が、「よっしゃ」と心の迷いに決着をつけたように力強い声で言うのに、目を輝かせ、

「ではさっそく契約書のご説明を……」

と言った途端、中途半端な状況に強い人が、

「やっぱりコーヒーをもう一杯、注文することにしよう」と言うのを聞いて、「よっしゃ、ってそれかいっ」と所謂《いわゆる》ところの突き込みを入れる間もなく精神をおかしくしてしまい、ついには狂死断系するのである。

というと、その人が特殊なように聞こえるが、そんなことはぜんぜんなく、人間は一般的にこのような保留に弱い生き物で、来るのか来ないのかわからないものを待つのは耐えられないし、あるのかないのか判然としないものについて考えるのも耐えられず、それをはっきりさせるために神様という絶対的な存在を信じるようになったのだし、歴史的に言えば、「閉塞的な状況」を打破するために自ら戦争を仕掛けて滅んだ国はたくさんあるが、これもどっちつかずの半端な状態に耐えられず、それだったら駄目は元々で勝負をかけて、滅ぶなら滅ぶではっきりしたい、と指導者も国民も考えたからである。

かく中途半端に弱い人間がかくずるずるの、靴だか靴下だか判然としないものに耐えられる訳がない。しかし、ここで問題が生じるというのは、相手が人間であれば、どつきまわす、半殺しにする、ということができるし、相手が国であればテポドンを撃つ、戦《いくさ》を仕掛けるなんてなことができるが、この場合、相手は靴だか靴下だかわからぬへなへなで、どつきまわすのは愚か、文句を言うことすらできない。

じゃあ、俺はもう駄目なのか。この中途半端な状態にやられて気が狂って死ぬしかないのか、というとそんなことはなく、そのことを第三者に話すことによって鬱《うつ》を散ずる、という方途がある。というと聞こえはよいが、一般に、陰口とか愚痴とか言われるものである。

そんなことを言うのは男らしくなくて嫌だけれども、こんなことで気が狂って死んでしまうのはもっと嫌なので俺は第三者、といっても彼もそれを履いているのだから当事者とも言える、ナウ橋に、「ときにナウ橋君」と話しかけると、少しは緊張が解けたのか、背もたれにもたれ掛かり薄目を開け、意味不明な微笑みを浮かべて微睡《まどろ》んでいたナウ橋が、弾かれたように背筋を伸ばし、目をみひらいて言った。

「は、はいっ。なんでしょうか」

「いや、そんな大した用じゃないんだけど、ひとつ君に聞きたいことがあるんだよ」

「はい」

「そんな緊張しなくていいんだけどね、あのさー、君、このスリッパーのことどう思う」

「ス、スリッパすか?」

「そうスリッパー」

「どう思うと言われても別に……。まあ、あのいい感じです」

「本当に心の底からそう思うのか」

「いやあ、本当にと言われると困りますが……」

「そうだろう。もし君が本当に心の底からこのスリッパーを素晴らしいと思っているとしたら……」

「思っているとしたら？」

「俺はあんたを軽蔑するよ」

「あ、すみません。なんか俺、まずいこと言いましたか？」

「いや、いいんだよ。言論の自由は憲法二十一条で保障されているからね。ただ、僕には僕の言論があるからね」

「ど、どんな言論なんでしょうか」

「聞きたいか」

「はい。聞きたいっす」

「では言おう。僕はねぇ、はっきり言ってこのスリッパーは最低だと思うよ」

「あ、そうなんですか」

「あたりまえじゃないか。君はさあ、だいたいスリッパーって言うのはどんなものだと思うよ」

「スリッパっすか。ええっと、どうなってたっけ。ええっと、底があって、足の甲のところに、鼻緒っつうか、足を止めるための布が縫いつけてあって……」

「だろう。しかるに見給え、このスリッパーと自称する小憎らしい詐欺漢の体《てい》たらくを。スリッパーと称しながら、その形状はまるで違っていて、このように足をすっぽり覆うというのは、ナウ橋君、こりゃ靴だよ」

「そういやそうですね」

「だろう。ところがこの卑劣漢の許し難いのは、じゃあはっきりと靴なのかと言うと、そうでもないという点なんだよ」

「どういうことでしょうか」

「ってのは、ほら、ご覧なね。こいつときたら靴というにはあまりにもくにゃくにゃじゃないか。靴ってのは一人立ちできてこそ初めて靴だ。ところがこいつはくにゃくにゃしていて自立できない。ただの足の形をした布きれだ。そういうものをなんというか知ってるかい」

「靴下……、でしょうか？」

「さよう。ご名答。けれどもこの破廉恥漢は、自分を靴下とも認めていないんだよ。そのために、靴下にしては分厚すぎる厚手のごわごわした生地にしてあるだろ？　人に靴下と言われたくないんだよ」

「なぜ靴下と言われたくないのでしょうか」

「そりゃ簡単な話だよ。だって靴下はもうすでに大抵の人がはいているからね。靴下の上に靴下を重ねてはく必要はないでしょう。こいつが自分を靴下と認めたら、自分の存在意義がなくなるんだよ。それでこいつは、自分を靴でもない靴下でもないスリッパーだ、なんていう途方もない大嘘をついて諸人に迷惑をかけているのであって、このように社会に害毒を垂れ流すクソ野郎は一刻も早くこの世から除去してかからねばならない」

「そうですよね」

「だろう」

「ほんとその通りだ。よしっ、こんなもの除去してやる」

ナウ橋はそう言うと靴だか靴下だかわからない欺瞞的な履物を脱ぐと、

「死にやがれ、クソ野郎がっ」

と言って床に叩きつけたので、

「その意気、その意気」

と褒めてやったら鼻の穴を広げて得意そうにしているので、「まあ、じゃあ、頑張ってください」と言うと、不安そうな顔で言った。

「あのう」

「なんですか」

「マーチダさんは……」

「僕がどうかしましたか」

「この唾棄《だき》すべき靴だか靴下だかわからないクソ野郎を除去してかからないんですか」

「へえー」

「どうかしましたか」

「唾棄すべき、なんてよく知ってるねぇ」

「ええ、まあ、あの、本で読んで、一度、使ってみようと思ってメモっといたんです」

「ああそうなの。じゃあ使えてよかったね」

「ええ、よかったです。けどあの……」

「まだ、なにか？」

「マーチダさんはこの腐ったスリッパ脱がないんですか」

「ああ、僕？　僕は脱がない」

「なぜです。このスリッパは一刻も早くこの世から除去してかからなければならないスリッパじゃなかったんですか」

「ああ、まあ、そうだけど」

「じゃあ、なぜ除去しないのでしょうか」

「だって脱いだら足元が寒いし、トイレとか行くときいちいち靴履くの面倒くさいじゃん」

「けど、このスリッパは、一刻も早く除去、除去……」

「そりゃそうだけれども、なにもスリッパー相手にそこまでむきになる必要はないだろう、大人げない」

「けどそれはさっきマーチダさんが言ったことで……」

「うん。確かに言った。けどそれはなあ、ナウ橋君、僕は冗談として言ったんだよ。そんなくだらないことにいちいち本気になってる奴っていうギャグとして言ったんだ。それをいちいち真に受けて本当にスリッパーを脱いでしまうなんて君は本当に甘ちゃんだな」

「マジすか。なんだ、そうだったのか」

とナウ橋は頓狂《とんきょう》な声を出した。

なんてナウ橋をからかって鬱を散ずることができるのは俺がナウ橋より年上だからで、年が下のナウ橋がこのように俺をからかうことがないというのは、これすなわち年功序列。昔の言い方で言うと、長幼の序である。

と思った瞬間、自分がなぜこんなずるずるの靴だか靴下だかスリッパだかわからぬ不分明な代物を履いて頭ぼうぼうのナウ橋とともに一万メートルの上空を無茶苦茶な速度でぶっ飛んでいるその理由こそ、長幼の序、すなわち、はるか年上の演出家、宗田吉夫さんに外国に行ってテレビに出演しろ、と言われ、そんなことをするのは嫌で仕方なかったのだけれども、年上の宗田さんの申し条を無下《むげ》に断るのも憚《はばか》られ、話だけでも聞こう、と思ったことからこんなことになってしまったのであって、実に恐るべきは長幼の序であるよなあ、と俺はロサンゼルス行きの飛行機のなかで長幼の序について考えていたのであった。

こんなことになってしまったのは、もちろん、自分がブコウスキーおもしろいかも、と思ってしまったからであるが、そう思うようになったきっかけは長幼の序を重視して宗田さんの顔を立てたからで、年長者がわざわざかけてきた電話を鹿十《しかと》しては世の中から長幼の序というものが失われてしまうと思ったからである。

折も折、中年にさしかかった俺はその頃、世の中からこのまま長幼の序という概念がなくなってしまったら、いずれ老境に達した際、若い者から嘲《あざけ》られ疎《うと》んぜられ情けない思いをするに違いなく、ならばいまから世間に長幼の序というものを浸透させ、自分が年をとった際に楽をしようと思い、長幼の序復活キャンペーンみたいな馬鹿なことを考えていて、ちょうどその時、宗田さんから電話がかかってきて、率先垂範《そっせんすいはん》、こういうことは先ず身を以て実践しなければならない、しゃやんとあかん、との思いからチャルベ、ヒシャゴと面会したのだった。

と、考えると長幼の序というのはいったいなんのためにあるのかと思う。よく知らないが、昔からそういうことが言ってあるということは、孔子とか孟子とかそういう偉い人が言った、人間として生きるにあたっての指針みたいなものには違いなく、つまり、その通りにしていれば大体間違いがない、という類《たぐい》のものであると思う。

ではなぜ、昔の偉い人は長幼の序ということを言ったのであろうか。それは、若い人間は未熟で幼稚なのに比べ年をとって経験を積んだ人間は成熟しているので、その知識や経験を敬い、これに従っておれば大体において間違いがない、という判断があったからであろう。

まことにもってその通りで、昔の人は偉かったが、しかし、その昔の人が偉いということがひとつの盲点となっているとも言える。

というのは、昔の人が偉いというのは実にその通りで、例えば政治家でいうと、いまの総理大臣になったり政党の幹部になっている人も、その上の世代に比べると小粒な人間にみえてしまう。しかし、その上の世代の人も、その上の世代の人に比べると小粒にみえて、しかし、その上の世代の人ももっと昔の、伊藤博文みたいな人に比べると小粒にみえるし、その伊藤博文でさえ、偉そうに髭を生やかして千円札とかになっても、その上の世代の西郷隆盛や大久保利通からみれば使い走りの小僧同然なのである。

ということはどういうことかというと、時代を遡れば遡るほど人間は偉く、神に近づいていき、時代が下れば下るほど人間がアホになるということで、だからこそ年上の人を敬わなければならないということなのである。

しかし、これと真っ向から対立する考え方があるというのは進化論である。

曰く、人間の元は猿から枝分かれした猿人で、そこからどんどん進化して人間になっていったというのである。そう言われて猿山に行ってみると猿は人間そっくりだし、人間のなかでも猿そのものとしか思えず、思わず尻尾がないかどうか尻を触ってみたくなるような人がある。

という風に考えると時代を遡れば遡るほど人間は猿になっていくということで、長幼の序という考え方は成り立たなくなってしまう。この絶対矛盾をどう解決したらよいのか。

それは俺の考えるに人間宇宙論である。つまりどういうことかというと、宇宙は初めに大爆発を起こし、その爆発の威力によっていま現在、ぐんぐん膨張しているが、その爆発の威力もいずれはアジャパーになって、こんだ収縮しはじめるという考え方である。

その考えを人間に応用するのが人間宇宙論で、それはどういうことかというと、最初、猿であった人間はなんの偶然か、大爆発を起こし、ぐんぐん膨張していった。猿であったものがぐんぐん賢く偉くなって、みるみるうちにいまの人のレベルになり、やがて神に近いレベルにまでなったのである。しかしその爆発の威力は紀元前六世紀頃に極に達し、後は収縮していくばかりで、十五世紀頃には人間のレベルまで落ちて、それからだらだら水準を下げて二十一世紀になるとついに猿寸前まで落ちてしまったのである。

と言うと、さしたる根拠もなしに、「いっゃー、どうかなあ」などと言う人があるが、嘘だと思ったら自分より年下の昨今の人間の様子を観察してみるとよい。

電車のなかで床に座り込み、手づかみでものを食べる若者。行列に割り込んで平然としているおばはん。性欲丸出しで若い女をつけ回すおっさん、という具合に、人間らしい道徳感覚や羞恥心を失った猿に近い人が近年増加している。

という風に考えると、長幼の序という考え方と進化論の矛盾をうまく説明することができる。つまり、人間が猿からぐんぐん賢くなっている間は、長幼の序という考え方はまだなかった。なぜなら世代を遡れば遡るほど人間は猿に近かったからである。

ところがある時点をピークとして、人間が猿に戻っていくようになると、世代を遡れば遡るほど偉く賢いということになって、その時点で初めて長幼の序という考え方が生まれたのである。

だったら長幼の序という考え方は現時点では正しいのではないか、ということもできる。ただ問題なのは、もはやちょっと前の世代から人間は猿すれすれのところまで戻ってしまっているという点で、自分らが上の世代を尊敬したところで、チンパンジーがゴリラを尊敬している、ポケットモンキーがニホンザルを尊敬している程度のことにしかならず、この傾向がもっと進むとシェパードがチワワを尊敬している、ミジンコがシーモンキーを尊敬している程度のことにしかならず、長幼の序なんてなんの意味もないということになってしまうのである。

というかもっというと、蟇目ヒシャゴや稲村チャルベは俺より年長で、それで彼らが尊敬に値するかと言うとそんなことは絶対になく、また、俺はナウ橋よりも年上だが、ナウ橋が尊敬に値するようなことを言っているかと言うと、脱いだ靴を収納する場所を教えられているような体たらくで、そんなことはまるでなく、つまり、人間の収縮が猿の地点にまで進んでしまったいま現在、長幼の序というのはなんらの意味も持たぬのである。

という具合に、長幼の序と進化論の矛盾を俺は解き明かし、そして嬉しかったかと言うと、まるで嬉しくなかったのは、その長幼の序を信じて、こんなチャルベやヒシャゴとロサンゼルスに行くはめになったからで、その切なさから逃れるために花笠音頭でも絶唱しようかと思ったが、中途で飛行機を降ろされるのは切ないし、そんなことをしても問題の根本的な解決にはならないうえ、もっと切ない気持ちになりそうな気がしたのでよしにした。

そんなことを考えるうちに、えらいものである、飛行機は予定通りロサンゼルスに着到、とりあえずホテルに参りましょう、ということで関西弁を話す、二十代前半の現地コーディネーターの女性が運転する迎えのクルマに乗り込んでホテルに向かった。

クルマは山の方へ坂道をどんどん上っていき、やがて住宅の立ち並ぶ行き止まりのようなところで止まった。

ホテルに車寄せはなく、五段程度あがった階段のうえにある入り口は居住用のマンションのような入り口だった。

普段、ミュージシャンのスタッフをしているナウ橋は、あたふたと荷物を取りにいこうとしている。しかしちゃんとしたホテルにはベルボーイというものがいて、クルマから降りると自分の荷物には一切手を触れないで部屋まで運んでくれるもので、そんなことをする必要がない。

ということをナウ橋に教えたいと強く思うのは以前、その一件で失敗をしたことがあるからで、雑誌の取材でニューヨークに行った際、それまで海外渡航の経験もほとんどなく、また、国内でもちゃんとしたホテルに泊まった経験がないというか、食い詰めパンクで、一流ホテルや高級ブランド店、高級レストランのようなところの半径二〇〇メートル以内には立ち入らないようにしていた俺は、そうして荷物をベルの人が運んでくれるのを知らず、入り口のところでにこにこ笑いながら外人が近づいてきて嫌だったので、「がるるるっ」と唸りながらもの凄い勢いで入り口めがけて突進したところ、スーツケースの角が外人の足に当たり、外人は涙を浮かべて痛がったのだけれども、直後にその外人はホテルの従業員で、俺の荷物を部屋まで運ぼうとして近づいてきたということが判明、結局、外人に荷物を預けてふたりでエレベータに乗り込んだのである。

それでも外人は笑みを浮かべつつ、気さくな感じで、「ニューヨークにはなにしに来たんだい」とか、「このホテルは気に入ったか」などと聞いてきて、それはまあ客の俺に気を遣って聞いてきているのだろうけれども、聞くなら日本語で聞けばよいものを英語で聞いてきて、答えるにはいちいち頭のなかで英作文をしなければならず、それが鬱陶しいし、それよりなにより先ほど、「がるるるっ」と唸って足にスーツケースをぶつけたという負い目があるから、あまり気さくな感じで話すことができず、「がるるるっ。観光っ」「がるるるっ。まだわからない」などと言っているうちに向こうも白け、「どうやらこいつはおかしな奴に違いない」と思ったようで、後半はあまり気さくに話しかけてこなくなり、そのうえ同僚に、「今日来た日本人はおかしな野郎だからあまり相手にしない方がよいぜ」と言い触らして歩いたらしく、滞在中、従業員はみな俺と目を合わせないようにして、挨拶も俺にはよそよそしく、他の人間にはいろいろと話しかけているのに俺には義務的に最低限の挨拶をするだけだった。もっとも俺は外人になんか言われるのが嫌なので、がるるるっ、しか言わないが……。

しかしまあ、もちろん俺としても平穏に過ごしたくない訳ではなく、できうることであれば、挨拶くらいは普通にしたかったが、出だしで躓《つまず》いてそれができなかったのである。

そしていま同じ失敗をしようとしているナウ橋になにも教えてやらないのはあまりにも不人情で、もはやかなり猿化しているとはいえ、人としてそれはやはり教えてやった方がよい。

そう思って俺はナウ橋に言った。

「ナウ橋君」

「なんでしょうか」

「君はそうやってあたふたと荷物を運ぼうとしているがその必要はない」

「あ、そうなんですか」

「そうなんだよ。っていうのは一定程度、高級なホテルには荷物を運ぶ専門の係の人が居て、その人に任せておかないと脳味噌一ミリグラムのマザーファッカーの足が臭い貧乏パンクだと思われて滞在中もちゃんとしたサービスを受けられないんだよ」

「あ、そうなんですか。じゃあどのようにすれば……」

「どうもこうもないよ。ただ、ここにこう立って傲然としていればいいんだよ」

「あ、そうなんですか」

「そうなんだよ。さあ、傲然としよう」

そう言って俺とナウ橋はホテルのエントランスで顎を突き出し、腹を突き出し、肩を聳《そび》やかして傲然とした。

ところが一緒にクルマに乗ってやってきたヒシャゴや秋田エースケや紺谷タカオは奥からベルボーイが使うカートを持ってきてせかせか機材を運び始めた。

その様を見たナウ橋は傲然とした姿勢を崩し、気弱な困惑したような表情を浮かべて言った。

「どうしたんでしょうか。あの人たちは自分で荷物を運んでますが」

俺は傲然を続行しつつ言った。

「けらけらけら。それは間違いです」

「けらけらですか？」

「けらけらです。それはあの人たちが高級なホテルに泊まったことがない脳味噌一匁《もんめ》の褌《ふんどし》かつぎだからだよ。あんなことをしているとまともなサービスを受けられない」

「じゃあ、傲然としてていいんですかねぇ」

「いいんだよ。さあ、傲然としよう」

そう言ってナウ橋とふたりで傲然としつつ、ホテルのエントランスを注視したが奇妙なことに、エントランスは深閑と静まり返って誰も出てくる気配がない。おっかしいなあ、と訝《いぶか》っているとナウ橋が言った。

「あのう」

「なんだ」

「ちょっと意見、言っていいですか」

「もちろん。ここは自由の国だ」

「そういう荷物を運んでくれるホテルというのは一定程度、高級なホテルってことですよね」

「ああ、そうだよ」

「ここってそういうホテルなんでしょうか」

と、ナウ橋に言われて俄《にわか》に不安になった。言われてみれば確かにその通りで、一般的な高級ホテルのような堂々たる車寄せや重厚なエントランスのないこのホテルが高級なホテルであるという保証はどこにもない。ただ、漠然と自分が高級だと思っただけで、なぜそう思ったかというと、実はニューヨークで自分が泊まったホテルにも堂々たる車寄せや重厚なエントランスはなく、また、俺がスーツケースをぶつけたベルの兄ちゃんにいたっては、ジーンズにスゥエーターという私服姿であったからである。

それでも値段は高級ホテル並みに高いホテルであった。

というのはどういうことかというと、所謂《いわゆる》ところの、「隠れ家的」というやつで、部屋数は少ないのだけれども、味のある古い建物を改築して手厚いサービスをするのが売りのホテルであるということで、俺はニューヨークに取材に行ったときの編集者がそうしたようにヒシャゴが気を遣ってそんなホテルを予約したとばかり思いこんでいたのである。

しかし、いくら傲然としても、ベルボーイが来ないところをみると、そうではなかったようで、俺はナウ橋に言った。

「ナウ橋君。このホテルは君の言う通り、そういうホテルではなかったようだ」

「じゃ、どういうホテルなんでしょうか」

「いわゆるところのドヤだよ」

「ドヤってなんですか」

「君はドヤを知らんのか」

「ええ」

「じゃあさあ、『あしたのジョー』知ってる?」

「それなら知ってます」

「あのさあ、近所の子供とか丹下段平とか住んでるエリアあんじゃん? ああいうのをドヤ街っていうんだよ。つまり、簡易宿泊所というのかな、一泊千円とかの最下層の腐りきった安宿だよ」

「ここって最下層の腐りきった安宿すか?」

「その通りだ。ベルボーイもいないホテルなんて家畜小屋同然の豚の住処だよ。なかは娼婦と中毒患者ばかりだろう。恐ろしいことだ」

　そんなことを言っていると、撮影機材を運び終えた秋田エースケがクルマの荷室に積んであった俺のスーツケースを運んできて、やむを得ない、俺はナウ橋に言った。

「ナウ橋君」

「なんでしょうか」

「どうやらここはいま言ったような安宿らしい。仕方ないから自分たちでスーツケースを運ぼう」

「あ、そうなんですか」

「そうなんだ。そんなホテルに案内されたかと思うとむかつくがここまで来てしまった以上、仕方がない。とりあえず無理して傲然としなくてもいいよ」

と言うと、ナウ橋はほっとしたように肩の力を抜き、そして言った。

「ああ、よかった。普段、あんまり傲然としないのでなんか疲れちゃいました。ちょっと卑屈にしていいですか」

「なにも卑屈にしなくてもいい」

そんなことを言いながら俺とナウ橋はスーツケースを転がし、ホテルの玄関に入っていった。

悄然《しょうぜん》と自らスーツケースを抱え上げエントランスの階段を上ってなかに入ると、左手にレセプション、レセプションを通り過ぎた正面にエレベーターがあり、左手の廊下の先には中庭に面した食堂がある模様だった。

腐りきったドヤのくせに、内装は典雅かつ重厚で、レセプションにいる兄ちゃんやネェちゃんは髪をドレッドにするなど、いかした奴って感じだった。ありゃりゃりゃ？と訝りつつ、「荷物を置いたら中庭に面した食堂で打ち合わせを行いたい」とヒシャゴが言うのに、了解しました、と返事をして二度驚いた。

どうせドヤなのだから、得体の知れぬ昆虫が壁を這う四畳半くらいの部屋にスチールの事務机と椅子、蚕棚《かいこだな》みたいな二段ベッドが置いてあるだけの昼でも暗くて、蛍光灯《しょうしゃ》がつけっぱなし、みたいな部屋を連想していたのに、入ってみると部屋は広く、瀟洒《しょうしゃ》な家具の置いてある二十畳くらいのリビングには暖炉があり、大きなベッドはリビングの手前側から階段を上った一段高くなった十畳大のスペースに置いてあって、いかにも落ち着いて眠れそうであり、その先には一般的なパンクロッカーのアパートと同等の広さのクローゼットがあった。

さらにはリビングの左奥には家族四人の夕食を供しうる程度のキッチンもあって、これにいたって私はすべてを了解した。つまりどういうことかというと、このホテルは、滞在型のホテルであって、多くの客は長逗留する。そういえば先ほど、部屋まで来る際、大きな袋を抱えたガイジンのおばはんが洗濯室のようなところに入っていったが、あれも、長逗留しているゲストなのだろう。

というと、それこそ山谷《さんや》の、または釜《かま》ヶ崎《さき》のドヤとちゃうんけ、という人があるかも知らんが、そうではなく、ある種、隠れ家的な、ありきたりのホテルのサービスではなく、住むような感覚で旅先でリラックスできるようにデザインされたホテルであると言えるのである。それが証拠に後日、ものをいうようになったドレッドロックの兄ちゃんが、「おまえ宛に毎日、大量にファックスが届くが、おまえはいったい何屋なんだよ」と聞くので、「俺は売れない歌手なんだよ」と答えると、「そういえば日本の売れてる著名な女の歌手がちょっと前にここに泊まってて俺は友達になった」と言っており、つまり売れている歌手が泊まるようなホテルなのであった。

そんなことも知らずにエントランスで傲然としたり、ナウ橋に、家畜小屋同然の豚の住処だよ。なかは娼婦と中毒患者ばかり、などと言ってしまったのは恥ずかしいことであるが、言ってしまったものは仕方ないので、ナウ橋の部屋に電話をかけ、「そろそろ行こうか」と声をかけ、うち揃って典雅なエレベーターで一階に降り、右に曲がって食堂の方へ歩いていった。

午後三時の食堂には人影がなく、ただ中庭より日が差しているのは、この食堂が朝食専用のホテルだろうからで、テーブルの上も、壁際の細長い什器《じゆうき》が置いてある台もさっぱりと片付けられてがらんとしていた。

そのがらんとした食堂に、さっきクルマを運転していた若い女性があたふたと入ってきて、俺とナウ橋を見て、自分はコーディネーターの軽野《かるの》ミコである、と自己紹介した。

「あ、そうですか。私はマーチダで、これが」

「ナウ橋です」

と、自己紹介しているところへ、ヒシャゴ、続いてチャルベが入ってきた。ヒシャゴが、「それでは打ち合わせをいたしましょう」と言って、中庭を背にして座り、持っていたシステム手帳のようなものをテーブルの上に、ばさ、と置いたので、俺がその前に座ると、手ぶらのチャルベがヒシャゴの隣に座り、ナウ橋と軽野ミコは離れたところにある席にそれぞれ座って背筋を伸ばしてこっちを見ていた。

「それでは、いよいよ到着した訳ですが、撮影は明日からということで、どういう風に進めていくか話し合いましょう」

と相変わらず落ち着き払ったような調子で言うのだけれども、いまから話し合っていて一体撮影に間に合うのか。というか、最初に話し合ったときからチャルベは一ミリも方針を変えておらないのだけれども、今度はなにか新しい提案があるのか。そう思って、

「ええ、まあじゃあ、あの。とにかくプランを伺いましょう」

と言ったところヒシャゴは、

「ええ。まあ、ただ我々としてはできうる限りマーチダさんの希望も取り入れていきたいと思ってますので、なにか考えがあれば、それをお聞かせ願いたいと思ってますので」

と言い、俺はまた、同じことの繰り返しだ、と思った。

マーチダさんの意見を聞きたいと言い、意見を言ったからといってそれが取り入れられる訳ではない。俺の投げた球がストライクかボールかを判断するのは、あくまでもヒシャゴであり、チャルベなのである。

つまりどういうことかというと、意見は聞く。ただ、それを無条件に取り入れるのではなく、自分たちの策定した路線に合致するものはこれを取り入れ、合致しないものはこれを取り入れない、と言っているのである。

彼らがそのような権利を有していると信じて疑わない、その根拠がまったく知れなかったが、だんだんにわかってきたことがひとつあるというのは、彼らが現実をまったく重視していないという点である。

つまり、マーチダという人間がいる。このマーチダが仮にブコウスキーの文学に一片の興味もなく、一行も読んだこともなかったとする。だったとしたら、マーチダがブコウスキーの人と作品をめぐる旅をするのは不可能である。しかし、チャルベは可能と考える。

なんとなればチャルベは、すべての現実をカメラに写す必要はなく、自分にとって都合のよい現実だけを写せばそれでよいのだし、ましてやマーチダの内面などはカメラに写らない。すべての発言、コメントは科白《せりふ》であり、テレビに出演する人間は、自らの内面をいったん棚上げし、その番組の趣旨に沿った発言をするに決まっている、と考えているからで、仮に内心で、ブコウスキーなんかクソだよ、と思っていたとしても、これを称えるような趣旨の番組であれば、「いっやー、実に。なんというかブコウスキーは内容的にも非常にいいですねぇ」みたいなことを自動的に言うとチャルベは思っているのである。

これを称して、ヤラセという。

或いは、ある人が百の発言をするところを撮影したとして、これを適宜編集すれば、この人が白と言っているようにもみせかけることができるし、黒と言っているようにみせかけることもできる。

チャルベはギャラシー賞という賞ももらった優秀なディレクターであると聞いた。というのはこの、撮影した様々の現実の断片を取捨選択、再構成して、ある視点に沿った、ひとつの流れを作るのがうまいということだろう。

もちろんこれは真の意味でのドキュメンタリーではなく、映像を使って自らの思想を表現しているに過ぎず、つまり、チャルベが自ら頼むところは、その視点、或いは、切り口であって、この場合は、アメリカの光を嫌い、影を好んだ作家・ブコウスキー、という切り口が、これまでになく斬新で卓越した発想であると信じているのである。

しかし、右の発想が陳腐であるのは誰が見ても明らかで、にもかかわらずなぜチャルベは自分の発想を優れたものだと思いこんでいるのか。アホだからか。

と言ってしまえばそうなのだけれども、丸っきりのアホにディレクターはできない。

というとなんなのか、と言えばそれは強い自己愛である。

自分の発想が優れているのはなぜか。なぜならそれは自分が考えたからで、この愛おしい自分の着想なのだから検討するまでもなく素晴らしいに決まっている。

ということすら考えず、自分のなかで素晴らしい思いつき、ということに自動的になってしまっていて、それが陳腐で愚劣かも知れない、などということは可能性としてもあり得ないのである。

そして本来はプロデューサーであるヒシャゴがそのあたりをチェックする必要があるのだけれども、チャルベと一緒になって、マネージャーの同行を禁止したヒシャゴもまた、チャルベとは別の意味でヤラセに中毒しているというか、現実をなめているようなところがあって、内容などというものはテレビ番組という枠内においては似たり寄ったりで、それが斬新といっても陳腐といっても実質的な内容はそう隔たるものではなく、要するに、予算の範囲内で納期までにそれなりのものができればよく、内容みたいなところで頑張っても仕方ないと思っており、かくしてチャルベの思いつきはノーチェックとなるのである。

だからこのように、いつまで経っても、アメリカの光と影とか、思春期の孤独とか、猿の出会いとかって、まあそんなことは言ってないのだけれども、みたいなことを言っているのだな、と、この期に及んでまだ、自らのプランに固執し、同じことを言い続けるチャルベの顔を半ば呆れつつも、半ば納得しながら眺めていたのだが、こんなことでは死ぬまで話し続けても、なんらの結論も得られぬであろう、と思ったのでついに言った。

「いや、そういうことについてはもうさんざん伺ったんですけどね。はっきり言って僕はそのプランは陳腐だと思うんですよ」

そう言ってから、少しは気を悪くしたかなと思ってチャルベの顔を見たが、驚いたことにチャルベはそれでもニヤニヤして頷いていた。どういうことなのか。大好きな自分の考えた大好きなプランを貶《けな》されて腹が立たないのか。

というと、もちろん腹は立たない。なぜならチャルベは、それを言っているのは、たかがパンク歌手であり、もっと言うとキャストである。キャストというのは女優さんなどにそれが顕著だが、自分の写り方にしか興味がなく、脚本に対する考えがきわめて一元的で、ディレクターという立場、権限を自らの才能によって天然自然に付与されている自分の視点とは比べようもなく、しかしそのように幼い頭で一生懸命考えて意見を言っている様は可愛いものだ。善哉、善哉、と思っているからである。

とわかって激烈に腹が立つのはむしろこっちで、チャルベにすれば、三歳の子供に、「あのね、おじさんね、ドキュメンタリーっていうのはね、こうやって撮るの」と言われたみたいな気になってへらへら聞き流しているのかも知れないが、どう考えてもチャルベのプランは愚劣で、そんなプランしか思いつかない奴に、餓鬼扱いされているのだからむかつくのは当然で、腹立ちに任せて俺は言ってしまった。

「誤解のないように言っておきますけど、僕はなにも自分の写りとかを気にして、自分がこう写りたいとか思って言ってる訳じゃないですよ。こういう生涯をざっと追うみたいな、そんなのやったって意味ないって言ってるんですよ。しかもその人と作品についての解釈もぬるいし。あと、つきあった女性に話を聞いて回るというのも、すくなくとも僕は興味を抱けませんよ。それについて、下敷きにしたらしい『詩人と女たち』というのは歳をとってあきらかにパワーの落ちた、ただ愚痴を連ねたみたいな駄作ですし」

そう言うと、チャルベが初めて反論めいたことを言った。

「僕はそうは思わない。僕は好きだな、『詩人と女たち』」

「まあね。好き嫌いというのはそれはありますよ。ただ、僕は、僕の好き嫌いじゃなく、客観的に見てあの作品は駄作だと言ってるんですよ。僕も小説家の端くれですからそれくらい読めばわかりますよ。まあ、あなたたちは僕を女優だと思ってるみたいだけど」

「いえ、そんなことはありません。我々は作家でありミュージシャンであるマーチダさんに旅していただくのがこのテーマにもっともふさわしいと思ってマーチダさんを選んだんです」

ヒシャゴは口ではそう言ったが、その目は依然、「作家とかいってっけど、しょせん売れない歌手じゃん、キャストじゃん」と言っていた。そのヒシャゴが続けて、

「そのマーチダさんに伺いますが、マーチダさんはロスでどこか行きたいところはありませんか」

と言った。俺は言下に答えた。

「ありません」

「観光地のようなところでもいいんだけど」

「観光地ですか。俺は観光地に行くと抑鬱《よくうつ》的な気分になって死にたくなるんですよ。以

前に東京ディズニーランドというところに行ったことがあるんですが、電光パレードというのを見ているうちになんだか死にたいような気分になってきて、シンデレラ城から飛び降りて死のうとしたんですが、行列ができていてなかなかシンデレラ城に入ることができず、それで死なずに済んだのです」

「ああ、そうですか」

とヒシャゴは表情を変えずに言った。

結局、朝食を食べるための食堂での会議は実を結ばず、七時にロビーに集合して夕食、その夕食の際にもう一度、話し合うことになった。

「それまでは部屋で休んでてください」

そう言われて典雅なエレベーターで部屋に戻った。廊下は回廊のようになっていて同じ階でも高低があった。この高低のある床が、同じ部屋でありながら二階のように一段高くなったベッドルームを可能にしているのである。

普通のフラットな床にすれば建築コストも安くあがるのになんでそんなことをするのかというと、まア、素人の考えだけれども、そうして高低をつけることによって空間に奥行きが生まれ、落ち着きと安らぎが生じるからであろう。

そう思ったので、人間国宝・桂米朝師の口調で、「手間なことをしまんねんなあ」と言ってみたがナウ橋はきょとんとしていて、そこでナウ橋に、「二十五年くらい前に桂米朝のナレーションで京都や大阪の名店を紹介する、『味の招待席』という番組があって、そのなかで米朝師が、感に堪えぬという口調で、『手間なことをしまんねんなあ』と言うことがよくあって、仲間内で物真似をして遊んでいたんだよ」と説明しようかと思ったが、そんなことをナウ橋に言っても意味がないので、「シーユーレーラー」と言って部屋の前で別れた。つい思わずそう言ってしまったのだけれども、カリフォルニア州に来たからといって、着くなり日本人相手に英語を話しているという僕はお調子者なのだろうか。

部屋に入ったのは四時であった。夕食まであと三時間もあったので言われた通り休もうと思ったが、休もうとすればするほど身体が突っ張らかって休めない。そこで、凝った造りの部屋を眺め、またぞおろ、「手間なことをしまんねんなあ」と言ったり、先ほど、シーユーレーラー、と言ってしまったことを反省するなどしたが、そんなことをしても五分くらいしか経たず困惑して、仕方ないので、「ポンポーン、ジブライト。自分のライトはジブライト。ジブライトで勉強しいや」という三十五年くらい前のテレビコマーシャルの物真似をしながら部屋のなかをぐるぐる歩き回ったのだけれども、それでも十分くらいしか時間をつぶせなかった。

そして思ったのは、このジブライトのメインキャストは白人男性で、彼は、「ポンポーン、ジブライト。自分のライトはジブライト。ジブライトで勉強しいや」という台詞《せりふ》を外国人風の訛《なまり》のある日本語で発音していて、自分はそれを忠実に再現したのだけれども、しかし、考えてみれば、先ほどカリフォルニア州に来たからといって必要もないのにただちにガイジン化して英語を喋るのはいくらなんでも軽薄過ぎるだろう、と反省した直後に、外国人風の訛のある日本語を喋るのはいかがなものか、ということで、そのことも含めてもう一度、反省しようかな、と思い、しかし、その他にもっと重要なことで反省すべきことがあるはずだよな、ははは。などと笑いのうちに自分の人生に対する態度をごまかし、ベッドに寝転んで、鞄から取り出した、『モノマネ鳥よ、おれの幸運を願え』の頁を繰っていたのが、いつの間にか眠ってしまい、結局、なんらの根本的な反省もせぬまま目を覚ましたら七時五分前だった。


「なんか食べたいものありませんか」

　集合したロビーでヒシャゴにそう問われ、自分がいまなにを食べたいかを考えたが、なにも思い浮かばず、ならばというので、過去に食べておいしかったものを思い出そうとしたが頭に浮かぶのは、高円寺の激マズカレー店や西武池袋線中村橋駅の立ち食い蕎麦、或いは、緑山というところにあるスタジオの食堂で、みなが敬遠して食べないラーメンを、「パイオニア精神だ。開拓者魂だ。うちはチャレンジャーですから」などと嘯《うそぶ》いて食した挙げ句、卒倒、周囲の失笑を買った、みたいなことばかりで困惑、しかたないので、

「特に食べたいものはありません」

と言ったところ、「じゃあ、近所で済ませましょう」ということになって、全員でバンに乗り込み、大通りまで出て坂道を下り、ひとつ目の交差点を渡った右側にあるB&Bというところに入った。

B&Bというのは寝臺と朝飯、すなわち朝食とベッドを供する簡易な宿泊施設のことであると思っていたが、なかはファミレス様になっていて、調理場に続く二本の通路の両側に、背の高いベンチとテーブルで設《しつら》えられた四人がけの席が続いていて、芋兄ちゃんと芋ネェちゃんみたいな若い者がデートみたいなことをしているのか、額を寄せあって薄い飲み物を啜《すす》っているのである。

もちろんベッドはなく、時間が時間なので朝食もないので、B&Bというのには別の、例えば豚&弁天とかそんな意味があるのかも知れない、なんてなことを考えながら奥に進み、席は四人がけの席しかないので、チャルベ、ヒシャゴ、ナウ橋、俺のグループと紺谷タカオ、秋田エースケ、軽野ミコのグループに分かれて座ったが椅子の背が高いので、打ち合わせという雰囲気でもなくなって、紺谷タカオは早々とビールを注文してエロチックな話を始めるなどしていて、チャルベもヒシャゴも内容の話をするのは気が重いのか、番組の話はいっさいしないで真摯にメニューを検討しているので、俺も真摯にメニューを検討し、注文を聞きにきた米人のウエイトレスに、チキンコンボなる料理を注文した。

みなそれに類した、たいして期待できそうにない料理を注文して、それからヒシャゴが言った。

「マーチダさん、飲み物はいいですか」

「そうですね。じゃあ、僕はコーヒーをいただきます。稲村さんたちはいいんですか。アメリカンでも頼んだらどうですか。もっともアメリカで敢えてアメリカンと言わなくてもアメリカは自然にアメリカンだと思いますが」

「いや、僕はビア」

「俺もビア」

と言ってふたりがビアになったのでビアと話しても仕方ないと思って、自分はコーヒーになって黙りがちにしていると、やがて料理が運ばれてきたが予想どおり、調理師が味見をする前に煙草を百本吸ったうえ、千振《せんぶり》を千杯飲んだうえ、ハリセンボンを丸呑みしたみたいな味の鳥と芋が、なにかの冗談ではないかと思われるくらい大量に盛られた皿が運ばれてきて、しかし頼んだのは自分なのでやむなくこれを食べ始めたのだけれども、半分もいかないうちに挫折して、日本のテレビではしきりに大食いの模様を企画・製作しているが、そんな面倒なことをしなくてもここにくれば自然にアメリカンというか自然に大食い選手権になっていて、面倒な番組制作をしなくて済むのだが……、なんてなことを考えつつ、周囲を見ると、みな大量に残った皿を前に虚《うつ》ろな表情でビアを飲んでいて、たいていにやにやしているチャルべや上機嫌でエロチックな話をしていた紺谷タカオですら、浮かぬ顔をしているというのは、この家の料理の魔力である。

しかし、このまま虚脱していても仕方ないので、「これからどうするんですか」とヒシャゴに聞くと、ヒシャゴは、「ではホテルに戻って明日からの撮影の打ち合わせをしましょう」と平坦な声で言って、店員を呼び勘定書を持ってこさせて現金で勘定を払った。

そして我々はのそのそ立ち上がり、駐車場に向かって俯《うつむ》いてとぼとぼ歩いた。

「だから結局ね、オッケーになったからロケするっていうのは順序が逆だと思うんですよ」

と俺は、俺の部屋と同じ造りの312号室、すなわちヒシャゴの部屋で言って、チキンコンボを三十皿食べたような気分になった。いったいこんなことを何回言ったであろうか。

にもかかわらず、また言わなければならなかったのは、ホテルに戻り、ヒシャゴの部屋で新しいプランとして、「さっきコーディネーターと連絡がとれて別の女性のインタビューのオッケーが出そうという話なんで、それを付け加えてぇ……」とチャルベはまた言い始めたからである。

ところがチャルベはきょとんとしている。俺はやむなく同じ話を続けた。

「だからね、何度も言ってるんですけどね。例えば、映画だったらね、この主人公が結婚して結婚式のシーンを撮るってことがまずあって、それから撮影できる結婚式場を探しにいく訳じゃないですかぁ。それが、いまやってるのは逆で、お寺の撮影許可がとれたんで主人公が死んだことにして葬式のシーンを撮ろう、ってってるようなもんじゃないですかぁ。それってまずくないですか」

「ええ。でも今回はお寺は行きませんけどね」

「だからそうじゃなくて、僕の言ってるのは……」

「わかります。わかります」

とヒシャゴが口を挟んだ。

「我々としては最大限、マーチダさんの意向をとり入れましてね、マーチダさんがデビュー前のブコウスキーに興味があるということで、それについて考慮をしました」

「なにを考慮したんですか」

「それは稲村が説明します」

そう言ってヒシャゴはチャルベを見た。俺もチャルベを見た。ナウ橋もチャルベを見た。紺谷タカオもチャルベを見た。チャルベは陰嚢《いんのう》のあたりに手を添えてにやにや笑っていた。

「稲村。マーチダさんに新しいプランの説明をしろ」

言われて初めてチャルベは返事をした。

「はいっ?」

「はい、じゃなく、早くご説明を……」

「説明？　なんの説明？」

「だからぁ。撮影プランの話だよ」

「ああ、ああ、あれですか」

とチャルべは大きな声を出し、続けて、

「マーチダさんがデビュー前のブコウスキーに興味があるということだったので、『くそったれ！少年時代』を入れたんですよ」

と言い、そのあとなにか説明があるのか、と思って聞いていたらそれきりなにも言わない。やむなく尋ねた。

「それで？」

「それでって？」

「入れたっていうのはどういうことなんですか」

「入れたというのはとり入れたということですよ。ブコウスキーは幼い頃、父親の折檻《せっかん》をうけます。それによる父との葛藤、庇《かば》ってくれなかった母親への複雑な思い。そんなものがブコウスキーのなかでトラウマになっていくみたいなことを描くみたいなことをね、そんなことを具体的には、ほら父親に芝刈りをさせられたということなので、どこかの家の芝生に行ってね、その前で撮影するみたいなことにしたらどうかと。そんなことです」

チャルべは得意げにそう言った。二重、三重に間違っていた。

整理すると、当初のチャルベのプランは、グレイハウンドに乗って旅をするというプランだった。ところがテロの規制が厳しくなり、バスに撮影機材を持ち込めないことになった。やむなくチャルベが大分と時間が経ってから出してきたのは、ブコウスキーの生涯をざっと追いつつ、ゆかりの場所を巡るという、人物紹介ＶＴＲと「湯けむり文学碑めぐり」みたいな番組を混ぜ合わせたようなシロモノだった。

そこで、文学碑めぐりのようなことはやめて、具体的な作品から入って広げていった方がよいのではないか、と提案したところ、どの作品が好きか、と聞くので、ヘンリー・チナスキーというブコウスキーに似た主人公が様々の職を遍歴する、『勝手に生きろ！』という作品をモチーフにすると面白いものになるのではないか、と言ったところ、暫く連絡を絶ったうえ、出発ぎりぎりになって、ひたすら元カノや元奥に会うというプランを持ってきて、一応、『詩人と女たち』をモチーフにしたというのだけれども、どうやらそれは後から辻褄を合わせただけで、真相はインタビューの了承がとれたから、ということに過ぎなかった。

そのうえ、内容は相変わらず、生涯をざっと追う、みたいなものからまったく変わっていないのである。この段階で、内容が決まっていない状態ということは撮影は不可能なのではないか。企画を中止するか、延期するかした方がよいのではないか、と思ったので、そう言ったところ、もう一度、チャルベがプランを出すのでなんとかお願いしたい、それについて、この本から入りたい、という希望はないか、と聞くので、だから

『勝手に生きろ！』やっ、ちゅうとろうもん。という趣旨のことを申し上げたところ、撮影開始までには必ずや、新しいプランを出す、と約束したまま、今日を迎えたのである。実は、その間、ヒシャゴはエヌエイチケーに怒られてもいた。マーチダに見せる意味にエヌエイチケーに撮影プランを提出したところ、「これではマーチダに行かせる前ないやんけ。わざわざマーチダに行かせるんやからもっとマーチダ色を出さんかれ」と怒られていたのであった。

それで出てきたのが、今回のプランなのだけれども、まず、俺が言ったのは、『勝手に生きろ！』であって、『くそったれ！少年時代』ではなかった。それがなぜか、『くそったれ！少年時代』に変わっているのであり、しかし、それが興味深いものであれば、もちろん話に乗るのだけれども、芝刈りのエピソードと、「父との葛藤・庇ってくれなかった母への思い」というのは、チャルベの一番初めのプランにあった項目で、結局、チャルベは元のプランを復活させただけで、チャルベの自己愛に基づく自らのプランへの拘泥は常識では考えられぬほど激しいものなのである。

頭のなかに青い着物を着て尻をたっかく端折《はしょ》り、頭に手拭を巻いた壮漢が百人現れ、「トロンロロンロンロン。トロンロロンロンロン。トロンロロンロンロン。トロンロロンロン。徒労だな、アハハン。徒労だな、アハハン。猿が天井からポタリと背中にー。チャルベだな、アハハン。ヒシャゴだな、アハハン。ここはエルエー、サンタモニカドライブ」

と歌いながら踊り始め、自分も一緒に歌い踊りたいような気分になったが、そんなことをしても意味がないのでなんとか堪え、そして言った。

「ええっと、なにから話せばいいのかな。あのお、まずね、『くそったれ！少年時代』を入れたとおっしゃいますけどね、僕が提案したのは、『勝手に生きろ！』なんですね」

「ああ、そうだけど、でもグレイハウンド乗れないから」

「いや、そうではなくて、グレイハウンドに乗れなくても別に僕はよくて……」

「そうなんだけどね、実際問題としてテロの関係で撮影機材を持ち込めないんですよ」

「いや、そうじゃなくて、さっきも言ったみたいに、僕が言ってるのは、まずグレイハウンドありきで考えるのはおかしいんじゃないかってことなんですよ。それって、さっきも言いましたけど、寺の撮影許可が下りたという理由でシナリオを変更して葬式のシーンを撮るようなもんじゃないですかあ」

「それは大丈夫ですよ、さっきも言ったけど寺のロケは考えてません」

「いや、そんなことを言ってるんじゃなくてね、つまり……、っていうか、まあ、それはいいとしても、僕は、『くそったれ！少年時代』という提案はしてない訳でね」

「ええ、ただ僕としては、作家デビュー前のブコウスキーに興味がある、っていうマーチダさんの意見をグレイハウンドに乗れないなかで最大限にとり入れた訳でぇ」

「え？　デビュー前のブコウスキーってどういうことですか」

「だって、『勝手に生きろ！』っていうのは、デビュー前のブコウスキーが職を転々とする話でしょ。つまりマーチダさんはデビュー前の話に興味あるってことじゃないですか。でも、グレイハウンド乗れないんで同じくデビュー前の話の『くそったれ！少年時代』を入れたんですよ」

「いや、そうじゃなく、っていうか、いまとても驚いてるんですけど、つまりね、僕はそういう風に年代記的にとらえてデビュー前のブコウスキーに興味があるとかそういうことを言ってるんじゃなくてね、つまり、稲村さんの構成台本にあったみたいに、少年時代、放浪時代、作家時代みたいに考えて、それを追っていくっていうのは興味なくてね、なぜならそんなの本がいっぱい出てるし、映像でそれをやっても雑になるだけで、冒頭の紹介ビデオみたいになるだけじゃないですかあ。ってことは最初から何度も言ってて……。それにもっと言うと、新しいプランってことですけど、それって結局、最初にあった、家族の喪失、っていう項目とまったく同じなんですよね」

「でも、マーチダさんがデビュー前に興味あるって言うんだからしょうがないですよ。こっちとしてはマーチダさんの意見を最大限とり入れていきたいと思ってるんですよ」

「いや、えっとお、どう言えばいいのかなあ。とにかくこれじゃあ、撮影に入れないでしょう。ここまで稲村さんと僕とで意見が分かれてたら」

と、ヒシャゴに向かって言うと、ヒシャゴは、この期に及んでなぜかくも落ち着いていられるのかわからぬが、落ち着き払った口調で、

「では、明日の朝八時に一階の食堂で打ち合わせをしましょう」

と言った。しかし自分は、これ以上の打ち合わせは無意味であると思って言った。

「つか、これ以上、打ち合わせしても同じことの繰り返しになるんじゃないですか」

「ええ。だから明日は稲村が今日の話を踏まえたうえで新しい構成案を出します。それで午前中はゆっくり会議して午後、撮れるところから撮っていきましょう」

とヒシャゴは言ったものの、チャルベから新しい提案が出てくるとは思えなかった。

まあ、しかし、出す、と言っているものを、出すな、とは言えない。

というか世の中には、ときに人智を超えた奇蹟《きせき》というものがある。フランスのルルドというところでは少女の前に聖母マリアが現れ、ここを掘れというところを掘ったら泉が湧き出て、その水を飲むとどんな難病でもたちどころに治る。はっきり言って科学では説明のできない奇蹟である。

というのはフランスの話だけれども日本にも、弘法大師という人が錫杖《しゃくじょう》で地面を突いたら、こんこんと水が湧き出た、という話があちこちにある。数が多いということは、フランスよりも日本の方が奇蹟が起きやすいということで、明日の朝、カリフォルニアを旅行中の弘法大師が打ち合わせ中にぶらりと現れ、チャルベの頭を錫杖で突いたら、こんこんと水が湧き出た、みたいなことにならないとは限らない。

というのはなんの解決にもならないが、奇蹟というものが人智を超えている以上、なにが起きるか知れたものではなく、今晩のうちに構成プランを書かないでビールを飲んで眠りこけているチャルベの枕元に、聖母マリアが現れ、その頭を弘法大師から借りた錫杖で突いたところ、チャルベのあたまからこんこんと智慧の泉が湧き出て、素晴らしい構成台本を書くという奇蹟が絶対に起きないとは、過去の奇蹟の事例から判断すれば、言えぬのである。

七月二日七時三十分。晴天。ロビー奥の小食堂には、新鮮なフルーツや野菜、その他、豆やベーコンやシリアルなどが並べてあって、そのうえフレッシュジュース、ミルク、コーヒー、茶なども随意に飲んでよく、また、さらに奥には緑の美しい中庭のテラス席もあって、すぐ足元までやってきて首を傾げて餌をねだる小鳥にパンを与えつつ、おいしい朝食を頂くなんてのも乙《おつ》なものでございましょう。いいなあ。カリフォルニアだなあ。嬉しいなあ。

なんてまったく思えず、食欲もないので中庭に続く出入り口近くの席に座ってコーヒーだけ飲んでいるとナウ橋が来て俺から少し離れて中程の席に座り、それから英字新聞を小脇に抱えたヒシャゴが来てテラス席に向かい、紺谷タカオと秋田エースケが来て入り口近くの席に座った。起きたばかりでみな怒ったのと情けないのが混ざったような憮然とした顔で、パンや果物を運んできて手早く朝食をとっているのは、八時から会議を開くことになっているからで、八時前に書類のファイルを抱え、キャップをかぶった軽野ミコがやってきた頃にはみな概《おお》ね朝食を済ませていた。

そしてついに八時を過ぎ、じゃあ会議が始まったかといってそうでないのは、チャルべがまだ来てなかったからである。となると当然、「チャルべさん遅いなあ」とか、「稲村はなにやってんだ」という声がスタッフ、キャストの間から澎湃《ほうはい》としてあがってくるはずなのだけれども、ヒシャゴはテラス席で英字新聞に読みふけっているし、紺谷タカオは入り口近くの席で秋田エースケと向かい合って座り、無言で煙草を吸っており、ナウ橋は絶望した人のように両の手で顔を覆って動かず、ナウ橋と紺谷タカオの間に座った軽野ミコは分厚いファイルを開いてなにかを書き込んだり、ときおりかかってくる電話に英語で応対するなどしているのである。

なぜ、誰もチャルべが来ないことに言及しなかったのか。それは、それ、すなわちディレクターが集合時間にやってこない、ということに一度言及すれば、「駄目かもしんねぇ、この現場」というみなが内心で思っていることが事実として確定してしまうからで、誰もが、その言い出しっぺになるのが嫌だったからである。

しかし、チャルべが遅刻しているという現実は他に客のない中庭に面した小食堂の我々にとって無視できないくらいに重く、みな、英字新聞を読んだり、仕事の段取りを確認したりしつつも、誰かが、「チャルべ、遅いじゃんよー」と言わないかなあ、と他の動向を探り合っているのであり、ちょっと見には、みな寝起きでだらだらしているようにしか見えない小食堂の空気は実は張りつめていたのであった。

そんな張りつめた空気の小食堂にチャルべが現れたのは九時を過ぎてからであった。

通常、約束の時間に遅れた場合、人類だったら小走りになるとかするものだが、どういう訳かチャルベは、普通以上にゆっくりと歩いて現れたので、全員、あっけにとられたようであったが、それだけではなく、通常、一時間も遅くなったときは、ヒューマンであれば、少しはバツの悪そうな顔をして現れるものだが、どういう訳かチャルベは、にやにや笑って現れたので、全員、理解に苦しむという表情を浮かべていたが、それだけではなく、一般的に一時間も会議に遅れたら、人間の場合、当然、朝食は食べないで会議に臨むものだが、どういう訳かチャルベは、あちこちをうろうろしてパンやフルーツ、ベーコンや卵などを皿に山盛りに盛り、心の底から嬉しそうな笑みを浮かべてこれを食べ始めたので、全員、びっくりしてバカになって座り小便をしそうになったが理性で堪《こら》えたのであった。

それでも誰もなにも発言せず、いまや全員、黙りこくってうなだれていたのは、全員が心のなかで思っていた、「チャルべって、もしかしたらバカ……」という疑念が現実となってそこにあるからであった。

チャルベが、新鮮なフルーツや野菜、その他、豆やベーコンやシリアルなどが並べてあって、そのうえフレッシュジュース、ミルク、コーヒー、茶なども随意に飲んでよく、また、さらに奥には緑の美しい中庭のテラス席もあって、すぐ足元までやってきて首を傾げて餌をねだる小鳥にパンを与えつつ、おいしい朝食を頂くなんてのも乙なものでございましょう。いいなあ。カリフォルニアだなあ。嬉しいなあ。楽しいなあ、と思いつつ、朝食をこころゆくまで堪能したくりたくった午前九時四十五分に始まった会議の席上で三枚の紙が配られた。以下はその全文である。

【構成】

●イーストハリウッド

通りのマーチダ。街角の様子

「…自分と旅の関係」

「初めて訪れたロスの印象」

●チャールズ・ブコウスキー紹介

書店を訪れるマーチダ。棚に並ぶブコウスキーの本、本、本。

「…ロスを訪れた意味…自分にとってのブコウスキー」

『くそったれ！少年時代』の本を手にする。マーチダの選んだ一冊『くそったれ！少年時代』

●幼年時代ウエストハリウッド

『くそったれ！少年時代』から。

両親と暮らしたロングウッド周辺

「…訪れた印象」

●思春期

『くそったれ！少年時代』から。

思春期、無理して入れられた金持ちが集う名門校。同級生は車持ってデート。

現在のLA高校。若者たちがアメフト、チアリーダー練習。

「…訪れた感想」

悪性の面皰《にきび》で暗い青春

卒業のとき、体育館のプラム、外の茂みから覗いていた。

マーチダ「…ブコウスキーの思い…自分の高校時代。思春期、青春とは」

●作家の目覚め

この時代、既に小説を書き始めていたブコウスキー。

その作品が父に見つかり、家から放り出されたことから家を出る。

「…作家にとっての書く衝動、原体験とは」

●ダウンタウン

四日、独立記念日のダウンタウン。閑散としている？

家を出たブコウスキーはこの一角に住み始めた。

生涯、続いた下町暮らしの始まり。

そのアパートは今は分からない。

「…町の印象…作家にとって書く衝動、原体験とは」

●移動、放浪へ

車にて移動。田舎のアメリカ。砂漠…

ブコウスキーはバスを使って放浪の旅に出た。

マーチダ「…広大なアメリカの一端を体験して感想」

途中、食事など。名もなき町の名もなき人。

「…若きブコウスキーがロスを出た意味、思い…」

●フェニックス

フェニックス着　宿泊
もう一冊『町でいちばんの美女』
その中の「テキサスの売春宿」。その旅の途中、バスで知り合った女性を追って、ある町に引き返し、新聞のコラムに書いて貰い、彼女を探したと書いている。
しかし、もっと初期に書かれたコラム『ブコウスキー・ノート』には、バスで一緒になった女性と降りたと書かれている。

マーチダ「…作家の作品のなかの嘘、ブコウスキーの嘘」

●フェニックス
ここにはかつての恋人リンダ・キングが住んでいる。
ブコウスキーはどんな生活をしていたのか。
（ひっきりなしに、沢山書いていたことなど。「詩人と女たち」の草稿を送ってきた。
実際のモデルと小説の関係など）
母に始まり、女性は、ブコウスキーのキーワードだが、最も愛した女性は？
（ジェーン）

●ロス
一九五〇年代、ジェーンと暮らしたサウス・コロネード・ストリート。

マーチダ「…幼児期の体験、母への思い　思春期の葛藤　そして初めて愛した女性ジェーンへの思い」

ジェーンはアルコール中毒で身体を壊し、孤独な死を遂げた。

●サンタモニカ・ビーチ
ジェーンと同棲していた頃に撮られたどこかの海岸のブコウスキーの写真。

もう一枚、幼いブコウスキーが写された写真。サンタモニカ・ビーチ。サンタモニカにはフランク・アイとの間に生まれた一人娘に会うため、よく訪れていた。（今もフランク・アイはここに暮らす）

短篇『町でいちばんの美女』ロスの海岸の町を舞台とされる。（ベニスビーチ？）酒場で出会い、自殺した女。彼の現実の中にそういう女性はいなかった。誰をモデルにしたのか。

作品抜粋

マーチダ「…ブコウスキーとは…作家とは…」「旅の終わりに…」

散見される奇妙な言葉遣いは原文のまま。例によって、カギカッコのなかはマーチダの発言ということらしい。全員、黙って書類に目を落として、誰もなにも発言しなかった。素敵な小食堂に紙をめくる音だけが響いた。

暫《しばら》く経ってからヒシャゴが、仕方ないから言う、みたいな調子で俺に向かって言った。

「どうですか」

「どうですか、と申しますと？」

「なにか問題ありますか」

「っていうか、問題ないところありますか」

俺がそう言うと、ヒシャゴは一瞬、チャルべの方を見て、チャルべがにやにやしながらおいしそうにティーを飲んでいるのを見ると、実に意外だ、という風な大声で、

「あーあ、そうですか。どのあたりが問題なんだろうな」

と言った。きわめてわざとらしい大声であった。つまりヒシャゴはこの構成案がこれまでのものとまったく同じ、というよりもより杜撰《ずさん》な走り書きのようなことになっているのを重々知りながら、強引に問題がないことにして撮影日程を消化しようとしているのであった。俺はうんざりしつつも言った。

「どのあたりっていうか、まあ、あの全部ですよ」

「具体的に言うと?」

「だからほら、僕、ブコウスキーの略歴をざっと追うのは面白くないって、昨日もっていうか、最初から言ってたと思うんですけど、結局、少年時代、思春期、作家の目覚め、放浪時代、って構成になってるじゃないですかあ?」

「そうですか。そのあたりは稲村君、どうなってるの」

ヒシャゴに言われてチャルべはにやにやしたまま言った。

「それはですねぇ、だからマーチダさんが作品から入るべきって言ってたんで、その意見を取り入れて、『くそったれ!少年時代』を入れたんですよ」

「だそうです」

「あのう……、つうか、僕が言ったのはそういう入れるとかそういうことじゃなく

……」

「うん」

と今度はチャルベが直接に答えた。

「だから、『町でいちばんの美女』を追加しといたんですよ」

「いや、つうか、追加とかそういうことではないと思うんですよ。つうかその前に、『くそったれ！少年時代』の本を手にする、ってあるじゃないですかあ？　で、その後に、マーチダの選んだ一冊、ってあるじゃないですかあ？　でも、僕、それ選んでないんですよね。つうか、僕が選んだというか、モチーフにしたらどうか、って言ったのは、昨日も言いましたけど、『勝手に生きろ！』なんですよ。つか、そういう錯誤があるっていうのは全部そうで、あるところまでは稲村さんのチョイスなんですよ。例えば、僕はLA高校なんて行ったたってしょうがないと思うんですよね。けど稲村さんはそこで、金持ちはクルマ持ってデート、自分は暗い青春、って映像を撮りたい訳じゃないですか。で、その後、それを解説するようなマーチダのコメントが必ず設定してあるんですけど、僕はそこに行っても稲村さんが予め《あらかじ》設定した意味とは別のことを感じるかも知れない訳ですよね……」

と言うとヒシャゴが口をはさんだ。

「いえ。そのカギカッコのなかというのは仮に書いてあるだけで、マーチダさんは自由にコメントしてもらっていいですよ。というか私も稲村もそれを望んでいるんです」

「でもそれじゃ、ブコウスキーからどんどん離れていっちゃいますよ。だって、ここには一応、ブコウスキーの思い、って書いてありますけど、それは作品に書いてある訳で、それを要約して喋るしかないんだけど、そんなことは読者ひとりひとりが読めばいいことでテレビでやる意味ないし、そうすっとその後の、自分の高校時代。思春期、青春とは……、のところを主に喋ることになると思いますけど、それって意味なくないですか?」

「なんで意味ないんですか」

「だってそうじゃないですか。ブコウスキーの番組で僕がイマミヤ高校という高校に通っていて、学食のソバとラーメンのだし汁が同じで悲しかった、みたいな話してもしょうがないじゃないですか。それに、その後になるともっとひどいですよ。思春期、青春とは……、って一般論じゃないですか。青春とはなんだ、って夏木陽介主演のテレビドラマ、むかしあったの知らないでしょう。え? 知ってる? あ、そうか。皆さんはテレビ業界の人か。つか、とにかく、そういう一般論は言ってもしょうがないし、つか、青春とはなにか。って言われて、即答できる人ってはっきり言ってバカじゃないですか。そしたら、青春って猿だよね。みたいなことを自信満々のジャズマンみたいな口調で言うしかなくなってくるんだけど、そんなことやってもなんらの意味もないし、もちろん僕の個人的な話しても意味ない訳だし」

というとチャルベは初めてにやにや笑うのをやめて、口を尖《とが》らせ、きわめて不服そうに言った。

「だってしょうがないじゃないですか」

「なにがしょうがないんですか」

そう問うて、返ってきた答えを聞いて俺は、卒倒とかしようかな、と思ったが卒倒しようと思ったからといって直ちに卒倒はできないだろうから、かつての恋人、殿様リンダキングスと函館に行って海とか見ながら毛蟹をお腹いっぱい食べて快活に笑った後、ロシア人とふとしたことから言い争いになって撃ち合いになって、でもその後、和解してお互い分かり合って、それからは家族ぐるみの付き合い、年に一度は一緒にキャンプに行ったり、一緒にお百度参りをする仲になろうかな、と思ったが、そんなことをするのは性に合わないと言うかはっきり嫌だし、それ以前に殿様リンダキングスなんて女、知らないし、無理。と思った。なぜそんな突飛《とっぴ》な事を思ったのか。そんな突飛なことを思うくらいチャルベが突飛なことを言ったからである。

チャルベは左のごとくに言った。

「だってそうじゃないですか。マーチダさんは結局、自分の精神の旅がしたい訳でしょ。それってつまり自分をもっと前面に出せ、って言ってるってことでしょ。つまり、自分をもっとフィーチャーしろ、って言ってる訳じゃないですか。だから僕はマーチダさんが、自分の子供の頃の話とか高校のときの話とかをする場面を設定したんですよ。そりゃ、僕だってできるものならそういうのなしにブコウスキーだけやりたいですよ。あたりまえじゃないですか」

昨日は、頭のなかに青い着物を着て尻をたっかく端折《はしょ》り、頭に手拭を巻いた壮漢が百人現れ、〽トロンロロンロンロン。トロンロロンロンロン。トロンロロンロンロン。徒労だな、アハハン。徒労だな、アハハン（後略）、と歌い踊り始めたが今日は、頭のなかに黄色い着物を着て尻をたっかく端折り、頭に手拭を巻いたおばはんが千人現れ、〽アゼンゼゼンゼンゼン、アゼンゼゼンゼンゼン、アゼンゼゼンゼン、アゼンゼゼンゼンゼン。唖然だな、アハハン。唖然だな、アハハン。豚が天井からポタリと背中に。チャルベだな、アハハン。殴ろうかな、アハハン。ここはエルエー、サンタモニカドライブ、と歌いながら踊り始めてとても嫌だった。それでも日々が続くのは一体なんの因果なのであろうか。

それでもロケに行こうぜ、一応よ。ということになってホテルを出たのは正午。正午っつうことはメシを食べんければいかん、ということになり、例によって、「なにが食べたいですか」「全身全霊でどうでもよい」というやり取りがあった挙げ句、クルマで行ったのがソバ屋で、しかし、日本の通常のソバ屋と様子が違っているのは、日本の通常のソバ屋といえば気楽な店の代表格のようなもので、だらだらの普段着で行ってもなんら支障がないが、ところ変われば品変わる、ここ加州においては、ファッショナブルと言うか気取っていると言うか、内装も調度品も器も気を遣ってあって、混凝土《コンクリート》をあえて打ち放しにした壁や床に直線的な形式の椅子とテーブルを配し、なんやら織、みたいな布かけて、なんやら焼、みたいな洒落た花器や壺に季節の花が活《い》けてあったり、木の枝が挿してあったりするのであり、ランチでもひとり前、五千円くらいはするのではないか、みたいなしゃらくさい店構えなのである。

それやったらソバ屋なんかすんな、ぼけ。と怒鳴りたい気持ちになりつつも、「なんでもよい」と言った手前、文句も言えず、セロニアス・モンクのかかる店内に入って席に座ってろくにメニューも見ずに注文してやってきたソバは、店がこれだけしゃらくさいのだから、なんらかのしゃらくさ性があるのではないのか、という予測に反した、きわめて通常のソバで、それやったらそんなしゃらくさすんな、ぼけ。と怒鳴りたい気持ちになりつつも、そんなことをことさら言うのは大人げがないし、大声で怒鳴ってまで主張したいというものかと言うとそうでもないので、とにかくこのどうでもよいソバを早くやっつけてしまおうと、無言でソバを手繰り、ようやっと目の前のソバを虚しくしたら他の人はまだ半分も食べておらなくて、きわめて決まりが悪かった。

全員が食べ終わって表に出ると激烈に日差しが強く、チャルベはにやにや笑いながら、

「目が痛い」と言っている。歩きながらヒシャゴが、

「それではいまからハリウッドからイーストハリウッドのブコウスキーがよく通っていたバーなどへ向かいます」

と言うので、

「あー、はい」

と答えてクルマに乗り込んだ。クルマはヒシャゴが言った通り、ハリウッド大通りに至り、これを走行した。ヒシャゴが、「あれがチャイニーズシアター」「それがコダックシアター」などと教えてくれ、そして、「どうですか?」と聞くので、おそらく先方が思ってほしいと思っていること、すなわち、

「ああ、これがショウビジネスの殿堂、ハリウッドなんだわ。そのハリウッドに私はついにやって来たのだわ。感激だわ」

みたいなこと思おうと思ったが、まったく思えなかった。

アメリカの映画や演劇の熱心な崇拝者であれば、或いは、「この通りをあの大スターが歩いたのかも知れんったい」みたいなことを思えたかも知れない。しかし、俺は、いわゆるところのハリウッド映画というのをほとんど見たことがなく、偶然に見てしまうことがあっても、陳腐・愚劣以外なんらの感想も持てず、もっというと、あんなものばかり見ていると人間は馬鹿になってしまうので、可能であれば世の中から除去した方がよい、と思っているくらいで、人が口にする俳優の名前なども誰が誰かさっぱりわからないのでそうも思えず、為念、九州弁で、

「ここがハリウッドったい」「ここがハリウッドばい」

と思おうと思ってみたが果たせず、最後の手段として大阪弁で、

「ここがハリウッドやんけ」

と思おうと思ってみたところ、

「ここがハリウッドやんけ。しょうむないとこやの。いっぺんどつきまわしたろか、アホンダラ」

と逆に罵倒《ばとう》が出てきてしまう始末で、どうにもこうにも感激できず、それならば、というので、映画とかそういうことではなく、ただ純粋に繁華街、おおきなビルディングが聳《そび》えていて、クルマが激しく行き交い、最先端のファッションに身を包んだ人が往来を闊歩し、ショウケースにいろとりどりの商品が並ぶきらびやかな町、みたいなことで感激しようと試してみたのだけれども、香川県仲多度郡満濃《まんのう》町から、或いは、カンザス州オタワから来たのであればそんなことも思えるのかも知れないが、東京の都心部を見慣れていると、別に普通というか、単なる町並みに過ぎず、「すっげー」と口を開いて涎《よだれ》を垂らすこともできぬのである。

まあ、ヒシャゴとしてはそこを枉《ま》げてなんか言ってもらいたいのだろうけれども、満天下に嘘を言う訳にはいかないし、自分とてなんの努力もしなかった訳ではなく、九州弁とか、さまざまの可能性を探ったうえのことなので、決然と、

「別になにも思わない」

と言うと、ヒシャゴはあっさりした口調で、

「ああそうですか」とだけ言い、

「それでは次はジェーンと暮らしたアパートのあるあたりに行ってみます」

と言った。そのアパートはなんでもサウス・コロネード・ストリートというところにあるらしく、いかにも、南のコロネー、みたいな通りなんだろうな、と思って期待していたのだけれども、いざ着いてみると、特にコロネーな感じがするということもない普通の住宅街だった。

それでとろとろ走って、「あれです、あれです」とヒシャゴが指差したのは、階段を上がったところにあるアーチの先の細長い中庭に面して両側にドアーの並ぶ、なるほど集合住宅で、クルマを降りて前まで行ってみると、加州なので赤い手拭マフラーにして横町の風呂屋に行くみたいな湿った感じはないが、貧しい住まいであるのはわかる。

そこで再び、「ここでブコウスキーとジェーンが暮らしていたんだわ。ああ、なんてモダーンな。なんて、なんて、ルーナティックな……」みたいなことを思おうと思ったが、ただのボロいアパートを前にしただけではそこまで思えず、或いは、なかに入ればなにか感慨のようなものもあるのかなあ、と思ったが、いま現在は別の住人が住んでおり、また内部は改装済みで当時の面影はまったくない、ということなので、「ああ、なんて、なんて散文的な……」と思いつつ、クルマに戻り、またぞろヒシャゴが、「どうですか」と聞いたのだけれども、

「アパートというのは、前に立って観察するとつくづくアパートですねえ」

としか言えなかった。それでヒシャゴが、

「それでは次はいきつけのバーに行ってみます」

と言って、クルマはまたロサンゼルス市をよらよら走り始めた。

それで到着したイースト・ハリウッドと呼ばれる街区、通りに面してバーその他の店の看板等ならんではいるのだけれども、その様たるや、大抵の店が見る者をして、もはや閉店して久しいのではないか、と思わしむるくらい、ひたすら貧しく惨めで、アメリカの光と影、「きらびやかなハリウッドのすぐ近くに、こんなにボロくてこんなに暗い。こげな。ああ、こげな……」みたいなことがチャルベの構成台本にそういえば書いてあったなあ、と思うばかりで、その他の感慨なく、それでもまあ、折角だから、そのバーに入ってみようかと思わないのではないのだけれども、「いまは午《ひる》なので開店していません」というのは、もっとも至極、まったく納得してクルマに乗り込み、どうせまたヒシャゴに、「どうでしたか?」と聞かれるのだろうと思っていたら今度はそうではなく、

「それでは次にロサンゼルス高校に行って撮影をします」

と言った。

ロサンゼルス高校。ブコウスキーが卒業したという高校であるが、ロサンゼルスにあるからロサンゼルス高校。実に潔い名前の付け方で、そんな高校は僕は好きだな。と無理に思ったのは心が寂しかったからである。

大きな建物で、中庭に続く大きなゲートのようになっている正面の入り口の左の壁に、西洋の時代劇に出てくるみたいな兜《かぶと》をかぶった兵隊の横顔が青いペンキで大きく描いてあり、ぐるりをやはり青い輪っかで囲んで、一八七三年に創立したみたいな文字が書い

てある。

しかし一八七三年にこんなローマの甲冑《かっちゅう》みたいなの着て戦争をしていたはずはなく、嘘はやめようよと思ったけれども誰に言いに行ってよいかわからず、でも、「あ、そうか」と思ったのは、我々はいま旅番組を撮影しているのであり、そういう感想こそ自分に求められているものなのだから、そう思ったのならカメラの前で言えばよいのだ、と気がついたからである。

よし。言うてこましたろ。そう思ってカメラを探したが機材を持った紺谷や秋田エースケはもはや正面入り口を通って中庭に入っていたので、後を追って正面入り口へ入っていった。

中庭を囲むように大きな建物が建っていて、左側には高巻くように階段があった。一階部分は柱に支えられた通路のようになっており、明るい外から見ると薄くらい。中庭を囲むように木のベンチがあり、その前にチャルベとヒシャゴと軽野ミコが立って話をしていた。紺谷タカオと秋田エースケは、そこから少し離れたところで機材を組み立てたり、露出を計ったりしている。俺はヒシャゴとチャルベの方へ歩いていってヒシャゴに声をかけた。

「あの」

「なんですか」

「あの、入り口のところにあったマークね」

「なんですか、それ」

「あの入り口のところに大きなマークあったじゃないですか。なんかローマの騎士みたいな人の横顔の……」

「そんなんありましたっけ」

「ええ、あるんですけどね」

「それがどうかしましたか」

「いえ、もういいです」

「そうですか」

と言わずに終わったのは、そんな感想をテレビカメラに向かって述べたらアホだと思われるということが遅まきながら理解せられたからである。

それで黙って立っていると、今度はヒシャゴが言った。

「それでは、いまから撮るシーンについて説明します」

「あ、お願いします」

「えっと、まずですね、マーチダさんがこの中庭を歩いているところを撮影します」

「歩くんですか」

「ええ、歩いてもらいます。それとチアリーダーの練習を見ているところを撮らしてもらいます」

「チアリーダーってあの、ポンポン振ってくりくり踊るやつですか」

「そうです」

「あれを僕が見るんですか」

「そうです」

「わかりました。なんとかやってみます」

というヒシャゴと俺のやり取りを横で聞いていたチャルベはにやにや笑いながら少し離れたところにいた紺谷タカオのところまで歩いていくと、左奥の建物の方を指差しつつ二言、三言喋り、わかったという仕草をした紺谷タカオが秋田エースケと協力して、カメラの位置を少し動かし、ファインダーを覗きつつ微調整を始めると、また戻ってきてにやにや笑いながら言った。

「じゃあ、歩いてください」

「どこをどう歩けばいいんでしょうか」

「あそこの……」

チャルべはそう言うと、さっき指差していたあたりを指差しつつ、

「あの一階の柱の辺から、こっちにずうっときて、あっちの中庭の方へ歩いて行ってください」

「わかりました」

答えて柱の陰まで歩いて行き、さあ、歩き出そうと思って困惑したのは、いつ歩き出せばよいかわからないからで、向こうから、「よーい、スタート」とかなんか言ってく

れるのかと暫く待っていたが、なにも言ってこないので、適当にタイミングを見計らって柱の陰から歩き出したら、向こうで紺谷タカオがカメラを構えて撮影をしているので、なるべくそっちを見ないようにして素知らぬ顔で中庭の方にずんずん歩いていった。

ところがいつまで経っても、もういい、と言わないので、振り返ってみるとまだ撮っている。それでかなり遠くまで行って振り返ったのだけれどもそれでもまだ撮っていて、もういいだろう。そういつまでも歩いていられない、と踵《きびす》を返し、カメラの方に戻っていったのだけども、驚くべきことにそれでもまだ撮っている。いったいいつまで撮るんじゃ、ぼけ。と思うから気にせずずんずん歩いていき、カメラの脇に立ってにやにやしているチャルベに、水戸黄門が悪人を散々に懲らしめた助と格に言う口調で、「もういいでしょう」と言ってやっと撮るのをやめた。

それから別の角度からまた撮って、さらには今度は紺谷タカオが中庭に面して左側の、高巻くような階段の上にカメラを持ってあがってまた撮った。

その間、ただ歩いているだけの自分は、いったいなんのためにこんなに歩くところを撮るのかわからず、最初は意味のわからないことをやらされて悲しかったのが、そのうちあまりの無意味さに無念無想。禅。みたいなことになってきて、後、もう少しで大悟する、みたいなところまで行ったのだけれども、その直前で終わってしまったのは少しく残念で、でもこの後、チアリーダーの練習の見学という、もっと無意味な撮影があって、アメリカ人の体格のよいネェちゃんがあられもない服装で、「よっ」とか、「はっ」

とかけ声をかけつつ、ビニールの束を振り回して暴れる様をただひたすらじっと見る、みたいなことをすれば今度こそ大悟することができるだろう。

そう思ってわくわくしていると、いつの間にか居なくなっていた軽野ミコが校舎の方から戻ってきて、ヒシャゴとなにか話し、それからまた校舎の方へ歩いていって、どうしたのだろう、と思っていたらヒシャゴが近寄ってきて、

「チアリーダーの練習はもう終わってしまったそうです」

と言ったのだった。ということは大悟できないということで、でも、「ううむ。残念」とは思わず、逆に、ラッキー、と思ったのは、もともとなんとしても大悟したい、と思っていた訳ではないというか、無意味に歩いたり、チアリーダーの練習を見るなんてことをするのだったらせめて大悟くらいはしたいと思ったに過ぎない、っていうか逆に、できれば無意味に延々歩いたり、チアリーダーの練習を見たりしないで普通にして、大悟とかそういうことはあまりしたくない、と思っていたからである。

それにしても不思議なのは、俺はそうやってチアリーダーの練習を見なくてよくなって嬉しいのだけれども、チャルべは撮影をしたかったはずで、だったら歩きの撮影を後にして先にチアリーダーの練習を撮ったらよかったのではないか。というかもっと言うと、我々はソバ屋でソバ食った後、けっこうだらだらしていたけれども、それだったらソバ食ってすぐにソバ屋を出れば間に合ったのではないか。この人たちはいったいなにをお考えになっていらっしゃるのであろうか。

そんなことを思っていると校舎の方から軽野ミコが、背の高い、手に筒をもった男と連れ立って歩いてきた。

ヒシャゴが言った。

「それではこの後、フットボールの練習を見ているところを撮影しますが、いまフットボールの練習は休憩中なのでその間、ちょっと見てもらいたいものがあります」

ヒシャゴはそう言って歩いてくる男と軽野ミコの方を見た。仕方ないので俺も見た。紺谷タカオと秋田エースケは機材を片付けていた。ナウ橋がそれを手伝っていた。チャルべはへらへらしていた。太陽は中天にあって、我々やその他のロサンゼルスの人々を照らしていた。


軽野ミコは連れてきた背の高い男のことを、彼はこの学校の教師である、と言った。そう言われて見ると、ぼさぼさ頭や、ネクタイをしないで、くたくたした上着を羽織っている様子がいかにも高校教師風で、なるほどと得心したが、しかし、高校教師が俺に何の用なのか。と思っていると、高校教師がなにかべらべら喋った。

早口でなにをいっているかわからないので困惑していると、軽野ミコが、彼はいまからブコウスキーが在籍していた頃、フットボールチームが獲得した優勝旗を見せてくれる。と言い、高校教師に、「では見せてもらえますか」と言った。

高校教師は、「もちろんだ」と頷いて、筒から旗を取り出して広げてみせた。

というと、高校教師が得意げに旗を広げたように聞こえるかも知れないが教師は、投げやりな、頼まれたから持ってきたけれども自分自身はこんなものになんらの価値も見いだしていない、みたいな態度で旗を広げたものだからこっちもやりにくいというか、向こうが得意げにしていりゃこそ、盛り上がって、「ワーオ」とか、「グレイト」とか、「マジ、マジ?」とか言えるのだが、先方がそんな態度だからこっちも盛り上がらず、淡々とした態度に終始してしまう。

また、先方がそんな態度だったとしても、旗そのものが素晴らしければ、「すごーい」とか、「エクセレント」とか言うことができるが、みせて貰った旗も、古び、色褪せた優勝旗で、格別、素晴らしいものではない。

というか、旗自体が、国とか軍とか学校とか、その団体に属する人にしか意味をなさぬもので、オリンピックやなんかで日の丸が揚がって嬉しい、というのはその人が日本人だからで、アメリカ人やエチオピア人が、「ワーオ、なんてビューティフルな旗なんだ」と言って喜ぶことはなく、俺が旗を見てなんとも思わないのは当然の話である。

というかもっと言うと、俺は優勝旗というものが嫌いである。

優勝という限りは、何団体かで競技をして一位になったということだろうが、そのこと自体を批判するつもりはない。一位になるためにはやはりそれなりの努力もしただろうと思うからである。むしろ称賛したいような気持ちになるかも知れない。けれども、その人が、「俺は一位になった」と、鼻を広げて言って歩いたらどう思うだろうか。それはやはり興ざめと言うか、やはり一位になっても謙虚な気持ちを忘れず、いまは一位になったけれども次は二位かも知れないし、三位かも知れない、と思って控えめにしている方が好感を持たれる。

こういうことを称して昔の人は、実るほど頭を垂れる稲穂かな、と言ったのである。しかるになんですか？　この優勝旗とかというものは。何年も前、下手をしたら何十年も前に一位になったのをいつまでも自慢、鼻を広げて来客に見せびらかすためにあるわけでしょう？

そんなものを渡す方も渡す方なら貰う方も貰う方で、俺はいままで優勝ということをしたことがないので、幸いにして自宅に優勝旗なんて恥ずかしいものは置いてないが、貰ってしまった人はいつまでも大事にとっておいて人に見せびらかすなんていう未練なことはしないで、さっさと雑巾にして猫のゲロ掃除にでも使った方がよほどよい、とかように考えるのである。

だからなおさら優勝旗を見て凄いとは思えないし、まあ、本当の気持ちを言え、どうしても言え、と言われれば、

「僕は優勝旗なんてクソだと思ってるし、ゲロだと思っている。そして、それを人に筒から出して見せるような人間はもっとゲロだし、もっとクソ、っていうか蛆虫《うじむし》？　そんな風に思っている」

と言うしかないのだけれども、態度からすると、別に自慢したくて持ってきた訳では

なく、軽野ミコに頼まれたから持ってきただけで他意のない学校教師にそこまで言う必要はなく、っていうか善意で旗を持ってきてくれた人にそこまで言ったら、俺の方が悪いみたいなことになるので、我慢して旗を見た。

暫くしてヒシャゴが、「どうですか」と聞いた。

俺は例によって、「これは実になんというか、旗ですね」と答えるしかなかった。

そのやりとりを察知したのか、高校教師が、「もうよろしいか」と聞くので、「けっこうだ。旗を持ってきてくれたことについて感謝する」と言うと、教師は、やれやれ、用が済んだという風に、そそくさ旗を巻いて去っていった。

いったいなんのために彼は旗を持ってきたのか。チャルベはその様子を撮影してなかったし。そんなことを考えていると、「もう少し待ってください」と、ヒシャゴは言い、軽野ミコと連れ立って校舎の方に歩いていった。

ベンチに腰掛け、空や建物や土を見て、それから木も見て、また空を見るなどするうち、ヒシャゴが戻って来て言った。

「フットボールの練習は終わってしまったそうです」

フットボールの練習が終わってしまった。当たり前のことである。物事には始まりがあり、終わりがある。終わらない物語はなく、終わらない人生もない。となればフットボールとて同じこと。練習が始まればいつかは終わるのであって、そのこと自体にはなんらの不満もないし、疑問もない。ただ、ひとつわからないのは、チャルベやヒシャゴがなぜ、その始まりの時間と終わりの時間を把握しておらなかったのか、ということで、一般的に撮影をする際は、さっきのチアリーダーの場合もそうなのだけれども、そうした始まりの時間と終わりの時間を予め知ったうえで、時間を調整して一日のスケジュールを決める。

なんてことは別に撮影じゃなくてもそうで、楽しいイルカのショウを見ようと思ったら事前に、何時から楽しいイルカのショウが始まるのかを調べて行かなければならない。といってそれは別に難しいことではなく、年下の上司に毎日叱られ、周囲にもアホ扱いされている無能な父ちゃんでさえ、日曜日に水族館に行き、

「よーし。じゃあ、楽しいイルカのショウを見に行こう。ええっと。楽しいイルカのショウは何時からかな。うむ。この案内パンフレットによると二時からで現在時刻は一時二十五分。ということは始まるまでに後、三十五分あるから、その間、このベンチに座ってみんなでソフトクリームを食べよう。お父さんが買ってきてあげるからね。はい、買ってきた。うまそうだな。うわっ、うわっ、落とした」

くらいな計画はたてるのであり、そんなことがなぜ、多額の予算を預かっているはずのヒシャゴやギャラシー賞を貰ったというチャルベにできないのか、不思議でならないのである。

或いはこれにはなにか裏の意味があるのであろうか。例えば、ロケ初日から、チアリーダーも駄目。フットボールも駄目。旗は無意味。といった挫折体験をさせることによ

って、俺がブコウスキーの文学のより深いところに近づいていく。みたいなことをチャルベとヒシャゴは考えた、とか。

だったとしたらそれは大きな間違いだが、しかし、それに類するなにか別の意味があるのかも、さもなければバカバカしすぎる、と思った俺は、ヒシャゴの「それではどこかでお茶を飲みながら打ち合わせをいたしましょう」という発案に従ってぞろぞろクルマに向かう道すがらチャルベに聞いた。

「稲村さん」

「なんですか」

「この高校のシーンなんですけどね」

「ええ」

「フットボールの練習とチアリーダーの練習ね」

「ええ」

「それを僕が見ることにいったいどんな意味があるんでしょうか」

という俺の真正面からの問いにチャルベは答えた。

「アメリカの光と影」

通りをラビというのであろうか、黒ずくめの髭《ひげ》をぼうぼうに生やかした人が歩いていた。

塀も囲いもない芝生の前庭の奥に中規模の住宅が立ち並んでいた。

片側二車線の道路を行き交うクルマは疎《まば》らであった。

東京でもよくみかける今時の若者、みたいな痩せた若い男が、ジーンズが垂れ下がってずり落ちそうになるのを手で引っ張り上げつつ、横断歩道でないところを小走りに横断していった。後ろから見ると尻が随分と下にあって、犬が立って歩いているようであった。

そのアメリカの風景の中にチャルベが立って歩いていた。にやにや笑って。ギャラシー賞作家の自信に満ちあふれて。

チャルベのまなざしは常にアメリカの光と影を捉えていた。素晴らしいじゃないか。ブラボーじゃないか。

チアリーダーのネェちゃんは光。ブコウスキーは影。

ハリウッドは光。イーストハリウッドの飲み屋は影。

社会派だなあ。ボカァチャルベといるときが一番社会派なんだ。僕は死ぬまでダライ・ラマを離さないぞ。

アメリカの光とかけましてインドのするめと解く。その心はチャルベが脱穀をいたします。ダダイズムやね。光のようで光でない。ベンベン。影のようで影でない。ベンベン。それはなにかと尋ねたら？　チャルベのようでチャルベでない。ベンベン。ヒシャゴのようでヒシャゴでない。ベンベン。それはなにかと尋ねたら？　シュールリアリスムやね。

コニャックは光。コンニャクは影。

キティホークは光。ハローキティの携帯ストラップは影。とかいうと、やっぱ向こうは空母でこっちは携帯ストラップ。しょせん、日本はアメリカの妾だっか？　しっ。妾というのは放送禁止用語ですよ。言論の自由なんてね、結局はマッカーサーが……、ってあんさん、いつの話してんの？　いまや小学生が援交する時代ですよ。そんな時代になってんのんもしらんといつまでしょうない二元論言うとるんじゃ、ど阿呆。生ゴミ、うまいわー。ぼーりぼりぼりぼり。

と錯乱状態に陥ったのはもちろん本当に発狂してしまったからではなく、あまりにもチャルべが当初のプランからなにも変わっていないことに呆れ果て、錯乱したふりをして遊びでもしないとやりきれなかったからである。

それから僕らはメルローズというところへ行った。なぜメルローズというところに行ったのか。意味はまったくなく、もちろん、チャールズ・ブコウスキーがメルローズを好み、毎日のようにメルローズに行っていた、なんてなこともなかった。

女にもてず、カネがなく、才能がない男四人で高円寺で酒を飲んだ。周囲を見渡すとカップルや男女のグループが楽しげに盛り上がっている。しかるに自分たちはどうだ。男ばかりでがぶがぶ酒を飲んでむしゃむしゃ食って盛り下がるばかりだ。おもしろくない。と、全員が思っているからなお盛り下がる。そんな沈滞ムードを打開すべく、ひと

りが、「六本木にでも行きますか」と言い、全員が、「そうしますか」と賛同して六本木へ移動した、みたいな感じで、

「メルローズにでも行きますか」

「そうしますか」

と言ってメルローズに移動したのである。

しかし、高円寺で地味に盛り下がっていた連中が六本木に行ったからといって急に派手に盛り上がるということはなく、というか逆に高円寺より六本木の方が繁華で、さらに派手でテンションが高い連中が多いから、なお地味に見え、きゃつらは地の底まで盛り下がっていく。

同様に、一応、事前にロケ地と考えていたLA高校で撮影できなかった我々が、ただただメルローズに行ったからといって、メルローズの路上でチアリーダーがポンポン振って足上げて踊ってる訳でもなければ、アメリカンフットボールの人が、中がどうなってるのか知らんけれども、ムチャクチャに肩幅の広い服着てヘルメットかぶって押し合いへし合いしているという訳ではない。

それでも我々はメルローズに向かった。

といっても一応の名目はあった。

お茶を飲みながらの打ち合わせである。

しかし、これにも高円寺の女にもてず、カネがなく、才能がない男四人理論を当ては

めることができるというのは、東京の会議室で時間をとって会議してなお結論のでない話が、ロケ先からなんとなく移動したメルローズのカフェかなんかで話して結論が出る訳がないからである。

メルローズに向かう車中、俺は奇妙なものを見た。

ガソリンスタンドの前に客寄せに設置してある風船人形である。市内のガソリンスタンドの前には大抵、この風船人形が設置してあって、どういう仕組みかと言うと、怪獣やロボットやヒーローを象《かたど》った風船に下からエアーを送るのだけれども、このエアーが不規則と言うか間歇的と言うか、とにかく複雑で、がために風船人形もまた不規則に動き、その様は風に吹かれるがごとくであり、また、踊るがごとくでもあり、遠目にもおもしろく、多くのガソリンスタンドが客寄せに設置しているのである。

ただ、多くの人形がせいぜい三メートルかそこいらなのに比して、メルローズに向かう途中に見た風船人形は巨大で、見た感じでは奈良の大仏と同じくらいな高さなのである。

また、その形状も他の風船人形とはよほど変わっていて、形は人間の形なのだけれども、目も鼻もなく、全身真っ青で、いわば、青いのっぺらぼうの巨人、といった風情なのである。

その青いのっぺらぼうの巨人が噴出する風によって動く様は、間寛平演じるところの超老人のようであり、また、自らに課せられた理不尽な義務に関して、真正面から反論するのではなく、あえて駄々をこねるように、「いやん、いやん」と言いながら全身をぐにゃぐにゃさせて抵抗している人のようでもあって、そんな大巨人が、「いやん、いやん」と幼児のようなことを言って駄々をこねている、しかし、理不尽の連鎖によってその巨人は青いのっぺらぼうに成り果てている。みたいなことがおもしろい。また、一緒になって、「いやん、いやん」と言いながらぐにゃぐにゃ踊りたいような気持ちにもなる。

予想通り、メルローズではフットボールの練習もチアリーダーの練習もやっておらなかった。盆踊りの練習もやっておらなかったし、磯釣りの練習もやっておらなかった。というか、練習のようなことはなにひとつやっておらなかった。

ただただ人が歩いたり、立ち止まったりしていた。

しかし、LA高校の前の通りと違ったところもあるにはあった。LA高校の前の通りには住宅が立ち並ぶばかりだったが、メルローズにはブティックやカフェが立ち並んでいたのである。

そんなメルローズのスターバックスコーヒーに入って我々はおいしいコーヒーを飲んだ。打ち合わせのようなことはまったくしなかった。そのかわり紺谷タカオが、エロ話や撮影こぼれ話を披露し、みんなで楽しく笑った。

俺はヒシャゴに断って席を外した。室内履きを買いたかったからである。我々、日本人は室内では靴を脱ぎたい。しかし、まったくの裸足というのも落ち着かない。そこでスリッパというものを履くのだけれども、ホテルの部屋にスリッパがない。そこで飛行機の中で履いていた、スリッパとも靴下ともつかないずるずるを履くのだけれども、飛行機の中でじっとしていてもずるずる垂れ下がってくるくらいだから、部屋のなかを歩き回ったりすると、なお、ずるずるして不愉快きわまりなく、ロケの合間に時間があったらぜひともスリッパを買おうと思っていたからである。

それでスターバックスコーヒーを出て、二階建ちの広い、小規模なデパートのような店に入って、革製のサンダルを買った。

十八ドルであった。

これで足元がずるずるしないで快適に過ごすことができるのだ。超ハッピーだわ。と思おうと思ったがほとんど思えなかった。俺は十八ドルのサンダルの入ったビニール袋を抱えてスターバックスコーヒーにのろのろ戻った。俺はなんの因果でこんなところを歩いているのだろう、と思いつつ、呪いつつ。

スターバックスコーヒーでの会議ではなにも決まらなかった。というか会議になっておらなかった。みなは、銘々の生い立ちや、ロケ先でのこぼれ話、猿の飼育法などについて、脈絡なく語り、楽しく笑うなどするばかりだった。

そのとき私はふたつのことを思っていた。

ひとつはスリッパを買えてうれしいなあ、ということで、十八ドルもしたけれども、あの、シンガポール航空のズルズルから逃れられるのであれば安いものだ、と思った。

もうひとつ思ったのは、それにつけてもなんと汚らしいスターバックスコーヒーだというこどで、床には新聞や雑誌、カップやストローが散乱し、テーブルや椅子はがたがたで、そこいら中が飲みこぼし食べこぼしでべたべたしているという体《てい》たらくで、こんな汚らしいスターバックスコーヒーは日本では見たことがないなあ、と思っていたのである。

他のメンバーがなにを思っていたかは、それは他人なのでわからないが、顔を見ている限りでは私と大差のない、「眠いなあ」とか、「毎日のようにスタバで三ドルも使っているのは無駄遣いだなあ」とか、「江戸前の新鮮な魚が僕は好きだ」みたいなことを思っているようで、主要なメンバーがそんなことを思っていて会議の成果が上がる訳はなく、我々はヒシャゴの発案で夕食時にまた会議を開くことにしてホテルに戻った。

八時頃、軽野ミコの案内で、二台のクルマに分乗し、コリアタウンの、ＢＣＤ　ＴＯＦＵ　ＨＯＵＳＥという店に行った。街道沿いのファミリーレストランのような構えの店で、自分は豆腐チゲのような弱気な料理を頼んだが、三ドルかそこいらであった。ナウ橋はもっと弱気な粥《かゆ》のようなものを頼んで鳥が餌をついばむようにして食べた。他の者は、挽肉や牡蠣油の入った強気な豆腐料理や焼肉を注文し、麦酒を飲むなどしていた。

俺とナウ橋は茶やペリエを飲んだ。

それでその席では少しは仕事の話をしたかと言うと、そんなことはなく、「値段の割においしいなあ」と言い合ったり、築地のおいしい店の話や毒蛇に咬まれたときの対処法について話し合ったりした。

小説家がこういう情景を描写する場合、通常は、「まるで、全員がそのことを口にするのを避けているかのようであった」といった書き方をするのだろうが、甘い。全員がそのことを口にするのをはっきりと避けていた。

なぜなら、そのことを口にした瞬間、ということは無理ということで、ということは俺らはここにいる意味がないということで、意味もなくロサンゼルスみたいな遠いところにいるということはバカということで、ということは自分はバカ。という悲しくて寂しくて誰かに抱きしめてもらいたくなるような結論を受け入れなければならなくなるからで、そのうえ、立場によってことなるが、これまでつぎ込んだ労力や時間や予算をどうやって回収するのか、という困難で現実的な課題にそれぞれの立場で向き合わなければならなくなるからである。

だったら楽しく、猿の可愛さや宇宙の神秘について話し合っていた方が、ご飯もおいしい、健康にも良いのである。

だから僕たちは永遠に楽しくしていこうよ。爺いになってもロックンロールしていようよ。と心に誓い合った仲間は、しかし、いまや覚醒剤取締法で逮捕されたり、家賃が払えなくなって夜逃げしたまま行くえ知らずになったり、事業家として成功して豪邸を建てたりしてちりぢりバラバラ。

そう。いつまでも楽しくしていられないのが人生なのよ。いつかは、きっといつかは僕らも真剣に打ち合わせをしなければならないのよ。会議をしなければならないのよ。ああ、お花のなかで、ルルル、と言って、私は死にたい。

と、ヒシャゴが思ったかどうかはわからないが、とにかくヒシャゴが、

「では、ホテルに戻って、そうですね、十時半に私の部屋で明日以降の方針について打ち合わせをしましょう」

と言って全員が立ち上がったのだった。ルルル。

312号室。これを語呂合わせで覚えるとすればなんと覚えればよいか、という問いを自らに問うたとして、僕はなんと答えるだろうか。わからない。思いつかない。

しかれども、しかれども、もっとわからないのは、チャルベとヒシャゴがなぜ今頃こんなことを言い出したかということで、俺の部屋とまったく同じ造りのプロデューサーの部屋で、ソファに腰掛けた俺に対して、ヒシャゴは、

「今日のこの事態を招いた理由は、マーチダの意向を知りながら稲村が自らの当初のプランに固執、強引に事を進めようとしたからである」

と先ず言い、俺の向かい側に腰掛けていたチャルベに、

「そうだな」

と強い口調で言って、珍しくチャルベが神妙な口調で、

「そうです」

と答えるや続けて、

「ついては、マーチダの精神の旅、という番組の原点に立ち返るべく、マーチダの意向を聞いたうえで、これまでとはまったく違った構成案を出し、明日以降の撮影に備えたい」

と言い出したのである。

おそらく、BCD TOFU HOUSEの帰りの車中で、そして312室で、チャルベとヒシャゴは初めて事態に関して真摯《しんし》な意見交換を行い、なぜこのような事態にいたったかについて検証した結果、右の結論に達したのだろうけれども、なぜ、こうなるまで、それに気がつかなかったのかがまるでわからない。

というのは、それに気がつかないのは例えば、活火山の噴火口で宴会をしていた人があったとする。噴煙が棚引《たなび》き、硫黄《いおう》の匂いが漂うなかで、レジャーシートを敷き、家から持ってきたおにぎりや玉子焼きや蒲鉾を並べ、さらには炭火を熾《おこ》してバーベキュウなども製作、冷酒や麦酒を飲んですっかりゴキゲンになり、にやにや笑って、フージのシラユキャ、ノーエ、なんてことはいまはない、ジェーポップの日記みたいな歌詞の歌、歌って、赤い顔して楽しくしている。しかし、ここは活火山の噴火口でいつ噴火するか

知れず、そんなところで宴会をしていては危険なので、「ここは活火山の噴火口で、いつ噴火するか知れず、そんなところで宴会をしていたら頭から火砕流を浴びる可能性が大で、そうなったら十中八九、全員が死亡するのでやめた方がいいですよ。どうしても野外で宴会がしたいのであれば、安全なキャンプ場やバーベキュウテラスなどを利用するとよいでしょう」と親切に教えてやった。ところが、その人らは、にやにや笑って、「あー、わあってる、わあってる」とか、「いやー、ほんま、ほんま」などと言うばかりで、人の話を真面目に聞かず、或いは、「キャンプ場やバーベキュウテラスもいいが費用がね……」などと反論し、宴会をやめず、ほどなくして火砕流を全身に浴びて、全身焼け爛《ただ》れて死亡する。

みたいなことと同じことで、現実にそんな人がいる訳がないと思うからである。

ところが、そんな人が目の前にいる訳で、こういう場合、俺はなんと言ったらよいのだろうか。やはり、

「そういうことは打ち合わせのもっとも初期の段階でやるべきであったのであって、いまここにいたってそんなことを言ってももはや手遅れで、やるだけ無駄というものでしょう」

と当たり前のことを言った方がよいのだろうか。わからない。なにもかもがわからない。

そう思いつつ、言った。

「あのー、それって、僕が最初から言ってたことですよねえ」

「と言うと？」

「いや、だからね、もう何百回も言ったと思うんだけど、番組の趣旨は、マーチダの精神の旅であって、ということはマーチダに話を聞かないと番組が成立しないってことですよ」

「その通りです。だからこうやって話を聞いてるんです」

「いや、僕の言ってるのはそうじゃなくてね、ほら、もっと最初の段階でそうしないとね、やっぱほら、まずい訳じゃないすか。こんなぎりぎりになって明日、なんのロケですか？　つってるみたいな状況だと。そう思いませんか」

「そう思います」

「だったらなんで最初からそうしなかったんですか」

「それは、いま申し上げた通り、稲村が自分のプランに固執したためそうできなかったのです。そうだな、稲村君」

と、ヒシャゴに声をかけられ、チャルベは再度、「そうです」と、小さな声で答えた。

「駄目じゃないですか」

「駄目です」

「じゃ、どうすんですか」

「だからいまからマーチダさんの意向を聞いて、それで新しい構成案を明日までに練り直してロケをしたいと思います。それから、明日はマーチダさんのインタビューを撮影したいと思ってます」

「インタビューってなんすか」

「ええ、いろんなね、ブコウスキーに対する思いやら、自身の文学のことなんかについて語ってもらって、それを参考にして、再度、構成を練るんですよ」

とヒシャゴが言うのを聞いて、なるほど。事前取材か。と思った。テレビ番組の場合、よくこういうことがあって、企画内容について説明をしたい、と言うので会うと言うと、生意気な兄ちゃん、もしくはネェちゃんがやってきて、企画内容についての説明がほとんどないまま、こちらに質問をし始め、身辺調査のようなことを始め、いちいちメモを取り、例えば、「こないだ猿とババ抜きして負けたんですよー」と言ったとして、それを生意気な兄ちゃんもしくはネェちゃんが使えると思えば、構成に取り入れられ、番組内で、司会者が、

「こないだあれですって、猿とあれして負けたんですって」

と問い、

「そーなんですよー。俺って、底抜けのアホなんですよ、たはは。実は家でくつろいでたら猿が三匹やってきてね……」

などと話をさせられる、という寸法である。

この手法自体がそもそも非礼であるうえ、予定調和的でおもしろくもなんともなくて

嫌なのだけれども、それを指摘したところでヒシャゴは、「すみません。俺たちテレビ屋なんでー」とむしろ昂然《こうぜん》とした表情で言ってへらへらするのが予想されたので、「あ、そうすか」とだけ言い、「それでは明日は十時半からここで新しい構成案を元に会議をして、それからインタビューの撮影をいたしましょう」と、またぞろ次の会議の予定を通達するヒシャゴの部屋を出て自室に戻った。

部屋に戻って、なんか暴れたいような気持ちになったので、「すみません。俺たちパンク屋なんでー」と言いながら、ベッドに飛び乗り、枕や毛布に殴る蹴るの暴行を加えた。無性に心が寂しかった。

心が寂しいまま酒も飲まずにベッドに入り、目を覚まして枕元の時計を見ると七月三日八時三十分だった。風呂に入るなどするうちに、どういう訳か九時半になり、このままいくと、ことによると十時半になってしまうのではないか。と思いつつ着替え、階下に下り、弱気にフルーツとか食べて、戻ってきて時計を見ると、なんたることでしょう。十時になっていた。こんなことをしていたら冗談ではなく、十時半になってしまうのではないか。

そんな不安におののきつつ、ノートパソコンにケーブルをつないでメールを送信するなどし、おそるおそる時計を見ると、くわあ、こんなことってあるのだろうか。十時二十五分になっていて、「ああ、なんてこったい」とポパイの口調で言い、「たすけてー、ポパイ」とオリーブの口調で言ってからいやいや部屋を出て、312号室に向かった。そんなに嫌なのはもちろん、これまで何度も繰り返されてきた不毛な会議に出席するのが嫌だったからだけれども、しかし、「待てよ。今日の会議には少し期待してよいのではないか」とも思った。

なぜなら、昨夜、チャルベは、「マーチダの意向を知りつつ、自らのプランに固執してこれを鹿十《しかと》した」と認めたのであり、認めた以上は、いかなチャルベといえど、そのことを踏みまえて会議に臨むだろうから、自ずとこれまでと違った結論が出るのではないか、と考えたからである。

そうだ。そうなんだよ。なんでも初めから駄目だと思うんじゃなくってね、前向き。前向きの姿勢で頑張るんだよ。中高生の諸君、後ろ向きはあかん。後ろ向きはあかんねやで。前向き、前向きの姿勢で頑張るんやで。

なんて言いながら前を向いて312号室に入っていくと、チャルベとヒシャゴが前を向いてテーブルに腰掛け、コーヒーを飲んでいた。ソファーに紺谷タカオが前を向いて座っていた。ベッドの脇のベンチにナウ橋が前を向いて座っていた。

素晴らしい。なんて前向きな連中なんだ。こいつらワンダフォーじゃん。と思おうと思ったが、チャルベの緊張感に欠けた顔を見ていると、あまり思えず、それどころか顔を背《そむ》けて後ろ向きになりたくなったのだけれども、やはり人間は前向きにいかなければならない、と思い直し、前を向いて、「オヤヤス（おはようございます）」と言い、紺谷タカオの前に前を向いて座った。

テーブルはソファーの左側にあり、したがってチャルベとヒシャゴは俺の左側に座っているのだけれども、そちらを向くと前向きではなく、横向きになってしまうので、頑なに前を向いていると、ヒシャゴが新しい構成案をみなに配り始めた。

俺も貰った。

内容にまったくなんらの変化もなかった。ブコウスキーの著作のなかから、わかりやすいエピソードを抜き出し、それを時代順に並べただけのものであった。

「ブコウスキー的なファッションになったマーチダがブコウスキーが過ごしたような酒場で昼間から酒を飲む」というくだりに唯一、工夫が見られた。

マーチダの精神の旅にするべく、マーチダが半ばブコウスキーと化して、昼から酒を飲むのである。また、高校時代、ブコウスキーが女子生徒に相手にされず暗かった、というエピソードに固執するチャルベは、ティーンが集うクラブ、というロケ場所を設定、「人ごみとダンスミュージックのなかのマーチダ。…高校時代への自己表現への思い…パンクロックへ…リアルの割合・役割」なんて項目も立てていた。

半ばブコウスキーと化した俺が、人ごみとダンスミュージックのなかに立ち、「いやあ、高校時代はほとんどパン食でした。リアルの割合は二割八分くらいでしょうか。役割については、その都度、現実的に判断すればおよろしいのではないでしょうか」と、怒鳴るように話す、というのである。

ううむ、と唸ろうかな、と思っていたら前で俯きつつ、紺谷タカオが、「ううむ」と唸っていた。ヒシャゴも俯いて、「ううむ」と唸っていた。ナウ橋も俯いて、「ううむ」と唸っていた。俺もいつしか俯いていた。

あんなに前向きだった奴らが、あんなにワンダフォーだったガイが、いまやみんな俯いていた。チャルべだけが前を向いて口を開けていた。

俺も唸った。

「ううむ」

チャルべが新しく書いた構成案を読み、みんなで、「ううむ」と唸ったのでヒシャゴの部屋には、「ううむ」という声が充満して、３１２号室は、ううむ部屋。になってしまった。ううむ部屋とはなんなのか。

そんなことを詳細に考えるのは棟方志功がチャーハン屋になるようなものだ。というのがどんなことかというと、正座して火傷するくらいに中華鍋に顔を近づけて米の一粒一粒に精魂込めてチャーハンを焼き上げていく。ニッカボッカ穿いて、ニッカウヰスキー飲んで。もはや芸術的なチャーハンを天空高く高く打ち上げようよ。天まで昇れ。どんと晴れ。もはやなにをいっているか、わからない。新しい文学の誕生。新しいチャーハンの誕生。ツルゲーネフのチャーハンは初恋の味がするのだろうか。

みたいな自暴自棄になっていると、番組プロデューサーという立場上、いつまでも、ううむ、と唸っておられないヒシャゴが言った。

「それでは、まずインタビューから始めましょう」

他にやることがないので、事前取材と本番の撮影を兼ねたインタビューを開始しようというのである。

そのまま、ううむ、と唸っていても仕方ない皆さんが、それでは、というので、インタビューの準備を始め、カメラやライトのセッティングも相整い、チャルベが向こう側に立って質問を始めた。チャルベは、手にした紙を見ながら以下のようなことを訊いた。

「マーチダさんが小説を書き始めたきっかけはなんですか」

「書くのは何時頃ですか」

「一日の大体のスケジュールは？」

「書くときはワープロ？　それとも手書き？」

「音楽と小説とどこが違いますか」

「影響を受けた作家は誰ですか」

「一日、何食ですか」

「飲みにいったりするんですか」

初めのうちはなんとか答えていた。しかし途中からだんだん答えられなくなり、俺はついに絶句した。

俺はデビュー以来、新刊を出すたびに随分とインタビューを受けたが、チャルベの質問は典型的であった。

なんの典型であったかというと、インタビュアーが本を読んでこなかった場合の質問の典型である。

どういうことかというと、本を読んできたインタビュアーは大抵、「あの登場人物はどうしてあそこでジミヘンと一緒にするめを焼き始めたのか」とか、「あそこで突然、チンパンジーが乱入してくるのは初めから考えていたんですか」といった具合に小説の内容についての質問をしてくる。

ところが稀に、小説を読まないでインタビューに来る人があって、そうした場合、内容についての質問ができず、まあなかには、「では最初にこの小説のあらすじをかいつまんで説明してください」という豪胆な人もあったが、大概は、あたり障りがないというか、飲み屋で初対面のおじさんに、「この人は作家です」と紹介され、「あ、どうも」かなんか言って、向こうも黙っているのが気まずいからなんか言わなきゃと思い、「やっぱあれですか?　書くのはやっぱワープロですか?」みたいなことを質問をする、みたいな質問にならざるを得ないのである。

まあ、そういう質問でも意味がある場合がないではない。しかし、この状況でチャルベが、かかる無内容な質問をするのは意味がわからない。そこで俺はチャルベに言った。

「あのう」

「なんでしょうか」

「質問がね、割と入門編というか、なんていうんでしょう、この場合、何時に起きますか？　とか、そういう質問ははしょっちゃっていいと思うんですよ。もうちょっと先の質問に進んでもらえますか」

そう言うと、チャルべは、「わかりました」と言い、紙をめくって言った。

「自分を色に例えると何色ですか」

悲しみ色、と答えたかった。しかし、そう答えた場合、チャルべはただちに、「それはどんな色ですか」と真顔で訊いてくるに違いなく、そうしたら俺は、「大阪の海の色です。なんとなれば、大阪の海は悲しい色やね、という歌があるからです。歌は常に正しい」と答えなければならず、そうするとチャルべが、「ということは、自分は海の色ということですね」と訊いてきて、それ以上の問答を続ける気力を失した俺は、「ええ、まあそういうことになりますかね」と答えざるを得ず、それだけならまだしも、そうなるとそのアホそのものなやり取りが全国のお茶の間に放送されるのであり、人間としてこんな悲しいことはない、と思ったので答えず、俺はヒシャゴの方を向いていった。

「まあ、あの質問の感じがですね、ちょっとどうかな、と思うのですが」

「なにか問題がありますか」

「ええ。ちょっとあまりにもというか、なんかあのー、ほら、自分を色に例えると、ってなんか昔あった、明星とかあんな週刊誌のインタビューっつか……」

「そうですか。しかし、まあ、もう少しお付き合いください」

「わかりました」

ってことでインタビューを続けた。

無内容と言われたのを気にしたのか、チャルべは質問の内容を少し変え、

「ブコウスキーの作品の中で最も好きな作品はなんですか」

と訊いてきた。

この撮影のためには、『勝手に生きろ！』がよいのではないか、と思っていたが、その他にも、『ポスト・オフィス』『町でいちばんの美女』や、『ブコウスキーの酔いどれ紀行』といった紀行文も爆笑で好きなので、そのように答えるとチャルべは、

「ああ、そうですか」

と言ったきり話が進展せず今度は、

「ブコウスキーとご自身の共通点はなんだと思いますか」

と訊いてきた。

そんなことは当事者に訊いたってわからないもので、そこで、「僕と彼の共通点は……」と淀みなく答えるものがあれば、その者は間違いなくニセモノである。

そこで思った通り、

「そう質問されて、僕と彼の共通点は……、と淀みなく答える人は居ないと思います。なぜならそれを見いだすのは不可能だからです。なぜ不可能かと言うと、彼は他人で我は自分であるからです。我は我がなにを書いたかはわからない。しかし、どのようにし

て書いたかはわかる。逆に、彼がなにを書いたかはわかるが、どうやって書いたかはわからない。これを比較して共通点を見いだすのは不可能です。愚問だと思います」と答えた。したところ、愚問と言われむかついたのか、チャルベはそれきり黙ってしまい、インタビューは中断してしまった。

「やっぱり無理ですかねぇ」

とヒシャゴが誰に言うともなく呟いた。

チャルベは憤然として黙ったまま、書類に目を落としていた。

紺谷タカオと秋田エースケは機材をいじくっていた。

ナウ橋は背筋を伸ばし、膝に両手を置いて硬直していた。

312号室に朝日が差し込んでいた。ロサンゼルスのさわやかな午前、僕らはニッポンの撮影隊だよー。チイチイパッパ、チイパッパ、チイパッパ。雀のお宿酒飲んで、赤い顔してチイパッパ。チイチイパッパ。と尻を振りながらハリウッドブルーバードを大行進だよー。と誰かに叫んでほしいな、と思ったが誰も叫ばなかった。

そのかわりにヒシャゴが小さい声で、

「それではインタビューはいったん中断して昼食にいたしましょう」

と言うので内心で、お。珍しく打ち合わせをいたしましょう、と言わねぇな、と思っていると、さらに小さな声で、

「昼食を食べながら打ち合わせをいたしましょう」

とつけ加えた。おっほほん。

そんなことで、チャイナタウンの、「PHO'S AU PAGOLAC CHOLON」という店に行った。気楽な構えの店で値段も安く、私は春巻と油で炒めた飯に牛肉やズッキーニを添えたものを食べたのだけれども、きわめて美味で、フォーなどをとっている人も居て、「うまいか?」と訊いてみると、「うまい」というので、安くておいしいものが食べられてよかったなー。本当によかった。と非常に満足して店を出た。ロサンゼルスに行くことがあったら、ぜひ一度、この店に立ち寄っていただきたい。味は僕が保証する。

みたいな紀行文を書く人がたまにあるが、そう言われて行ってみて不味かったらその人は代金を本当に返却してくれるのだろうか。また、そんなことをしてその人はなにが嬉しいのだろうか。というと、それは、「僕」がなにか言ったり書いたりすることによって、人がその店に行く。言ったり書いたりすることによって現実が動くのが快感だからだろう。そうした快感について人間は抗し難い魅力を感じてしまうのだ。チャルべもまたそうした、つまり、自分のプランが現実化する、という快感に取り憑かれて、かく事態を混乱させてしまったのだ。それが事実であることは僕が保証する。

と、飯を食べ終わった全員が放心して黙っている間、自分も放心している振りをしつつ、そんなことを考えて、「僕が保証する」と宣言する快感が自分にもあるかな、と思ったがまったくなかったのは、そんなことを保証しても、いまのこの状況が何も変わらないからである。状況を変えるのはいつも、ヒシャゴの一言、「じゃ、行きますか」だ。

ヒシャゴは言った。

「じゃ、行きますか」

もちろん、

「戻って打ち合わせをしましょう」

とも。

そしてホテルに戻り、自室で三十分過ごした後、ナウ橋と連れ立って312号室に行ったのだけれども、いつもと雰囲気が違っていた。

奥の窓際に近いテーブルにチャルベが座り、手前のソファーにヒシャゴが座っていたのだけれども、あろうことか、チャルベが項垂《うなだ》れていたのである。

これまでチャルベは、なにがあっても、どんなにまずい状況になってもにやにや笑っていたし、そうでなければ憤然として黙った。そのチャルベが項垂れているのであり、はっきりいってこれは、西郷隆盛が軽快にパラパラを踊るくらいにありえないことで、ナウ橋と俺は、部屋に入るなり、「こ、これは……」と顔を見合わせた。

紺谷タカオと秋田エースケは参っておらなかった。

俺がソファーに腰掛け、ナウ橋がドアー側の折りたたみ椅子に腰掛けた。

ヒシャゴが、いつもの落ち着き払ったような、もったいぶったような声で言った。

「これまで撮影を続けて参りましたが、監督が降りたいと言ってます」

「はあ?」

「え、ですから稲村が監督を降りたいと言っておるのです。理由は、番組を作るに足るほどの興味をマーチダ・コーに対して持ち得ない、ということです」

傲然と言い放つヒシャゴに俺は馬鹿のように聞き返した。

「え、つうのはつまり、僕に興味がない、と、そういうことですか?」

「そうです」

「つうことは、駄目じゃないですか。番組、できないじゃないですか」

「そうです」

「つうことは、どういうことなんでしょうか」

「ええ、ですから稲村が番組を降りるということです」

「ああ」

「よろしいですか」

「いいということはないんですけどね、ただ……」

「ただ、なんです」

「じゃあ、稲村さんはなんでこの仕事を引き受けたんですか」

「それは、稲村に訊かないとわからない。どうなんだ、稲村」

と、それにいたって初めてヒシャゴは、

「稲村っ」

と、チャルベに声をかけた。初めて聞く、ヒシャゴの怒気を帯びた声であった。

「はいいいいっ」

と、チャルベは悲鳴のような返事をし、打たれたように立ち上がった。

「どうなんだっ、稲村」

ヒシャゴに促されてチャルベが話し始めた。

「まあ、あの興味は、興味は……」

「興味はどうなんだ」

「興味はありました」

「興味があった？　じゃあ、どうしてこんなことになった？」

「初めは興味がありました。ただ、状況のせいでこうなりました」

「状況ってなんですか」

と、今度は俺が聞くと、チャルベは俺の方を見ないで言った。

「ええ、それはだからグレイハウンドに乗れなかったり、マーチダさんが僕に共感してくれない、っていうか、僕のプランに乗ってくれないからこうなった訳で、マーチダさんさえちゃんとしてくれればこうならなかったんだし、だからマーチダさんがもっと積極的に僕のプランに興味を示してくれれば僕ももっとマーチダさんに興味を持てた」

「え？　っていうことは僕に興味は……」

と言うと、チャルベは今度は俺の方を見て、

「ありました。マーチダさんがそんなだから僕は興味を失った」

と言った。俺はヒシャゴに言った。

「蓑目さんは、興味がなかった、と言ってて、稲村さんは、興味はあったけれども僕のせいで興味がなくなった、って言ってますけどどっちなんですか」

ヒシャゴが怒鳴った。

「なにを言っとるか。さっき私に言ってたことと違うじゃないかっ。いい加減なことを言うな」

「はいいいいいっ」

と言って、チャルベは再び打たれたように直立不動の姿勢をとり、さらに、

「どっちなんだっ」

と怒鳴るヒシャゴに、

「マーチダ・コーに興味がありませんでした」

と告白した。そしてヒシャゴが一喝した。

「帰れっ」

「はいいいいいっ」

と、また悲鳴のような返事をして、しかし、直立不動の姿勢のまま硬直して動けないチャルベにヒシャゴが再度、

「なにをしてる。早く帰れ」

と、怒鳴った。

「はいいいいいっ」

チャルベは言うと、蹌踉《そうろう》として部屋を出ていった。

俺とナウ橋はただ呆然とするばかりであったが、そうして呆然としている俺とナウ橋にヒシャゴはさらに驚くべきことを言った。

余裕をかます。楽勝をかます。という言い回しがある。本来、焦ってしかるべき場合であるのにもかかわらず、悠揚《ゆうよう》迫らぬ態度、半身で事に当たることを言う。余裕ぶっこく、という言い方をする人もあるかも知れない。「余裕、ぶっこいてんじゃねぇよ」などという具合に。

そういう意味でヒシャゴはこれまで、余裕をかましまくっていた。というのでは足らない、余裕をかましまくりたくりこましまくっていた。

はっきりいって到着以来、まともな映像はまったく撮影できておらず、いまからなにを撮影するかすら決まっておらない。本来であれば、

「どないしょ、どないしょ。飛行機代で三百万。ホテル代で三百万。フィリピンパブで三百万。〆て九百万円の支払いもいまや危うい。シャッチョさんに怒られる。ブッチョさんに怒られる。ツンドラで猿を放し飼いにしたい。お母ちゃんとデパートの屋上で遊びたいけれども、いまはそれも夢。浪速のことは夢のまた夢」

と錯乱するくらいに焦って当たり前である。

それが、落ち着き払ってもったいぶったような小声で、「それでは打ち合わせをいたしましょう」ばかり言っているので、いったいこのおっさんにはどんな目算があるのであろうかと訝《いぶか》っていたのである。

そのヒシャゴが、「帰れっ」とチャルベを一喝して以降、一変した。

ずっと、「僕はほら、プロデューサーちゃんだから」みたいに乙に澄まして余裕をかましていたヒシャゴは急激に熱い男に変わったのである。

そして熱い男、蟇目ヒシャゴはかく言ったのだった。

「マーチダさん。これから先は私が監督します」

「はあ?」

「私の話を聞いてくれますか」

「ああ、まあ」

としか答えようがなかった。そして、ヒシャゴは熱い口調で話し始めた。ヒシャゴは言った。

「私はねぇ、もうファック・ユーだと思うんですよ」

「どういうことでしょうか」

「どうもこうもない、ファック・ユーですよ。LAの狂気と興奮ですよ」

そう言って、ヒシャゴは熱く語り続けた。

ヒシャゴの話を要約すると、もはやなにもかもファックであって、こんなファックな現実のなかではなにもかもがファックになってしまい、ファック以外のものが目に入らなくなってくる。そうすると人は腹が立ってくるのでますますファックになって、ファックというものがどんどん増える。増えていく。それがＬＡの現状であり、つまるところ物質文明がファックであるということで、そんななかまともな言葉を喋ったり、まともな番組を作ってもそれすらファックになっていくので結局、番組もファックしてしまうしかなく、つまりはファックしかないということになるという意味でファック・ユー、これでいくしかないというファックなことになっている、みたいなことになって、結局、なんなんだというと、すべてはファックである、ということであるらしい。

確かにそれもひとつの見識であるかも知れないが、ひとつの発狂という可能性もあるので、俺は熱く語り続けるヒシャゴにおそるおそる問うた。

「つまり、なにもかもがファックということですか」

「そうです」

「ということは撮影としてはなにを撮るということになるんでしょうか」

「それはさっきも言った通り、ＬＡの狂気と興奮です」

「それは具体的には……」

「ファックです」

そう言ってヒシャゴは昂然《こうぜん》と肩をそびやかした。

この世はファックであり、狂気と興奮であり、つまりファックである。とかように仰るのである。そらそうかも知らんが、実際の話、具体的にファックを撮影するということは、はっきり言ってハードコアポルノを撮影するということで、どのように考えてもそれがエヌエイチケーで放送されるとは考えられない。

　そこで俺はヒシャゴに言った。

「まあ、あの現実がファックだというのは、まあ、そうだと思うんですけれどもね、ただ、やっぱり実際のファック、つまりまあ、はっきりいうと性交ってことになると思うんですけど、やっぱりこれはエヌエイチケーではオンエアーできないと思うんですよお。だからやっぱり、そういうファックそのものじゃなくてファックな情景や出来事というものを映像化するということを考えなければならん訳だし、さらには、蟇目さん、忘れてますけど、ブコウスキーというテーマもある訳でね、さらにもっと言うと、こういう形での監督交替みたいなことが果たしてありなのか、みたいな疑問もね、僕的にはけっこうあるんですけど、その辺は蟇目さん的にはどんな風に考えてるんでしょうか」

　と、熱いヒシャゴに話が通じるように、テレビマン的な言い回しを真似て言ったところ、蟇目は少し温度が下がった、みたいな口調で言った。

「うーん。それもまあ、私的にはファックでいいと思うんですが……。やはりファックだけでは駄目ですかねぇ」

「駄目だと思いますよ」

「うーん。ではこうしましょう」

「どうするんですか」

と問う俺にヒシャゴは例の科白《せりふ》を言った。

「少し休憩をした後、食事に行って相談いたしましょう」

あはは。熱くなっても基本のところは変わっていない。ヒシャゴの基礎の確立。


それでみんなで楽しく海っ端の、サンタモニカというところの、くほほ、ファックな金持ちみたいなやつらが気取って魚類や甲殻類を屯食《とんじき》してるファックなシーフード料理の店に参りて食事をしながら話をした。チャルベが監督をしていた際は、まず動かし難いものとしてチャルベのプラン・イメージがあったので、議論がまるで先に進まなかったが、今回、議論の前提には、ただ漠然とファックという言葉があるだけなので、紺谷タカオが存分にエロ話を展開するなど、自由で活発な討論が行われたが、やがて議論は、「この場合、ファックとはなにか」という方向へ収束し、その方向で意見交換が進むうち、だれかが言った、「結局、蟇目さんが言ってるファックって馬鹿馬鹿しいことっつうことじゃねぇの」という意見が出て、話は一気にまとまり始めた。

「そう。そういうことなんだよ。私が言いたかったのは」

勢い込んでヒシャゴが言うので思わず、

「つまり、烏滸《おこ》の沙汰、つうこってすか」

と言うと、ヒシャゴが、

「烏滸の沙汰、ってなんですか」

と聞いてきた。

「烏滸の沙汰っていうのは、ほらあれですよ、あのお、ほれ、『徒然草《つれづれぐさ》』とかで出てくるじゃないですか。さんざん、アホーな奴のこととかを書いて最後に吐き捨てるみたいに、烏滸の沙汰なり、つってるやつ」

「つまりどういうことですか」

「アホーな奴だ、つってんでしょ」

「それいただきまっしょ」

「は？」

「いやー、いいじゃないですか。烏滸の沙汰なり。ファック・ユー、と言われて烏滸の沙汰なり、と答える。いやー、いいなあ。烏滸の沙汰なり」

「なんの話ですか」

「番組のタイトルですよ、タイトル。ファック・ユー！　烏滸の沙汰なり。これでいきましょう」

「ああ、なるほどね。そらいいかも知れませんね」

「そうかなあ」

「そうですよ。だってこのロケ自体、烏滸の沙汰なり、じゃないですか。明日、なに撮るかすら決まってないのにみんなでこんなところまで来ちゃってるし、監督、逃げちゃうし」

「だはは。ホントですね」

「おまえが笑うな」

「でも笑っちゃいませんか」

「バカ。世の中にはなあ、冗談にしていいことと冗談にしていいことがあるんだよ」

「なかでも君の顔がもっとも冗談だ」

「君の顔も冗談だけどね」

「だははは」

「ファッキン白ワイン、もう一本、頼みましょうか」

「頼みましょう、頼みましょう」

「大丈夫ですかねぇ」

「なにが」

「なんだかわかんないけど」

「わかんないんだったら大丈夫じゃないですか」

「だははは。烏滸の沙汰なり」

「カンパーイ」

「パンカーイ」

「だははは」

「だはははは」

みたいなことに打ち合わせがなったのはマジ、烏滸の沙汰である。

部屋に戻ってからナウ橋を通じて、明日の撮影は休み、という連絡が入った。

それで翌日。することもないのに朝早くから目を覚まして、部屋に誰もいないのを幸い、毛布を投げたり、屁をこきまくったり、土俵入りの真似事をしたり、と好き放題なことは、まあ一応したけれども、街に繰り出して観光をしようなんて気分には当然ならず、「あひゃひゃ、ええ天気やなあ。こんな天気のええ日はカーテン閉め切って薄暗い部屋でねちねち原稿でも書こうか知らん」って暗い部屋で連載の随筆原稿を書いた。

よく、「僕はいまこの原稿をロサンゼルスで書いている」みたいにして随筆を書く人があるが、カックイイネ。そんな人はきっとモダーンでルーナティックな高級ホテルに泊まって、シガーとかふかし、服とかもカッコよくて、女にちゃあちゃあ言われてるのだろうなあ。憧れるなあ。ロサンゼルスにいるのを幸い、俺も真似をしてみようと思って、「僕はいまこの原稿をロサンゼルスのホテルの部屋で書いている。ロサンゼルス。エキサイティングな町だ。高円寺と永福町と桜新町を足して七百で割ったものに新宿と永田町を掛け、それを森光子で割ったものに、市谷と三島由紀夫と豚足を足したものをファミレスで割ったもの、を加えたものからアロマテラピーと隠れ家的和食屋を引いたような町、ロサンゼルス」という風に原稿を書き始めてしまい、その説明をしていたら四百字詰原稿用紙二十枚分書いてまだ終わらず、でも規定の枚数は三枚半で、「まったく俺ってやつあ、いつまでたっても甘ちゃんだな。ふふ」と自嘲気味の苦笑い、苦笑い、こんなときは苦いコーヒーでも飲みたいものだ、と思っていたらナウ橋が電話をかけてきた。

「おはようございます。ナウ橋です」

「グッモーニン、と英語で言う自分が情けない。なんですか」

「そろそろ十時なんですけど」

「ああそう。あ、ほんとだ、十時だ。それで?」

「メシ、どうします?」

「ああ、メシ。ぜんぜん考えてなかった。メシを食わないと人間は死ぬからね。危うく死ぬところだった」

「どっか行きますか」

「ううむ。それは考えどこだ」

「考えどこすか?」

「そうだね。だってそうだろう。どっかといってここはどこに行くのもクルマだ。どっか行くためにはクルマを雇わなければならない。それが僕は面倒くさいんだよ」

「じゃあ、どうしましょう」

「歩いていけるところになんかないかなあ」

「こないだのB&Bとかいうところはどうでしょうか」

「あそこか。あそこなら歩けなくもないか。けど、ナウ橋君、あそこは味も分量も牛馬並みだよ。君はあの責め苦をもう一度、経験したいか」

「ヘビーっすよね」

「だしょ」

「じゃあ、どうしましょう。スタバでなんか買ってきましょうか」

「ザッアグッドアイディーア、と英語で言う自分が限りなく哀しい。ちょうどコーヒーを飲みたいと思っていたところだった。それいただきまっしょ」

「まっしょ、ってなんですか」

「存ぜぬ。後、サンドイッチ様のもの、つまりは西洋のパンというやつだね、あれに野菜や肉を挟んだやつだね、そういうものがあったら買ってきてくれ」

「オッケーでーす」

　なんつって気の利くナウ橋を買い物にやり、誂《あつら》えものをもって戻ってきたナウ橋に、変化のない部屋でじっとしていたものだからスターバックスコーヒーの様子すら気になる。「スタバはどうだった」と聞くと、ナウ橋は真面目くさった口調で、「ホモが多かった」と言い、それ以上の感想はなかったようなので、礼を言って部屋に戻ってもらった。

　コーヒーとサンドイッチを食べたら五分が経った。本を読んだら一時間経った。メールをチェックし、返信したら八分経った。電話がかかってきてファックスが届いているというので受け取りにいった際、鍵を持って出るのを忘れ、その旨をレセプションに説明し、イカした髪形の黒人のねえちゃんに嘲笑《あざわら》われつつ、カード式の鍵を再発行してもらい、部屋に戻ったら二十八分経った。ファックスで届いたゲラをチェックし、カード式の鍵を持っているかどうか四回確認し、ファックスを出しに行って戻ってきたら四十八分経った。

その他にもいろんなことをやって疲れたので、仮眠をし電話の音で目を覚ましたら二時間三十三分十八秒経っていた。

このように時間というものは過ぎる。

人生が終わっていく。

こんなところでこんなことをしていてよいのかと思う。強く思う。

電話は、みんなで打ち合わせがてら夕食を食べに出るので七時半にロビーに集合すべし、という内容の電話だった。

また、打ち合わせ。また、飯。

人生が終わる。つか、終わってる。

「えへへ」と笑い、それから、「終わっちゃった」と可愛く言ってみた。

哀しかった。途轍《とてつ》もなく哀しかった。猿股の洗濯がしたかった。

俺は出掛ける準備を始めた。「えへへ」と再度笑いつつ。

撮休明けの七月五日。くほほ、昨夜、夕食時にヒシャゴによって示された構成案によって遅蒔きながら本格的な撮影が始まった。つって遅蒔き過ぎるよ。もう五日ですやんか。実質、あと四日しか撮影できないのよ。どうするの？　という疑問には、遅蒔きがよい種もある。早蒔きがよい種もある。種も人も同じこと。五日で育てて三日で食べる。三歩歩いて二歩下がる、とでも答えておくがよい。なんてなことで、俺ら勇躍、ロケに出掛けた、と言いたいところではあるが、実際はそうでもなく、まず時間が遅くて、これまで食事と会議ばかりやっていた分、時間がないのだから朝から撮影を始めればよいようなものなのに集合時間は十一時半である。ということはロケ地に移動して十二時くらいから撮影を始めたのかというとそうでないというのは、誰が決めたか知らないが、人間は午《ひる》になったら午飯《ひるはん》を食べなければいけないという面倒くさい決まりがあるからである。

だったら例のホモの多いスタバかなんかでちゃっちゃっと済ませればよいのだけれども、どういう訳か飯にこだわるこのロケ隊は、わざわざ例のメルローズって、俺が十八ドルのサンダルを買った、小癪な服屋や生意気なCD屋が立ち並ぶあたりまで行き、最近、評判たらしいＣａｆｅＬＵＮＡたらいう店に入りごんだのである。

中庭というか路地というか、そんなところにテーブルを並べて、看板とかそんなんも板きれに手書きで、カトラリーとかファブリックもどこかあったか味が感じられるって感じ？　なんかそんな感じのベガーっつうか、ロハスっつうか、結局、ヒッピーちゃうんけ、みたいなＣａｆｅＬＵＮＡで、注文を聞きにきた馬面《うまづら》、天然茶髪の大女に注文したのは定食で、定食を頼んだのだからもうよいだろうと思っていたら主菜を選べと言われ、俺は気弱なパンクロッカー、「なんでもいいからさっさと持ってこい。俺にメニューを考えさすな、ど阿呆」と叫びたいのを堪えて、「鶏胸肉のコトレット、プリーズ」と言ったら言った通り、鶏胸肉のコトレットを持ってきて、「くほほ。言った通り持ってくるだけ、かいらしやんけ」とは思うものの、肝心の味はいたって凡庸で、大の男が四人五人《よったり》も集まってわざわざクルマでやってくるような味ではなかった。

それで飯を食ったらただちにロケーション撮影を開始できるかというと、なかなかそうはいかぬのは、腹の皮はれば目の皮たるむ。食後というのは、どんな頭脳明晰な人でも茫《ぼう》とするもので、ただでさえぼうっとしてる我々一行のこと、飯を食って腹が一杯になった途端になんだか虚脱したようになってしまって、食後のコーヒーを飲みながら、なんら見るべきところのない、ＣａｆｅＬＵＮＡの中庭もしくは路地の壁際に生えたみすぼらしい雑草や外壁の犬ションのごとき染み、テーブルの脚の錆《さび》、向こうの席で飯を食っているねぇちゃんの丸見えパンツなどを薄ぼんやり眺めて、きっぱり決まりがつかないからである。

そんなことでやっとこさ飯を終えて、ヒシャゴの構成案に則ってまず向かったのは、件《くだん》の風船人形のところで、昨夜、「海景漁邨」というチャイニーズレストランで夕食をとりつつ、「とにかく、ファック・ユーです。烏滸《おこ》の沙汰です」と言いながらヒシャゴがみんなに配った手書きの構成案は、ヒシャゴがピックアップした、馬鹿げて珍妙なスポットをとにかくマーチダが訪ねて回る、というプランで、「それがブコウスキーとなんの関係があるのか」という問いについては、「まあ、ブコウスキーっつうのはさあ、そういうもんなんだよ」みたいなことを言い、それから、「ところであれだよね、この回転テーブルっていうのは実は日本人の発明らしいね」と誰かが言って、それからは中国料理談義になり、次に支那事変の話になり、最後は紺谷タカオのエロ話になって、ブコウスキーのことはその後、誰も話題にしなかったのだけれども、その際、「他にロサンゼルスで烏滸の沙汰だと思うものはありませんか」と問われたので、件の風船人形はこれまで自分が見た馬鹿馬鹿しいもののなかでもっとも馬鹿馬鹿しいもののひとつだ、というと、ヒシャゴが、「それ、イタダキマッショ」と言い、急遽、風船人形の前でロケをすることになったのである。

下から噴出する風によってぐにゃぐにゃ動く奈良の大仏ほどの風船人形は本日も快調にぐねっていて、その青いのっぺらぼうの巨人が動く様は、間寛平演じるところの超老人のようでもあり、また、自らに課せられた理不尽な義務に関して、真正面から反論するのではなく、あえて駄々をこねるように、「いやん、いやん」と言いながら全身をぐにゃぐにゃさせて抵抗している人のようでもあって、そんな大巨人が、「いやん、いやん」と幼児のようなことを言って駄々をこねている、しかし、理不尽の連鎖によってその巨人は青いのっぺらぼうに成り果てている。みたいなことがおもしろかった。

風は突発的かつ理不尽で、その風によって巨人は不随意に動いているように見えた。関節はあり得ない方角にネジ曲がり、しゃがんだかと思ったら突如として伸び上がり、また、腰骨が折れそうなくらい後方にのけぞったかと思ったら、こんだ、頭が地面につきそうなくらい前にのめり、まったく風に翻弄されているように見えた。

しかもその暴風は、通常の風のように吹くのではなく、青い巨人の体内に吹く暴風であるのであった。

そして巨人はそのように不随意に身体が動くのは嫌だし、辛いのだけれども、その辛さのなかに一抹の楽しさ、すなわち、そうして自分の意識と関係なく、身体が無茶苦茶に動いて、「わっひゃんひゃん。オレ、もう無茶苦茶だよ。オモシレー」みたいな自分が徹底的に壊滅してしまう爽快感、みたいなものを感じているようにも見えて、

「いっやー、おもしろい」

なんつって暫く見ていると、監督の指示がなくなったので自分でカメラ位置その他を決めなくてはならなくなり、秋田エースケを従え、あっちにいったりこっちにいったりして構図を工夫していた紺谷タカオが漸くカメラ位置を決めたらしく、カメラをぶら下げ、へらへら笑いながら近づいてきて、「うん。確かに面白いねぇ」と言った。

ヒシャゴが、そんじゃあ、つうんで演出を始めた。

「それでは、ええっと、ここでいいのかな。じゃあ、マーチダさんは最初ここに立っていてください。ええっと、それでどうすんの、そっちへ歩いてく?」

「いや、もう自由に動いてもらっていいですよ。オレ、追いますから」

「そんじゃあ自由に動いてください。じゃあ、いきましょうか」

「ええっと、そうすっと僕はどうすればいいんですか」

「ええ、もうだから自由に……」

「自由、つわれても困るんですが、じゃあ、ここに立っていればいいんですか」

「ええ、まあ、そうですね。後、なにかコメントのようなものを言ってもらえると助かります」

「コメントですか。わかりました。やってみます」

「じゃあ、いきましょうか」

ヒシャゴがそう言って、紺谷タカオがカメラを肩に担いで腰を入れ、秋田エースケがヘッドホンをかむり、先にマイクロホンを取り付けた長い棒を掲げて撮影が始まった。

俺は最初、カメラの方を向いていた。ということはカメラには俺と、その背後の風船人形が写っているということだが、それでは記念写真のようで妙だと思ったので、振り返って風船人形を仰ぎ見た。

風船人形は変わらず、くにゃくにゃしたり、ぶるぶる震えたり、ネジ曲がったりしていておもしろい。ところが、カメラに写されていると思うと、そのおもしろさを心から満喫することができない。しかし、撮影の骨子は俺がこの風船人形を見ておもしろいと思っているというところを撮るというところにあるのであり、傍から見て、俺がおもしろがっているということが分からねばならない。

そこで俺は面白い、と思っているような顔、具体的には、口を半開きにしやや唇を軽く震わせ、感に堪えないという風に顔を左右に振り、さらに両の手を胸の前でくにゃくにゃさせてみたのだけれども、純客観的に判断すれば、面白いと思っているというよりは、少しく智恵の遅れた人がエア尺八の練習をしているようにしか見えない、と分かったのでただちに中断した。

顔や仕草で面白いと思っているということを伝えられない場合はどうすればよいか。然り。言論で伝えればよい。なるほど、ヒシャゴがコメントと言っていたのはこういうことなのだな。

そんな具合に合点をした俺は、再び、カメラに向き直ってテレビで時折みる、リポーターという人と有識者という人を足して二で割ったような口調で話し始めた。

「僕は、この人形を実に面白いと思っています。どこが面白いのかと言うと、この人形がくにゃくにゃだからなんですね。くにゃくにゃというと、蒟蒻《こんにゃく》とか思い出しますよね。酢でも蒟蒻でも食えん、なんて言い方は若い人はもうしないのかな。蒟蒻芋というものの加工については昔の人は随分と研鑽努力したらしいです。なんてことはどうでもいいんだけど、つまり、この人形の面白さというのは、まあ、あの、みたら一目瞭然なんだと思うんですけど、つまりね、鶴の恩返しということはこれはみんながよく知ってる話ですよね。これを青い大巨人の恩返し、という風に考えてみたらどうなるでしょうか。

三年くらい前、世田谷区赤堤というところにおじいさんとおばあさんが住んでいて、おじいさんはメッセンジャー、おばあさんはテレフォンオペレーターをやっていたのだが、働いても働いても生活は楽にならず、ワーキングプアみたいなことになってしまい、おじいさんは常々、稼ぐに追いつく貧乏なし、なんつーのはどこのガキがぬかしやがったのか。そいつが目の前に現れたらスリーパーホールドかフルネルソンをかましてみたいものだ、なんて思ってたんですね。そんなある日の夕方、いつものように世田谷線山下駅から自宅方面へ向かっておじいさんが歩いていると青い大巨人が罠《わな》にかかって動けなくなっているではありませんか。罠にかかった大巨人を可哀相に思ったおじいさんが罠を外してやると、大巨人は日大文理学部の方へ歩み去りました。その日の深夜、ピンポーン、とおじいさん方の呼び鈴が鳴り、おばあさんが出て見ると、玄関口に醜い大巨人が立っていました。大巨人は、夜分に申し訳ありません。夕方、おじいさんに助けてもらった大巨人ですが、道に迷ってしまいました。どうか一晩、泊めていただけないでしょうか、と言った。もちろんおばあさんは断った。なんとなれば助けてもらったうえにやはり厚かましいと思ったし、それに第一、２ＤＫのマンションにこんな大巨人が泊められるわけがない、と思ったからでした。よそをあたってください。おばあさんはそういって大巨人を追い返しました。大巨人は、恩返し、したかったのにいいいいっ、と叫んで、マンションの外廊下でじたじた暴れました。みたいなね、そんなことじゃないか、みたいなね、想像力をかき立てられる面白さっていうのかな。もちろんいまの僕の話を聞いてみなさんが呆れ顔をなさっていることは分かる。なんてつまらない話をする作家なんだ。こいつの脳は腐敗しているのか、ってね。でもね、なにをするか分からないいまロサンゼルス三界《さんがい》まで連れてこられて、いきなりカメラの前に立たされてコメントを言えと言われれば誰だってこうなりますよ、みたいなところがあって、っていう風に喋り続けることがかなり虚しい気持ちになってきて、いままさにぼくこそがこの、ぐにゃぐにゃダンスを踊りたいような気分になってきたんで、もうやめていいですか？」

と最後は、ヒシャゴに言ったのだが、紺谷タカオは、その方が面白い絵になると思ったのか、右肩にカメラを担いだまま、踊れ、と促すように、左手の掌を上に向けて上下させた。そこで俺は尻っ端折り、ねじり鉢巻で目を剝《む》いて口を尖らせ、人形ほどはぐにゃつけないまでも、精一杯にグニャついて、「かっぽれ、かっぽれ、甘茶でカッポレ、えらいこっちゃ、えらいこっちゃ、えらいこっちゃ、えらいこっちゃ。おじやん、中風で、ヨイヨイヨイヨイ。妹はソープで、アワアワアワアワ。弟は、ニートで、ヨーヨーヨーヨー」なんつって踊ろうかと思ったが踊らなかった。そんなことをしたら世間の人にアホと思われて侮《あなど》られ、嘲《あざけ》られ、買い物に行き、「小豆一升ください」と言っても、「おまえに売る小豆はない。これでも食らえ」と言われて馬糞を投げつけられたり、ほか弁当や吉牛で、塩を撒かれて追い返される、なんてなことにならないという保証はどこにもないからで、まあ、実際にアホなのだから仕方ないとはいえ、そういうことはなるべく隠しておきたい、というか逆に、まるで自分がかしこであるかのごとくに振る舞いたい、というのが人情である。

そんなことで俺は、「いや、いいですよ。僕が踊る訳ないじゃないですか。それじゃ、まるでアホですよ」と言って、それで漸く、紺谷タカオはカメラを下ろした。

全員がヒシャゴを見た。なんとなればヒシャゴは監督だからである。赤いキャップを被り、スリムのジーンズにポロシャツ姿のヒシャゴは、俯いて仔細たらしい様子で書類を見ていたが、やがて顔を上げると、「ここは、これでいいでしょう」と言った。

つまりどういうことかというと、ここでのカットはこれで終わりということで、全員が、内心で、「えっ? マジ?」と思ったが、それを口に出して言うと、いまのカットがおそらくなんの意味もないカットであることと正面から向き合わねばならなくなり、それは人として辛いことなので誰もが微笑んで無言であった。

ヒシャゴの構成に則って、次に向かったのは、どこだかよくわからない、大きな橋がかかる道路沿いの極貧家庭である。ヒシャゴの話を整理すると、極貧ということは、金持ちはカネがあるため、バカバカしいくらいに広大な土地にバカバカしいくらいに壮麗な邸宅を建てたりして、なかなかに烏滸の沙汰であり、それに比して貧乏人というのは概ね、健全で穏健で、烏滸の沙汰ということはなく、反対に物悲しいのだけれども、貧乏も臨界点を越えれば、それはそれで笑えるものになるはず、ということで、それで極貧家庭を訪問することになり、軽野ミコが探してきた極貧家庭を訪問することになったのだけれども、ＣａｆｅＬＵＮＡでうだうだし過ぎたせいか、それとも大巨人の恩返しの話が長過ぎたせいか、軽野ミコが約束した午後四時を大幅に過ぎてしまっていて、軽野ミコが再交渉してくるからちょっと待った、ということになり我々は裏通りにクルマを停め、軽野ミコが戻ってくるのを待った。

なんだか茫漠として寂しい裏通りだった。舗装されていない砂利道に沿って立ち並ぶ家は、軒の傾いたバラックみたいな木造住宅で、でもその家も疎《まば》らで、空き地だらけだった。

空き地は背の高いトタンの塀で囲まれていて中の様子は知れないが、トタン塀は傾いているし、ゴミや雑草やクルマがあちこちに放置してあって、いかにも遺棄されたエリアって感じだった。

クルマは通らず、人通りもほとんどなかったが、その遺棄されたような寂しい通りを行ったり来たりしている男女があった。

黒いシャツにブルーのジーンズを穿いた男は五十歳くらいで、背が高く太っていて灰色の髪の毛がぐしゃぐしゃだった。手に水の入ったボトルを持っていた。

赤い花柄のワンピースを着た女はまだ若く、二十歳そこそこに見えた。ほっそりして、背が小さく、金髪だった。全身から漂う、汚れ、疲れた感じから、一目で浮浪者であると知れた。二人は俯いて、途方に暮れたような足取りで、遺棄されたようなエリアを行きつ戻りつしていた。

遺棄された人間がやはり遺棄されたエリアを寄り添ってとぼとぼ歩いているのであっ

た。

　三十分くらい、界隈をうろうろしていた男女がいなくなった頃、軽野ミコが戻ってきてヒシャゴと立ち話をし、クルマに戻ってきたヒシャゴが言った。

「極貧家庭のお母さんが忙しいそうです。今日の撮影はここまでにしましょう」

　またぞろ、「えっ？　マジ？」と言いそうになった。

　なんとなれば、本日、大の大人が右往左往して撮ったカットはただのワンカット。そのカットというのも、俺が、「大巨人の恩返し」という創作童話を朗読するという、どう考えても編集で削除されるであろうカットである。つうことは、今日一日、なにも撮影しなかったも同然ということで、ただでさえ厳しい日程なのにそれでいいのか？　もう少し粘った方がいいのではないか？　と思ったからである。

　ところが、それを言いヒシャゴが、「それもそうだ。もう少し粘ろう」と言った場合、もっと長い時間寂しい裏通りで乞食を眺めたり、もはや疲れきっているのに、通じない言語で多忙な極貧家庭のお母さんに気を遣いつつインタビューしたりしなければならないのは俺で、それは人として悲しいことなので、俺は明るく言った。

「了解でーす」

　ただワンカットを撮ってホテルに戻り、午後七時三十分、いつものように、みんなで楽しくごはん、広い店内を無闇に壁や衝立《ついたて》で仕切って、床はもこもこした絨毯、ソファーも国会に置いてあるみたいなゴージャスなのが歳経りて禿げたみたいなので、照明は暗いし、店員は山賊みたいな髭生やしてにやにや笑って不気味だし、っつう墨西哥《メキシコ》料理店、「コヨーテカフェ」へ参り、酢と油に漬け込んだ肉と野菜を鉄板で焼き、玉蜀黍《とうもろこし》の粉を伸ばして焼いた薄餅で巻いて食した。その間、仕事について話すなんて不粋なことは一切しないで、紺谷タカオの粋なエロ話で盛り上がった僕らっていうのはほんとうに粋なお兄ィさん達だな、と思おうと思ったがあまり思えなかった。

ファヒータもその他の料理も食べ終わり、エロ話も終わったので、「コヨーテカフェ」を出てホテルに戻ったら午後十時三十分だった。ヒシャゴが明日は午後二時出発である、と告げた。「二時。いいね、二時」と紺谷タカオが言った。

それで、ちょっと寝て、起きて、週刊誌の原稿書いて、風呂入って、ナウ橋にサンドイッチ買ってきてもらって食ったらもう七月六日の午後二時だ。このようにして人生が過ぎていく。光陰矢の如し。少年老いやすく学成り難し。なのにこんなところでこんなことしていていいんですか。というのはこないだも思ったが、それにつけても、学が成らないのは困る。なぜなら学が成らないとバカになってしまうからで、バカということは容易に人に騙《だま》されるということである。

「もし、そこの人」

「僕ですかあ?」

「そうそう君、君。いまねえ、特別スペシャル割引タイムサービス閉店セール中なんだけどね、このタワシねぇ、これは幸運のタワシといって普通だったら百万円するんだけど、君だけに特別に十万円で売ってあげてもいいけどどうする？　いらなかったら他の人に売るけど」

「うん、買う、買う」

つって百円のタワシを十万円で買ってしまうということである。

そんなことにならないためにも学を成らす必要があるのだけれども、もはや出発の時間で、学は戻ってから成らすことにして、階下へ下りてった。

ホテルの前に見るからに学のなさそうな一団が屯《たむろ》していた。朱に交われば赤くなる、こんな奴らと付き合ったら、ただでさえ少ない自分の学がますます少なくなる。こんな奴らは避けて通るべきである、と強く思ったが、俺は反対にその集団にずんずん近づいていった。なぜか。その集団がヒシャゴ率いるロケ隊であったからである。

とりあえずは、スパニッシュ地区に行って歩きを撮る、という。歩きを撮るというのはどういうことかというと、ロサンゼルス高校のところでも少しやったが、歩いているところを撮る、なぜ撮るかと言うと、この場合で言うと、マーチダがその町を旅行しているということを見ている人に伝えるために撮るのである。

それでスパニッシュ地区の公園の近く、古ビルとだだ広い古公園とぼこぼこの道の間を、学というものが完全にない貧民が無闇に出歩いている界隈を歩くということになった。おそらくは昨日、行こうとして行けなかった極貧家庭に向かう途中の歩き、として使うつもりなのであろう。

しかし、クルマを停めて自由に撮影をする訳にいかぬというのは、軽野ミコによると、このあたりの治安はきわめて悪く、夜は銃声が絶えず、明け方になると公園の池に必ず屍骸《しがい》がみっつばかり浮かんでいるみたいな地域で、うかうか撮影していると、「なにさらしとんじゃ、われぇ」みたいな学のない粗暴な人がやってきて殴ったり撃ったりしてくるらしいからである。

そこで周囲に気を配り、あまり人の通らぬところを選び、しかし、完全に人通りのないところだと、学のない追剝ぎやシャブ中の人がいて恐ろしいので中途半端に寂しい通りを選び、カメラが先に降りてカメラ位置を決め、俺はぎりぎりまでクルマのなかにいて、準備ができると大慌てでクルマから出て歩いた。

といってただ歩けばよいというものではない。というのは、歩くにもいろんな歩き方があるからで、日本刀を持ってやくざの人の家に殴り込みに行くときの歩き方と、寄席に落語を聴きに行くときの歩き方は違う。

では、自分はいまどんな歩き方をすればよいかというと、実際は、ヒシャゴに言われて裏通りの向こう側で紺谷タカオが構えているカメラに向かって歩いている訳で、普通であれば、目標物であるカメラをじっと見てスタスタ歩くのだろうけれども、そうする訳にいかぬというのは、旅番組で俳優やタレントや何業だかよくわからないが、とにかく旅番組によく出ている人とかがやっているように、旅先の珍しい文物を眺めつつ、ぶらぶら歩いている、逍遥《しょうよう》しているみたいな歩き方をし、ときに、通り沿いの店に視線を走らせて、「お?」という顔をしたり、犬を見て微笑んだり、といったことをやらねばならぬからである。

そこで自分は、普通、自分が渋谷や永福町を歩くときの速さの半分くらいの速さで歩きながら、

いっやー、ここがロサンゼルスの町並みの一角なんだねぇ。いっやー、どうも僕は逍遥しているんだけれども、この逍遥というのは小用という言葉と発音が同じなのね。そういえば僕は小用が近くて、若い頃、犬ション男と呼ばれていたのだが、そんなことをこのロサンゼルスで思い出しているということを、向こうでにやにや笑いながらカメラを構えている紺谷タカオは知らないのだろうなあ。と、いま一瞬、カメラを見てしまったが大丈夫だろうか。番組を見ている人はカメラではなく、自分の目で俺が逍遥しているところをみているはずで、しかし、自分は自宅におるのであり、つまり、ここにいない人がここを見ているのであって、つまり窃視、なのに俺がカメラを見てしまったがために、なーんだ、そこにカメラがあったじゃん、と気がついて白けてしまうのではないか。それを挽回《ばんかい》するため、少し例のやつをやってみるか、つまり、さっきの旅番組のレポーター調、っつうやつね。じゃあ、やってみよう。おっ。と俺はいま思ったよ。おっ。いっやー、ロサンゼルスの汚らしい裏通りのみすぼらしい建物の崩れかけた外壁やんか。いっやー、実にロサンゼルスだなあ。いったい何人のホームレスがこの前で小便をちびったのかな

ざりして死にたくなるよね、実際の話が。
なんて考えつつ、紺谷タカオのところまで歩いたのだけれども、誰もオッケーと言わずに気張っているので、カメラの脇を通り抜けると、紺谷タカオはカメラを百八十度回転させ、さらに撮影する様子なので、またぞろ、見せかけの逍遥を開始し、
おっ。あれは、あの不細工なおばはんはどうみても売春婦じゃないか。けれども半分、乞食のようで、むかしで言うコジキパンパン、すなわち、ジキパン。あれじゃあ、客がある訳ない。目ェ、合わさんようにしょう。
なんて、旅先の珍しい文物を眺めつつ歩き、ふと思ったのは、考えてみれば、俺はこれから極貧家庭のお母さんに会いに行くのであって、果たしてこれから誰かに会いに行くという人が、こんな風に周囲の文物を眺めながらふらふら歩くだろうか。もっと、きりっとした顔で、これから会う人のことを思い浮かべたりしながらすたすた歩くのではなかろうか、ということで、そこでこんだ方針を変え、抜弁天や祖師ヶ谷大蔵を歩く速さの一・五倍くらいの速さで歩きつつ、
これから僕は極貧家庭のお母さんに会いに行く訳だが、どんな人だろうか。若くて美しくて理知的な女性ということは、やはりないのであろうなあ。どちらかというと、歳とって不細工で学がない女性なのだろうなあ。楽しいなあ、嬉しいなあ。開口一番、濁《だみ》声《ごえ》で、忙しのになにしにきさらしたんじゃ、ど阿呆、とか怒鳴られるのだろうなあ。嫌

だなあ。しまった。つい本当のことを思ってしまった。

と思っているような顔をして歩いていると向こうから、雲をつくような、堅太りでプロレスに出たらさぞかし強いだろう、みたいな大男が歩いてきた。

明らかに様子がおかしかった。

伸び放題のカーリーヘアーに、よれよれのティーシャーツ、くたくたのジーンズという格好は、そこいらにいくらでもいる、こいつ働いてねぇよ、みたいな奴らとそう変わりはないのだけれども、大男は、道端の看板や壁を拳でがんがん叩きつつ、大声で喚き散らしながら歩いて、何事かに大層、怒っている様子なのである。

背は高いし、看板は曲がるし、普通であれば、「こりゃ、こりゃ、何事ですか」と注目するのが当たり前なのだけれども、この界隈ではこんな奴は珍しくないのか、人々は、そんな大男がまるでいないかのごとくに通り過ぎていく。

しかし、日本から来た俺には珍しい、というのは、日本においても、繁華街で目に見えない敵に憤激、呪いの言葉を呟きながら歩いている人はいることはいるが、このように怒鳴っている人は少なく、看板や壁を殴りながら歩いている人はまずないからで、これこそ旅先で出会う珍しい文物だと思うから、
お？　さすがロサンゼルスですねぇ。やっぱほら、日本だったら、ああいう、なんていうんですか？　いっちゃってる人って言うんですか、ああいう人はいることはいるけど、ぶつぶつぶつぶつ、ひとりごとみたいに言ってるだけですよね。暗いっつか。陰気

ですよ。それに比べてやっぱりこっちは豪快っていうか、ダイナミックっていうか、一町向こうにまで聴こえるくらいな大声で喚き散らしてて明るいっすよ。それになんつっても凄いのは、そこいらをどつき回しながら歩いていることで、普通、日本人だったら、痛い、とか思うじゃないですかあ？　それを全然、思わないっていうのはやっぱパワーの違いですよね。或いは、識字率とかそういうことも関係しているのかも知らんけど。みたいなことを思っているみたいな顔をしつつ、タレントの人が異国の路傍に可愛い犬を見つけて微笑んだ、みたいな笑顔を浮かべて大男を眺め、そして、ふと気がついたのは、いま紺谷タカオは俺の背後から撮影をしており、いくら微笑んでも俺の顔はカメラに写っておらぬということで、だったら、先ほど秋田エースケが俺にとりつけた無線のマイクロホンに向かっていま思ったようなことを喋ってやろうかな、と思ったその瞬間である、

無関係と思っていた大男が突如として、俺の方へ向かって走ってきたかと思ったら胸《むな》倉《ぐら》をつかみ、訳のわからぬことを喚き散らし始め、俺は、「幸薄い人生だった」と思った。こういうときは、幼少時よりの記憶が走馬灯のごとくに脳裏に浮かぶらしい。そこで、父母を始め、もう会えない懐かしい人たちの顔が脳裏に浮かぶのを待ったが、なんということだろうか、見たこともない猿の顔、稲村チャルベがニヤニヤ笑う顔、茄子の古漬け、紅三四郎みたいなものばかりが頭に浮かんで、このままでは死んでも死にきれない、しかし、出演者である自分が殺されかけているのだからさすがに誰か助けにくる

だろうと後ろを振り返ると、誰も助けにくる気配はなく、こんな奴らとロケにくるのではなかった、と絶望していると、捨てる神あれば拾う神あり、仲人は時の氏神、って別にこれは喧嘩じゃないのだけれども、とにかく走ってきてくれた人があったというのは、現地コーディネーターの軽野ミコで、軽野ミコは喚き散らす大男と俺の間に割って入り、なにを言っているのかわからない早口の英語で男をなだめすかし、ついには道路脇まで連れて行くことに成功したのである。

男は暫くの間、今度は軽野相手に怒鳴り続けていたが、最初は怒っている感じだったのが、だんだんめそめそした愚痴みたいな感じになっていって、終《しま》いには泣きが入って、小さな軽野に背中を撫でられているような格好になり、ひとしきり泣いた後、またぞろ、壁や看板をがんがん殴りながら去っていった。

これにいたって初めてヒシャゴたちがやってきて、「いやあ、大丈夫でしたか」と口々に言った。俺は、

「二十歳そこそこの小娘が、クライアントを危険な目に遭わせてはならないという義務感から走ってきたというのに、いい歳をした男の貴様らはなんだ？　恥ずかしくないのか」

と怒鳴ろうと思ったが怒鳴らなかった。

なぜならその二十歳そこそこの小娘に助けてもらったのが自分であったからである。

しかし、義務感から咄嗟《とっさ》に行動はしたものの、やはりやはり恐ろしかったらしく、

「怖かった？」と尋ねるヒシャゴに、「大したことないですよ。最後は、よしよし、って感じでしたよ」と言う、その顔が青ざめていた。

軽野によると男は、「自分はテネシーからやってきた。自分はLAのシステムの被害者だ」と言って泣きわめいていたらしい。

男は、テネシーから笈《おい》を負うてLAにやってきたのだろう。しかし学がないためかやることなすことうまくいかず、職なし、カネなし、女なし。みたいな境遇になってしまったのだろうが、しかし、周りを見渡すとそれは特殊なケースではないらしく、そこいらを歩いている奴は男も女もみなそんな感じだった。ということは、いまみたいなことがまた起きる可能性が大ということで、いまの大男はたまたまテネシーから来た、見た目はいかつい が気は弱い、っつう奴だったからよかったが、ニューヨークから来た、見た目は弱弱なのだが精神はアッパーで、カタン、と音がしただけでスイッチが入って銃を乱射する、みたいな奴が来たらどうすんだよ、って話になり、ここでの歩きの撮影はこれまで、ということにして、懸案だった極貧家庭のお母さんのインタビューに向かうことにした。

しかし極貧家庭のお母さんの都合が、いまどうなっているかわからない、というので俺とナウ橋は近くのファストフード店でしばらく待つことになった。

ファストフード店といってでもチェーン店ではなく、田舎のスーパーマーケットのフードコートにあるみたいな、インディーズ系というか、聞いたことないよ、みたいな店名で、しかも西班牙《スペイン》語で書いてあるからなんと読むのかわからない、みたいな店である。

客は悉皆《しっかい》、貧民。カウンター前の合成樹脂のテーブルにげしゃげしゃして、紙で包んだオムレツのようなものや豆の煮を食ったり、ペプシコーラを飲んだりしていたので、手前の、髭もじゃの働き奴《ど》みたいな集団がいた、日曜大工で作ったみたいな屋根付きの土壇席に陣取り、鉱泉水をちゅるちゅる飲んだ。

俺はナウ橋に言った。

「ナウ橋君」

「なんでしょうか」

「通常、こういう場合、事前に約束をしておくのが普通だと思うのだが」

「アポってやつですか」

「それそれ。そのアポをとっておくのが普通なんだけれども、どうやら連中は、事前に約束するという発想がないようだな」

「そうですね」

「なんでだと思う」

「うーん、なんででしょう」

と言ってナウ橋はしばらく考えて言った。

「つまり、こういうことじゃないですか。普通、こういうアポは前日にとっておくじゃないですかあ。けど、今日も集合、午後だったたし、つうことは今日のスケジュールが今日決まって、しかもさっきなんかすぐ終わっちゃったし、前日どころか、直前まで時間が読めない、ってことじゃないですか」

「さすがはナウ橋君だ。よくそこに気がついた。実は俺もそうじゃないかと思うんだよ。つまり、すべての撮影は……」

「いきあたりばったり……」

「その通りだ。で、ナウ橋君、その事実を知ったいま、君はこの状況をどう思う?」

「どう思う……、うーん。けっこう嫌、っていうか……」

「だよねー。僕も、嫌だなーって思うんだけど、でもそれって嫌で済むのかなー、みたいな感じもあるにはあるんだよね」

「ほんとですよね。ぼくら、日本のテレビのシステムの被害者って感じですよね」

「ほんと、ほんと。君、うまいことというね。ちょっとこのテーブル殴ってみようか。痛っ、なんつて、だははは」

「あははは」

とナウ橋と楽しく笑う振りをするなどして、俺とナウ橋は中南米風インディーズ系ファストフード店の手作り感溢れる土壇席で人生の貴重な時間をつぶしていた。

お母さんというものは忙しい。どういう具合に忙しいかと言うと、例えば家族の衣服を洗濯しなければならない。山のようなサルマタやティーシャツ、靴下やジーンズなどを洗い、こんだ、これを干さなければならない。やっと干して午御膳(ひるごぜん)の支度を始めたと思ったら、なんですか？　さっきまであない、いい天気だったのに急に雨が降ってきたじゃないの。三上寛は、「天気予報は青筋たてて冗談を繰り返す」って歌ってたけどまったくその通りネ！　と言って、慌てて取り込んでいる最中に台所で笛吹ケトルが、ひいいいいいいいっ、と悲しげな声を上げる。慌てて台所に走っていって火を止めたと思ったら、一番下の子供が座敷でしょんべん垂れをするのでこれを叱りながら、雑巾を持ってきて畳を拭いている、まさにそのとき、猫が秋刀魚をくわえて走っていくのが見えたので、こら、と追いかけようとした瞬間、電話が鳴って、犬が吠えて、新聞の集金が来る、みたいな具合に忙しい。

そんな最中に、見るからに、「こいつ働いてネえよ」みたいな風貌の奴が、「あの、すんません。日常の生活についての談話取材をさせてもらえませんでしょうか」と言ってきたらなんと言うだろうか。

「いま忙しい」

と言うに決まっている。或いは、

「ブル、シット」

とか言うかも知れない。当然の話だ。だから僕は、ヒシャゴが、

「極貧家庭のお母さんはいま忙しいそうです」

と言い、「もう暫く待ってください」と言って去ったとき、別に腹も立たなかった。

だ。


「ああ、やはりそうだろうな」と思っただけだ。

というと嘘になるかな。ちょっぴり、ほんのちょっぴり悲しかったのは事実。だって、ヒシャゴさん、アポとってくださらないんですもの。

と言っている俺は誰なのだろうか。それすら知れぬ夏の暑い日、おっ。これはもしかしたら短歌？

メキシコの店で泣いてる僕はたれ？　それすら知れぬ夏の暑い日
みたいな。

ってでも、それ自体、すなわち、その短歌が腐り果てた猿とミジンコのあいの子が夏の暑い日にシンナー吸いながら作った短歌よりまだ劣る短歌であり、しかもいまは夏ではないではないか、ということは一旦措いて、そんな風に、僕自身の位置がスライドしていくことがよいと思うのは、つまり、自分自身が蔑《ないがし》ろにされたことについて憤るというのは、かなり格好の悪いことだと思うからである。

どういうことかというと、つまり、この歌の作者の嘆きとは、メキシコの店で蔑ろにされた自分自身が誰なのかすらもはやわからない、ということなのだけれども、人が憤る場合、その心境にまで到達しないことがほとんどだからである。

例えば、今日の午飯はそこらで食てこましたろ。と考え、近所の食堂に出掛けて行き、海鮮丼と冷酒を注文したとする。時、将《まさ》に午食時。周囲を見渡すと広い客席の半ばは埋まっており、そのテーブルの殆《ほとん》どにいまだ注文の料理が運ばれておらず水とおしぼりが置いてあるばかりのテーブルに座った客はときおり厨房の方に険しい視線を走らせている。

これにいたって、この店の厨房が注文に追われ、うまく回転していないことを知るが、まあ、いい。別に腹が減って死にそう、という訳でもなく、ぼんやり考え事をしているうちに運んでくるだろう、と考え、大人しく待っている。

その間にも、せんぐりせんぐり、客が入ってくる。これではますます大変だろう、と思いつつ、暫く待っていると、遅いことは遅いが、先客から順に料理が運ばれてくる。見るとはなしに見るうちに、当初そうでもなかった期待値が次第に高まってきて、「おっ。あの人の刺身定食が運ばれてきたということは、もうすぐ私の番ですぞ」「おおっ。あの人の鯵フライ定食が運ばれてきたということは、いよいよ次が私の海鮮丼だ。いっやー、腹減ったなあ」といった具合に飢餓感もいや増し、期待感は極限にまで高まって、厨房の方をじっと見やるうち、ついに店員が盆を捧げもってくるので、「ついに。来たっ」と割り箸を構えて待機していると、いったいどうしたことでしょう。店員は自分の席を素通りして、後から来て注文したおっさんの天婦羅《てんぷら》盛り合わせ定食が先に運ばれてくるではありませんか。

そらもう怒った、怒った。

「俺の海鮮丼どないなっとんじゃ、こらあ。俺の方が先、頼んでんのになんであのおっさんの天婦羅盛り合わせ定食が先、来んのんじゃ」

そう怒鳴って、店員が、

「申し訳ございません。みんな当方の落ち度でございます。ただいますぐにお持ちいたします。それから、お詫びの印に船盛りとお酒六本をサービスさせていただきますので、どうぞご辛抱願います」

かなんか言って謝ればそれはそれで、

「次から気ぃつけや」

と言って怒気も収まるのかも知らんが、そうは言わないどころか、忙しいのに面倒くさいことをいうおっさん、うざい。みたいな雰囲気を全身から発散させながら、ことさらやる気のない口調で、

「あ。いま持ってきます」

と言われ、さらに激怒、

「なめとんのか、こらあ」

と怒鳴って店員の襟首をつかんで揺すぶってその場に突き倒し、椅子を振り上げて頭部を殴ったうえ、

「この俺を誰やと思てけつかんのんじゃあ」

と喚きながら、厨房へ暴れ込み、鍋やフライパンを投げ、食器を叩き割り、最終的には消火器を操作して厨房中を真っ白けにし、そのまま表へ飛び出したので逃走したのかと思いきや、ダンプを盗んで戻ってきて、店先に突っ込んで店を半壊させたうえで、

「思い知ったか、ど阿呆」

と叫んでいるところを駆けつけた警察官に取り押さえられ、連行されて尿検査をされる、といったようなことは誰にでも心当たりのあることだと思うが、なぜ、そこまで逆上するかというと、当人が、「なめとんのか、こらあ」と言っていることからも知れるように、自分が不当に軽く扱われている、蔑ろにされている、と思ったからである。

自分では自分はいっぱしの者だと思っている。順番を抜かされるようなアホーではないと思っている。

ところが店員は自分の順番を抜かした。どういうことかというと、通常、店員というものはカネを貰っている以上、落ち度のないように一定の注意を払い、それなりの緊張感を持って接客にこれ勤めるものなのだけれども、ここの店員は自分の風俗・風体、風貌、オーラなどを総合的に判断し、「こいつはそんなに注意しなくてもよい客」と判断した。つまりはみくびってかかったということである。

けれどもそれは間違いで自分は順番を抜かされるような男ではなく、そのことを周知徹底、店員に十分にそのことを思い知らさなければならない。

かように考えて右のような行為に及ぶ訳だけれども、客観的に見てこの場合、それで右の男の名誉・尊厳が回復されるかと言うと、けっしてそんなことはない。

なぜなら例えば、ノーベル頭いいで賞を受賞、年収が百億円あってユニセフとかに多額の寄附をし、背が高くて顔がよく、性格もムチャクチャいい人で、周囲の人に激烈に尊敬されている人が、右の男と同じく、食堂で順番を抜かされたとして、右の男と同じように暴れるかと言うと、けっしてそんなことはなく、なぜ暴れないかと言うと、そうして周囲に尊敬されている人物は、精神に余裕があり、食堂で隣に座ったおっさんや従業員と争おう、競争しようなどという気持ちは毛頭これなく、また、右の男のように、常に、蔑ろにされているのではないか？　馬鹿にされているのではないか？　と恐々として周囲の様子を窺う、ということもなく、食堂で順番を抜かされたくらいで人格的な危機に陥ることはないからである。

つまりどういうことかというと、やたらと、蔑ろにされた。なめられた。と言って怒ったり暴れたりする人は、自分に自信がない、心の狭い小人《しょうじん》であり、少々の不利益があったとしても小さなことと笑っているのは、自分が何者かよくわかった、心の広い君子、ということになる。

小人と君子、どちらになりたい？　と言われたら誰だって君子になりたいに決まっている。

だから俺は、さんざんに待たされた挙げ句、昨日に続いて、「極貧家庭のお母さんは忙しいそうです」とヒシャゴに言われ、別段、腹を立てなかった。ただ、ほんの少しの哀しみがあるだけで、その哀しみが、「僕はたれ？」という問いかけにつながっていったのだ。

ということはあれ？　僕はたれ？　と問いかけなければならぬほど、自分の位置がわからない。自分の位置がスライドしていくということになって、この僕は、いまいった君子の範疇には入らない、ということになってしまうがどうしたことだろうか。

そう考えて、自分の心の正直な気持ちはいったいどうなっているのか、というのを克明に調査してみると、自分の心が激烈に腹を立てているのがわかった。

なぜなら、自分は十何時間もかけてわざわざ日本からやってきたのだ。それが極貧家庭のお母さんがどれだけ偉いのか知らないが、ヒシャゴにしろなんにしろ、二言目には、「極貧家庭のお母さんが忙しい、お母さんが忙しい」ばっかり言っている。

じゃあ俺は忙しくないのか。

そんなことはない。俺は俺で忙しい。そりゃ、いまは外国にいるので部屋で原稿を書くくらいのことしかしていないが、日本に帰ればいろんな用事が待っているのだ。いろんな人と会わねばならぬのだ。いろんなことをせねばならぬのだ。

その忙しい俺が昨日、今日と二日続けてやってきているのだ。そりゃあ、約束の時間を決められないヒシャゴが悪いのかも知れない。極貧家庭のお母さんにも、「いまこのタイミングで急に来られても」というのはあるだろう。

けどやあ、この俺が二度も来ているのだから、「ああ、昨日も来てもらっているし、悪いわねぇ」くらいの対応をするのが当たり前と違うのか。

にもかかわらずそれをしないのははっきり言って俺をなめているからだろう。

だったら、極貧家庭のお母さんと俺、どちらが人格識見、地位年収、周囲の評判その他において優れているか、はっきり白黒つけようじゃないか、と言いたい気分になってくる。

だいたいにおいて、ヒシャゴにしろ、極貧家庭のお母さんにしろ、いったい俺をなんだと思っているのだろうか。

はっきり言って俺はけっこう偉い。それを奴らはきちんと理解しているのだろうか。なんてことは俺だって言いたくなかった。でも言わざるを得ない。そういう状況に奴らが作ってしまったからだ。だからいちいち説明するのだけれども、ここ、ロサンゼルスでは俺を知っている人はまだまだ少ないが、日本では俺は多くの人に称賛されているのだ。

どういう風に称賛されているかと言うと、まあ、口幅ったいようだが、多くの人が俺をきちんとした人間だと言う。

というのは、お世辞でも自惚《うぬぼ》れでもない、掛け値なしの本当の話で、だいたいにおいて私は待ち合わせの時間に遅れたことがない。どんなに遅くとも五分前には約束の場所に着いて待っている。こんなことがルーズな極貧家庭のお母さんにできるだろうか。できるわけがない。

そもそもが、忙しい、忙しい、と言って無闇に忙しがっている人が本当に忙しいかどうかというのは疑わしい話で、なぜなら、単に時間管理、スケジュール管理が拙劣である場合がほとんどだからだ。

その段、俺なんかは凄い。例えば銀行に行く用がある場合などは、朝の早い時間に行く。午前九時とかね。そうすると並んでいる人が少ないから、振込とかが一瞬で終わる。ところが時間管理の下手な人は、そうして空いている時間をだらだら過ごして、午後の遅い時間になっていくものだから、午前に行けば五分で済む用に三十分も費やすみたいなことになるのだ。

こういうことをさして昔の人は早起きは三文の徳と言ったのであるが、そういうことを実行している俺は本当に凄いなあ、と我がことながらつくづく思う。

ただし、郵便局はあかんぜ。なぜか、郵便局には年寄りが多く、午前中の方がかえって混雑していることが多いからだ。

実際のところ、そんな計算まで俺はしている。極貧家庭のお母さんはどうなのだろうか。

俺の偉いのはそれだけにはとどまらない。

例えば、即席麵を茹でる際なども、湯を沸かしている間に、丼や箸を怠りなく用意し、予め麵や粉末スープのパッケージを破っておくなどしている。そうすることによって時間の節約は勿論のこと、茹ですぎたり、麵が伸びたり、慌てて袋を破って、粉末スープをあたりにぶちまけたりするのを防止しているのである。

新幹線や飛行機に乗る際は窓際の席をとるなどという子供じみたことはしない。なぜなら、窓際の席に座った場合、小便に行ったり、飲み物を受け取ったりする際、いちいち通路側の人に気を遣わなければならないからで、そんな面倒を避けるために通路側の席をとる俺は渋い大人、という評判をきっと周囲から得ていると確信している。

自宅に帰るときはエレベータのなかですでに鍵を構えているので玄関先でぐずぐずすることはない。

財布のなかを五十円玉・百円玉エリア、十円玉エリア、五円玉・一円玉エリアに分けているので、スーパーのレジなどでの支払いがきわめて速い。

健康に気を遣ってときどきサプリメントを飲んでいる。週に一日は休肝日を設けるようにつとめている。

三十過ぎまでペーパードライバーだったが一念発起、運転を始め、いまでは首都高の合流等も難なくこなすようになった。

眼鏡をふたつ持っている。

けっこう読書家で二十代のときに『大菩薩峠』を途中まで読んだことがある。三十代のときには、『富士に立つ影』を途中まで読んだ。

それからあとなにがあったか。咄嗟《とっさ》のことなので思い出せないが、まだまだあるはずだ。っていうかでも、これだけでも、俺が極貧家庭のお母さんより、優れていることがわかるだろう。

などと考えるうちに、このことを誰かに言いたくなったが、しかし、自分で言うと小人ということになってしまうので、ナウ橋に言ってもらおうと思って、メキシコ調のフアストフード店のテラス席でナウ橋に言った。

「やっぱあれだよね、なめてるよね」

「なめてますよね」

「そうだよねー。ときにナウ橋君、君はどういう点でなめていると思う」

「そりゃ、あれですよ。全面的になめてますよ」

「そうだろう。そういうことははっきりと言った方がいいと思うよ。言ってごらん」

「だって、そうでしょう。きっちりアポ取ってないなんて、なめてますよ」

「そうだよねぇ」

「そうですよ。向こうだって急に来られたら困りますよ」

「まあ、そうだしね。それに僕は二度も来たんだしね」

「ほんとですよ。毎日、毎日、急に来られたら困りますよねぇ」

「いや、そらまあそうだし、僕自身もほら、何度も来て……」

「ほんとですよね。何度も来られるのは誰だって嫌ですよ」

「まあ、そうなんだけどね」

「そうですよ」

　ナウ橋が昂然と言って、俺のなかの小人が爆発しそうになったとき、ヒシャゴが戻ってきて、

「極貧家庭のお母さんは今日は無理だそうです。次の現場に参りましょう」

と言った。

「ああ、参りましょう。迅速に参りましょう。クイックリーに」

そう言って俺は弱く笑い、俺は少なくとも怒鳴り散らさなかった。それだけでも大したものだ。と、自分に言い聞かせて立ち上がった。読めぬ西班牙《スペイン》語の看板がなぜか悲しく、もはや短歌も浮かばなかった。

楽しい僕らは次のロケ先、ダウンタウンのビジネス街へ向かった。

超高層ビルが建ち並んで未来的なダウンタウンのビジネス街でなにを撮るのか。ヒシヤゴの説明によると、貧民街のすぐ近くにこんな未来的なオフィス街、ビジネス街があって、ごみごみして露店の建ち並ぶ貧民街と超キレーでつるつるぴかぴかのビジネス街が隣り合ってあるという珍妙な矛盾はファックなので、その様を撮影したいらしい。

なるほどなあ、と思う。

つまり、金持ちの町があって、貧乏の町があれば、当然、その中間的な町というものがあり、金持ちから出し抜けに貧乏になるのではなく、次第次第、じわじわと貧乏になっていくのではないかというのである。

じわじわ貧乏になっていくというのは嫌な言葉だが、或いは、文教、風俗で考えるのがわかりやすいかも知れない。住宅とともに学校や図書館、美術館が建ち並ぶ文教地区があり、ちょっと行くとカフェやレストランがちらほらしだして、さらに行くとうどん屋、コロッケ屋などがあって、もっと行くとパチンコ屋やピンサロ、ランジェリーパブ、ソープランドといった粋なエリアになる。

というのはやはりものには順ということがあるわけで、東洋英和女学院や聖心女子学院の隣にホストクラブやM性感、出張エステ、ヌキキャバなどが並んでいるのは、さすがにさしあいがあり、せめて間に学習塾かノバくらいは挟んでおきたい。

と思いつつ、車窓を流れるファックな町の人物・風景を眺めていると、おっ、向こうから、大企業でしゃきしゃき働く高級OLであろうか、金髪をひっつめ、眼鏡を掛け、スーツ姿もさっそうと、四角い鞄を持って歩いているのが、超美人、馬鹿にいい女。

なるほどなー、と、暫《しば》し我を忘れて茫然と見とれていると、その後から、超ブサイクな女が歩いてくる。その向こうには、猛烈に頭がよさそうな男がクルマから降りて来たかと思えば、こっち河岸では、アホみたいな男が涎《よだれ》を垂らしつつ、自らの陰茎をまさぐっていて、別嬪《べっぴん》不細工、あほかしこが渾然一体となっているが、やはりここは別嬪ばかり歩いているエリアから順にじわじわと不細工になっていく、かしこからじわじわアホになっていくというご配慮を願いたいものだ。つって、そんなのは無理だ。

なんて考えるうち、道幅あくまでも広く、頭上には灰色の高架が縦横に走り、ガラスと金属でぴかぴかつるつるの高層ビルの建ち並ぶビジネス街、あのビルのなかでは何十億ドル、何百億ドルという銭のやりとりがなされているのだろうなあ、みたいな町に到着、いつものように、「ちょっと待っててください」と言われ、スタッフが前に出て行

ったかと思ったら割とすぐに戻ってきたので、腰を浮かしかけるとヒシャゴが、

「別のシューティングが入っていて撮影はできないようです」

と、非常にあっさりした口調で言った。

言っていることに、言っていること以上の意味はまったくなかった。

撮影をしようとしてカメラを持ってロケ地に行ったら、別の撮影隊がいて撮影をしていたので撮影ができないと言っているのである。非常に明快だ。言っていることに嘘はない。しかし、撮影をしようと思って来たのにもかかわらず撮影ができないのは困ると思うから、

「じゃあ、どうするんですか」と尋ねるとヒシャゴは、

「とりあえず次のロケ先に行きましょう」

と言って、俺は、なるほど。と思った。

とりあえず、次のロケ先に行くのである。どういうことかというと、それはあくまで暫定的な仮の措置であって、決定ではない。つまり、とりあえずは次のロケ先に行くが、場合によっては戻ってくるかも知れない訳で、ビジネス街での撮影を断念したとはけっして言っていない。

こころ温まる言葉である。なにごとにつけ、冒頭に、「とりあえず」をつけることによって、もはや取り返しがつかないという感じを避け、みんなの気持ちをハッピーにすることができる。もっともよく言われるのは、「とりあえず、ビール」であろう。

清酒でもなく、ワインでもなく、「とりあえず」ビールにすることによって、その後、心の負担なしに、ワインを頼むこともできるし、焼酎をそういうこともできる。ご婦人を伴って夜の町を歩いている。曖昧宿《あいまいやど》の前まで来て、「入りましょう」と直截《ちょくせつ》に言えば、たとえ、ご婦人の方に思し召しがあったとしても、決まりが悪くって、「ああ。入りましょう」とは言いにくい。それを、「と、とりあえず入りましょう」と言えば、なかに入ることは入るが、それはあくまでも仮の措置であり、入ったからといって必ずナニする訳でもない、みたいに思えるから、「ああ、そうしましょう」と返事をすることができる。

本がぜんぜん売れず、絶版になるのだけれども、「とりあえず、絶版」と言えば、容易に復刊が可能なような気がして前途に希望が持てる。「とりあえず、降格」「とりあえず、閉店」「とりあえず、猿股」「とりあえず、すうどん」「とりあえず、ニート」「とりあえず、チワワ」「とりあえず、サンダル」「とりあえず、するめ」「とりあえず、上海」「とりあえず、テコンドー」

なにによらず、とりあえずと言ってさえおけば、とりあえず物事というものは、とりあえず丸く収まるもので、とりあえず僕らは、とりあえず次のロケ先に向かった。それで向かったのは、リトルトーキョーという、日本人街、韓人街、中華人街その他の人街に比してすっかり寂れ、店の数も少なくて、もはや普通の人人街と化した人街を通って、なぜか服屋ばかり並んでいるエリアで、そこでまたぞろ、「歩き」を撮ろうとしたのだけれども、多くの、煮染めたような服を着て、顔面なども汚れで真っ黒く、目ばかりぎょろぎょろ光って、獣人みたいなことになってしまっているというような体《てい》たらくの貧民が出歩いているため撮影はできないということになって、とりあえず次のロケ先に向かうことにした。

次のロケ先はヒシャゴによるとファックなレストランであるという。どのようにファックかと言うと、通常に仕事をしていたウエイターやウエイトレスが突如として踊りを踊るらしいのである。

「つまり、それはどういうことなのですか」

「よくわかりません」

「じゃあ、とりあえず行ってみましょうか」

「とりあえず行ってみましょう」

てぇことで、我々はとりあえずその店に行ってみた。どこをどう走ったかわからない、二十分ばかり走って、その店の前に辿り着き、店が忙しかったり、店に多くの貧民が充満しているということもなく、すんなりと店に入れたのは重畳であるが、なるほど店員が、エルビス・プレスリーみたいな風をしていたり、軍服を着ていたり、典型的の田舎の母娘みたいな衣裳を纏《まと》っておる他、そのファミレス風の店に特にファックと思われるところはなく、これで撮影になるのか、と思いつつ、コーヒーを誂《あつら》えて待っていると、やがてその時間が来たのか、突如として音楽が鳴り響くと、それらの店員が突如として業務を放擲《ほうてき》、カウンターや手近のテーブルの上で踊りだした。時やよし、と紺谷タカオがカメラを回し、俺はこれを注視したが、これが旅番組である以上、紺谷タカオは踊る店員を撮影すると同時にこれに注視する俺をも撮影するはずで、そのことも考慮し、ことさら、いかにも注視していますみたいな顔をして、注視した。

しかし、それほどまでして注視したのにもかかわらず、踊りはきわめてつまらなかった。

なぜつまらなかったかと言うと、そこになんらの驚きも刺激もないからであった。

そのつまらなさは、踊る店員の表情に表れていた。

店員はきわめて無表情に踊っていた。

それは、かかる奇矯《ききょう》の振舞いを演技者がなす場合、もっとも幼稚な技法である。無表情によって奇矯の振舞いに人々が抱く疑念や不審感を予め拒み、自らの演技に没入するのである。或いはそれは、半素人半玄人みたいな小劇場の演出に多く見られる技法でもあり、ヒシャゴによると、ハリウッドが近い土地柄、この店の従業員のほぼ全員が俳優志願者であるらしく、それもあたりまえすぎておもしろくない。

俳優志願者のお座なりな演出による幼稚な踊り。

ごくごくあたりまえの風景で、到底、狂気、ファックの沙汰とは言えない。

従業員が猿と鬼で、平穏に飯を食っていたら突然、その猿と鬼が襲いかかってきて、飯を横取りされたり、頭から糞をかけられたり、棍棒で頭を殴られるなどし、それに対して客の側も反撃が許される殺しあいレストラン、なんちゅえば、それは狂気の沙汰であろうが、もちろんそんな命がけの店には一部の狂人を除いて誰も行きたくなく、経営が成り立たない。

しかし、狂気を標榜するならば、技術でもって、その天然的な狂気に可能な限り近づこうとすべきであり、この程度のぬるいことでお茶を濁して事足れりというのはまことにもって怪《け》しからぬ話である。

という批判がお門違いなのはいうまでもなく、なんとなればこの店自体がそのような狂気を目指しておらず、ただ、お客を喜ばせて利益を上げたいと考えているからに過ぎないからで、そしてそのお客はたれかというと、世界中どこに行っても、シリアルに乳かけたのを食い、ディズニーランドとハードロックカフェに行ってる、ぬるいぬるい刺激で大満足の一般米人。こんなことでも大喜びで、事実、半素人半玄人のなんということのない踊りに、ははは、やんやの喝采で、はっきり言って、やんやの喝采などというものは慣用句であり、通常に生きていてやんやの喝采を実際に耳にすることなど、一生に一度あるかなしであるが、この場合、マジ本当に、やんやの喝采をしていて、俺私小生は、「ああ、こんなことでこんなに喜ぶ人が実際にあるのだなあ」と半ば驚き半ば驚いて、目の前のカウンターで踊る、エルビス・プレスリー様の、よく見ると意外に老けている兄ちゃんのくたびれた靴を眺めつつ、激烈に重たいカップに入った薄くてまずいコーヒーを飲んでいると、やがて踊りは終わり、無表情で踊っていた店員はカウンターやテーブルから下り、もちろんそれも幼稚な演出である、なにごともなかったかのように通常業務に戻った。

そのままコーヒーを飲んでいるとヒシャゴが来て、「どうでしたか」と言った。

もちろん自分としては率直に、「愚劣でした」と言いたい。しかし、ヒシャゴはこれを心の底から、「素晴らしい」「エクセレント」「ナイ、ショッ!」と思って見ていたかも知れず、そうした場合、率直に、愚劣、と言うと、ヒシャゴの心に傷というものがついてしまうので、そういうわけにもいかない。

と用心深くなるのは以前、紐育《ニューヨーク》というところに行ったときにそんなことがあったからで、ある御婦人に、「素晴らしいミュージカルがある。私はそのミュージカルを観て感動して泣いた。ぜひあなたもそのミュージカルを観に行くべきだ」と言われ、見物に出かけたところ、猿の進化を主題としたそのミュージカルはミュージカルにもなににもなっておらず、ただただ、猿や猿に扮した人間が、「うきいいいいっ」と絶叫しつつ胸を叩いたり、「ごっほ、ごっほ」と言いながらそこいらを歩き回りつつ稚拙な絵画を描いて卒倒したり、尻をペンペン叩いて凶暴な顔をするなどするばかりで、呆れ果てた俺は十五分ほど我慢をし、水戸黄門の口調で、「もういいでしょう」と言って劇場を出てカフェに行き、普段はあまり飲まないシナモンティーを飲み、うきいいいっ、と言って小さく胸を叩いていると、件《くだん》の御婦人が来て、「どうでした?」と聞くので、率直に、「自分はこれまで人間として生きてきてあんな愚劣なものを観たのは初めてだ。あんなものを観て感動したという人間がいるとは到底信じ難い。人間は猿から進化したと聞く。ああいうものを観て感動している人というのは頭脳の根本がいまだに猿なのだろう。なんとも哀れなことであるよなあ」と言ったところ、その御婦人は、「うきいいいいっ」と叫んで狂乱し、飲み物の代金も払わずに帰ってしまったのである。

いま、ヒシャゴに、「うきいいいいっ」と叫ばれて帰られるのは困る。しかし、嘘も言えないので、

「でも、よかったですよ」

と言ってみた。

苦肉の策である。どういうことかというと、一応、よかった、とは言っているが、その前に、でも、というものがつけてあり、つまり、（基本的には愚劣であった）でも、よかったですよ。と言っているのである。

やられたことのある人はわかると思うが、これはこたえる。

編集者に原稿を渡す。内容には自分も不安があり、おそるおそる、どうでしたか？と尋ねる。編集者は一瞬、困惑したような表情を浮かべた後、奇妙に明るい表情で、

「でも、おもしろかったですよ」

と言う。「でも、ってなんなんだよ」と喚《わめ》き散らしたくなる。

みなで連れ立ってランチ、これといった店がなく、迷っているときに、「こういう店がえてしておいしんだよ」と自らが率先してあてずっぽうで入った店が、遅い、まずい、

高い、全員が沈黙してしまって気まずい空気をなんとかしようと、

「でも、こういうのもいいよね」

なんつう。

そんな意味をこめて、

「でも、おもしろいですよ」

と言ったのだけれども、それが通じなかったのか、ヒシャゴは、

「それではあちらでマーチダさんの感想コメントを撮りましょう」

と言い、奥のパーテーションで仕切られた別室様のところを指差した。

紺谷タカオがカメラを構え、暫くしてヒシャゴが掌を上に向け、エレベーターガールが仁義を切っているような格好をしたので考えがまとまらぬまま話を始めた。

「ま、このお、踊るということは人間の悦楽である訳で、そういうことは誰でもこれをやりたい。やりたいわけです。しかし、これを我慢している。なぜなら会社で急に踊った場合、通常は発狂と見なされるからです。そんなことでまあ、大抵、踊りは我慢する訳ですね。まあ、人間の悦楽なんてそのようなものかも知れません。そういえば昔、酒悦というメーカーがあったのですが、佃煮とか、なんか瓶詰みたいなのを、つぼ漬みたいなのとか、そんなんを作っておった会社で、僕もはっきり覚えておらないのですが、なにか不祥事を起こして倒産しましてですねぇ、それは当時、かなり大きく新聞やなんかで報道されたように思います。つまりなにが言いたいかというとね、酒悦の悦は悦楽

の悦なんですよ。それがどうしたといえばそれまでですがね、要するに僕はいまなにを喋っているのか自分でもわからないような状態になっておる訳で、なんでそんなことになっているかというとですねぇ、はっきり言いましょうか? 言いましょう。いま見た踊りがあまりにも陳腐・愚劣だったからです。って、うわっ、言っちゃった。って、別にいいですよ。愚劣なものを愚劣と言ってなにが悪いのでしょうか。あんなものは狂気でもなんでもありませんわよ。って、女言葉にもなりたくなりますわよ。あんなぬるいものはもう嫌ですよ、勘弁してくださいよ、蟇目さん」

と最後はヒシャゴに向かって言ったのだけれども、なにを考えているのか、紺谷タカオは撮影をやめない。もはや喋ることはないのに。

人気のない愚劣なレストランの別室様のボックス席に夕陽が斜めに差し込んでいるのに。

「本日は七月七日。笹の葉さらさら軒端に揺れる。お星様キラキラ金銀砂子。なんて七夕の日でござあすよ。ぅでもねぇ、ここロサンゼルスにいる僕らにはかかわりのねぇことでござんす。そんなことよりも本日もファックオフ。ロサンゼルスの烏滸《おこ》沙汰どもに突撃して参りましょ。吶喊《とっかん》して参りましょ。クケー、キョケー。なんつて、なんつて」

と、七月七日の午前九時、ホテル前でヒシャゴが演説したかと言うと、そんなこともなく、いつものようにもそもそと朝飯、フロント脇の食堂でもてんでにもそもそ朝飯食って、エントランスの階段のところに寂しく、侘しく集合し、秋田エースケが黙々と機材をクルマに運び込み、書類の束を手にした軽野ミコがどこかへ電話をかけ、その他のものは起き抜けのどんよりした表情を浮かべ、抜け殻のようにエントランスの階段に座り込んだり、うつむいて花壇の土をいじいじするなどしている、世界一テンションの低いロケ隊って感じである。

なぜそのようにテンションが低いかと言うと、全員の心のなかに、「だめかもしんねぇ」という思いがあるからで、まあ、その思いは最初に成田空港に集合したときからあって、これにいたるまで徐々に強くなってきたのだけれども、昨夜、店員が踊るレストランの撮影後、いつものように夕食を兼ねた打ち合わせの席上で、ヒシャゴが発表した翌日、すなわち本日の撮影プランを聞くにいたっていよいよ頂点に達したのであった。ヒシャゴは言った。

「明日の午前はまずストレッチリムジンの撮影を行います」

俺は尋ねた。

「なんすか？　ストレッチリムジンって」

「リムジンですよ。ハリウッドのスターとかああいう人が乗ってるみたいな」

「ああ、あの前後に異常に長いクルマですか」

「そうです」

「あれをどうするんでしょうか」

「あれをね、撮影するんですよ」

「つうことはどういうことでしょうか」

「だって、おかしいじゃないですか」

「リムジンがですか」

「ええ。だってあんなに長いクルマ」

「まあ、そうですけどね」

「あんなの考えるのアメリカ人だけですよ。日本人だったら絶対考えない。ファックですよ」

ヒシャゴがそう言うと誰かが言った。

「けど、じゃあ、霊柩車っていうのはどうなんだろう」

「ああ、あれは確かに変ですわよね。自動車に屋根がついて脇に鳳凰とかの彫刻もあってなんか家みたいになっててね」

「つうふうに考えてみるとリムジンっていうのもそうですよね。クルマなのに家みたいっつか」

「でもやっぱ霊柩車の方がぜんぜん変でしょう」

なんつってると、ロスに来た当初は髭面の長髪でヒッピーみたいな格好しているくせに超弱気にサラダとかピクルスとかをおちょぼ口でちょぼちょぼ食べていたナウ橋が、なぜか食い物に関しては次第に強気になっていまや超強気、ナマズを丸ごと唐揚げにして上から辛いソースをかけたのをばりばり食いながら言った。

「そういえば俺、霊柩車買おうと思ったことありますよ」

「なに、葬儀屋でもしようと思ったの」

「いや、そうじゃなくて機材車にしようと思って」

「なんで機材車が霊柩車なのよ」

「霊柩車の中古車で安いのあったんですよ。それとほら、ライブハウスの前の道とか普通の機材車だと駐禁とられるじゃないですかあ？　でも霊柩車だとレッカー移動とかされないかなあ、って思って」

「されないのかなあ」

「されないでしょう。だってなかに棺桶があって屍骸があると思ったら持ってかないでしょう」

「じゃあ、ナウ橋君、霊柩車、買ったの？」

「いえ、買いませんでした」

「なんで」

「バンドのメンバーが、絶対に嫌だ、っつうんで」

「たはは。でも買えばよかったのにねぇ。霊柩車いいじゃん。やっぱ霊柩車、一番変だよね」

「あと、ほらデコトラっつうのもあるじゃないですか。あれも日本独自だよね」

「それにくらべればストレッチリムジンなんて」

「ただ長いだけ」

「つうことになりますね」

「だからさあ、ストレッチ霊柩車てのがあったら最強なんじゃない」

「つうか、ストレッチデコ霊柩車っつうのがあったら最強なんじゃない」

「どんなんやねん」

「だから、こう大きさ的にはまあ十トントラックくらいある訳ですよ。それがなんつうか和風の屋根があって、彫刻のある壁があって……」

「屋根はやっぱし瓦ですかね」

「そりゃあ瓦でしょう」

「それにびかびかの電飾がついて、弁天とか波しぶきとか、そんな絵が描いてある」

「渋いんだか派手なんだかわからんね」

「やっぱ渋いってことになるんじゃないすか。それがストレッチされて長い訳ですよ」

「トレーラーってこと?」

「ノー、ノー。トレーラー、ノー」

「じゃあ、なに」

「だから、そういう瓦屋根がついていて木部には鳳凰の彫刻があって漆塗りとか金箔とかで仕上げてあって波しぶきのなかを弁天が琵琶弾きながら飛び回ってびかびかの訳のわからないメタリックなパーツがそこここについてて、正面には、男の猿ぼらけ、とそんなマニフェストが掲げてあるみたいなクルマが、なんか奇妙に前後に長い、とまあ、こういう寸法ですよ」

「すごいっすね」

「そうなるとストレッチリムジンなんて……」

「目じゃないっすよね。っていうか、映画とかできんじゃないですか」

「映画？　どんな映画？」

「そりゃ、あれですよ。ストレッチデコ霊柩車野郎、爆走3000キロ、みたいな……」

「どんなんやねん、って、でもそれマジいいかもね。激突！とコンボイとトラック野郎を混ぜたみたいな映画になるかも知らん」

「あと、あれですよ、霊柩車絡んでるからゾンビも出せますよね」

「そうね。通常の心霊も出せるし」

「いっすね。これ、イタダキマッショ」

なんてみんなで盛り上がり、しかしそれは心の底から盛り上がった訳ではなく、ストレッチリムジンをただ集めておもしろい訳がないだろう、というみなの絶望と虚無から出発した盛り上がりであった。

したがって翌日ともなればその盛り上がりの記憶は宿酔と同種の頭蓋に籠る不快な熱でしかなかったし、その盛り上がりが辱《はずかし》めたストレッチリムジンの撮影にこれから向かわねばならぬのは、それそのものがファックであった。だから俺らは一様にどんよりしていたのだけれども、しかし、それをやめようがないのは、俺らがまだロスにいる以上、なにかを撮影せねばならないからで、しかし、もはや、マーチダの精神の旅、でもなければヒシャゴの精神の旅でもない、どこの誰かは知らない、ときおり威張ったり屁をこいたり、海苔の炙《あぶ》り方には一家言あったり、会社勤めをしていたり、キャバクラに行ったことがなかったり、鳩胸だったり、空手の練習をしていて足を怪我したことがあったり、今年初めて免許の更新だったりしたりしなかったりする人の精神の旅みたいな、曖昧なことになってしまったいま、我々が本当に撮りたいのはマジ、「ストレッチデコ霊柩車・ゾンビとオカリナ」みたいなことになってしまって、もちろん、そんなものがあと二日かそこらで撮れる訳はなく、そこでやむを得ず我々は、もしかして万が一、まさかの番狂わせみたいなことが起きた、まさにその瞬間、神の恩寵、ご加護による奇跡が起きると同時に、生涯に一度あるかないかの僥倖《ぎようこう》が訪れた、みたいなことになるという可能性がないとは一〇〇パーセント言い切れないかもしれないという可能性に賭けて、リムジンの撮影に向かったのであった。

撮影場所、すなわち、ダウンタウンのなんだか空地みたいな駐車場に着くとすでに四台の白いリムジンが到着して、丈の長い、コメディーとメルヘンの中間的なもののなかに出てくる滑稽な軍人という風情の黒人の運転手がクルマの外に出て談笑していた。

広い駐車場で四台のリムジンは寄り添うように停まって、なんだか小さくみえた。背の高い黒人の運転手が運転席に座ったらさぞかし窮屈だろうと思った。

アメリカ風の、巨大でデーハーで馬鹿馬鹿しくてファックな光景というよりは、北関東風の、寂しくて荒涼として寂しくてキッチュな光景であった。しかれどもこれは、まだすべてのクルマが到着していないからで、すべてのクルマが到着すれば多少は馬鹿馬鹿しい光景になるだろう。しかしながら米人というのは約束の時間を守らん奴らだ。どうせテキリージーとかいって朝飯の後、お代わりしたコーヒーを制服にこぼして、「うわうわうわっ」とか言ってるのだろう、まったくもっていい加減な連中だ、と少々、憤慨しつつ傍らにいた軽野ミコに、「リムジンはあと何台くらいくるの？」と訊いたところ軽野ミコは言った。

「これで全部です」


撮影が始まった。しかし、なんらの動きもないというか、いくらリムジンといえど、ただただ駐車場にクルマ四台が停まり、その傍らにおっさんが一人佇んでいる様を撮って、おもしろい映像になる訳がない。

それでもカメラが回り続けるのは、カメラを回す者が、ことによると回していればそのうちなにか動きが生じるかも知れない、という期待感を持っているからで、そしてその期待に応えることができるのはこの場合、俺。その俺にカメラは、「さあ、なんかせえ、さあさあさあ」と無言のプレッシャーをかけてきて、そのプレッシャーに耐えかねて、リムジンのボンネットに飛び乗ってプレスリーやターキーの真似をする。『ヨイトマケの唄』を絶唱する。横山エンタツのような格好をしてしゅらしゅら後方に後退したかと思ったら、かつて英国であまり、というか、殆ど活躍しなかったパンクロックバンド、999のボーカリストのような格好をしてむいむい前に出て鼻を広げる。みたいなことをついついしたくなる。

多くの芸人がカメラの前で変妙な顔、滑稽な仕草をしたり、多くの素人がピースサインをしたりするのはこのプレッシャーに耐えかねてのことである。

しかし、俺は負けけん。絶対に負けけん。と、変妙な顔も滑稽な仕草もしないで、もちろん、物真似も歌唱も落語も漫談もしないで、馬鹿だと思われようが、芸のない奴だと思われようがなんだって構わない、歯を食いしばって、ただただ、ぬうっ、とカメラの前に立ち尽くしていたが、敵もさるもの、それでもなお、カメラを回し続け、「さあ、なんかせえ、なんかおもろいことせぇ、さあさあさあ」と迫ってくる、もう、苦しくって苦しくって、『ヨイトマケの唄』までは行かないにしても、『ひなげしの花』くらいは歌ってもさしつかえないのではないか、と思い、ついに、「おっかのうえ、ひっなげしーの」と歌おうとして息を吸い込んだ瞬間、ついに根負けしたのかヒシャゴが、

「それでは……」

と、口を開いたので歌わないで済んだ。危ういところであった。ヒシャゴは言った。

「それではインタビューをすることにいたしましょう」

インタビュー。ヒシャゴがこれまでも何度も試みてきた常套《じようとう》的な手法・技法である。

つまりどういうことかというと、これもヒシャゴたちの常套的な手法・技法で、映像に説得力がないのであれば、こんだ言葉で、言論で、って言論ってほどのものでもないが、リポーターがカメラに向かって口で説明することによって内容のない映像を粉飾するのである。そしてその場合、リポーターが個人的にその取材対象を褒めそやしてくれるのが、ヒシャゴら制作者にとってもっとも都合がよい。なぜなら、そうしてくれれば、制作者はそのものの価値を高めるための努力をほとんどしなくて済むからである。

例えば、人気女優・某、お気に入りの……、なんつうのはどんな場合でも効率よく通用して、どのように陳腐・愚劣なものでも、「人気女優のなんやらさんがお気に入りの鮒《ふな》」「人気女優のかんやらさんがお気に入りの瓦」と謳えば、なんらみるべきところのない通常の鮒や瓦が忽《たちま》ちにして番組で紹介するに足る鮒や瓦に変貌するのである。

しかも、その場合、その人気女優・某が実際にその鮒や瓦を気に入っている必要は全くない。というか実際にその鮒や瓦を気に入っているどころか内心で、「バカな鮒だ」とか、「唾棄《だき》すべき瓦だ」と思っていてもいっこうにさしつかえない。

なぜなら某は、鮒や瓦をみなで価値あることにしているという、その「場の空気を読」んだうえでこれに迎合、実は厭悪《えんお》している鮒や瓦を心の底から気に入っている振りをするからであり、また、女優はそうした振りをする専門家である。

しかし俺は女優ではなく、その場の空気、すなわちに雰囲気に迎合するのに不得手で、踊る店員を観に行った際、ついに絶対に言ってはならない一言、すなわち陳腐・愚劣という一言を言ってしまったのであった。

しかし、それは俺だけでもなく、そういうことが不得手な人は結構いて、喋っていてつい本音が出てしまう人もおれば、グルメ・食通レポートなどをしていて、あまりの不味さに思わず、「うっ」と吐きそうな表情を浮かべてしまう人もいる。

そういう場合に有効なのがインタビューで、たとえその人が、その場の空気に迎合するという欺瞞《ぎまん》を嫌い、本音しか言わない人で、

「なんですか、この鮒は？　まったくもって愚劣な鮒だ。僕はこれまで随分と鮒をみてきたが、ここまで愚劣な鮒は初めてだ。それに比べてベネツィアでみた鮒は素晴らしかったなあ。全身が黄金色に輝いてまるで鯉なんだ。おまけに顔つきが神田松鯉《しょうり》そっくりでね」

と発言したとする。本来であれば番組的にまずい発言であるが、制作者としてはこれで大満足で、なぜなら番組というものは発言をそのまま使うのではなく、これを随時、編集し、制作者の思うような内容に仕上げるのが常だからで、この発言を、

「なんですか、この鮒は？　本当に素晴らしい。全身が黄金色に輝いてまるで鯉なんだ。おまけに顔つきが神田松鯉そっくりでね」

と編集し、その人がその鮒を絶讃しているように見せることが可能であるからである。

「それじゃあ、いいですか。始めます。どうですか。マーチダさん」

ヒシャゴがそう話しかけてインタビューが始まった。

ヒシャゴが問うた。

「どうですか。マーチダさん」

問われて俺はやってやろう、と思った。内心ではそんなことをまったく思っておらず、これは、「番組」なのだ。ずっと抵抗してきたが、あまりにもひどいことが続いたせいだろうか、頭のなかに、非常に風変わりな光り輝く発光体が発生、それがコンニャクのようにぶるぶる震えたため、「番組」の「お約束」に則って、駐車場に自動車が四台停まっていることがいかにすごいか、富楼那《ふるな》の弁舌をふるってやろう。視る者がみな、駐車場にクルマが四台停まっているところを是非とも見たいと思うようなコメントをしてやろう、と思ってしまったのである。

これでもくらえ。

そう考えて俺は話し始めた。

「どうですか、というのはもちろんこの自動車四台のことですね。これはねぇ、はっきり言いましょうか？　非常にいいですよ」

「どのあたりがいいんでしょうか」

「どのあたり？　なにを言ってるんだ、この達磨《だるま》鸚哥《いんこ》が。と、僕はいま達磨鸚哥と言いましたよねぇ」

「ええ」

「それは普通、罵倒《ばとう》の意味では使わない。ならば、その言われた人が達磨鸚哥に似ているかどうかということで、まあ、僕は蟇目さんは達磨鸚哥に少し似ているなあ、と前から思ってたんですけどね」

「あ、そうなんですか」

「ええ。しかし、金剛《こんごう》鸚哥かもしれないと思う部分もあって自分的にはその件は保留にしておったのですが、まあいずれにしろ閑話エニウェイ、達磨鸚哥という罵倒はない。まあ、強いて言えば達磨鸚哥というのはオカチメンコの変奏ともいえますがそれは女性に対する罵倒ですしね」

「なにが言いたいんですか」

「なにも言いたくありません。ってことはないです。言いたいことは山ほどある。つまり、達磨というのは達磨大師のことです。となると金剛は金剛般若経《はんにゃきょう》と無関係ではないでしょう、当然の話ですけど。となると数ある鳥のなかでなぜ鸚哥ばかりがかく宗教性を帯びるのか。果たしてそれは、三島由紀夫の小説、『奔馬』にも出てくる孔雀明王《みょうおう》経《きょう》と関係があるのかないのか、みたいなことも論じなければならない、と心のなかでは思っているのです」

「わからない。なにを言っているのかぜんぜんわからない」

「わからないのは僕の方ですよ。なぜ、こう話がこじれるんでしょうね。僕はあなたのことを達磨鸚哥と言ったんですよ。つまりね、それくらいの没分暁漢《わからずや》だと言ってるんですよ」

「達磨鸚哥は没分暁漢なんでしょうか」

「いや、そうではなくね、つまり、このクルマ四台がね、内容的にも非常にいいと僕は言ったんですよ。それに対してあなた、どこがいいんだ？　と問うたでしょ。そんなことはね、問わなくてもわかるはずなんですよ。逆にどこが素晴らしくないのか僕が聞きたいくらいなんです」

「ええ、ですからその素晴らしさを一般の視聴者の方にわかりやすく伝えてほしい訳なんですよ」

「なに？　伝えてほしい？　ああ、そうなんですか。わかりました。伝えましょう。鸚哥の話はやめましょう」

「そうしていただけるとありがたいのですが」

「そうしますよ。ええ、もちろんそうしますとも」

「じゃあ、お願いします」

「お願いされます」

「じゃあ、どうぞ」

「ああ、じゃあ、説明しますけどね、はっきりいって、まあ、っていうか、ぶっちゃけた話が、あなたが達磨鸚哥なのも、といって、いま、あっ、と気がついたのはオカチメンコとオカメインコの連関性ですが、それは関係のない話なので残念ながら省きますが、まあ、達磨鸚哥といわれるくらいに没分暁漢なのも、まあ、無理のない話で、なぜならこの広大な駐車場にクルマが四台停まっているという薄ら寒い光景のどこが素晴らしいのか。内容的に非常にいいのか、というのはなかなか一般には理解されにくいことかもしれませんからね」

「ええ、そうですね、そのあたりを説明していただけるとありがたいんですけれども、やっぱりあれですか？　これは、この馬鹿馬鹿しく長いクルマというのはアメリカの、ロスの、ファックな部分なんでしょうか」

「仰る通りです。つまり長いということは、いわばロングということでしょう。つまりこれは長いということなんですよ」

「ええ」

「それは別にショッキングなことではない。だから、一般的にはなにがいいのかわからないわけです。だいたいがね、普通の人が、うわっスッゲー、って思うものというのは、だいたいがショッキングなものです。されどこれはたいしてショッキングではない。でもショッキングなものがすべていい、素晴らしいという訳ではない」

「どういうことでしょうか」

「それは、例えば、人気タレントがなまはげの扮装をし、家族を斧で惨殺、猟銃を手に外へ走り出て、通行人めがけて銃を乱射した挙げ句、駅前で全裸になってパラパラを踊った、というとそれは確かにショッキングだが、しかし、素晴らしい訳ではない。グロテスクで痛ましいだけですよ」

「そりゃそうだ」

「そういうものに対して、僕は、内容的にも非常にいいですねぇ、なんて、お追従《ついしょう》はいいません」

「あ、そうなんですか」

「そうなんです。ところがあなた、それに比べて、例えば子猫がじゃれあっている、なんてな光景はどうですか」

「微笑ましい光景といえますね」

「そうでしょう。見方によっては素晴らしい光景とも言える訳です」

「まあ、そうですね」

「でもそれはけっしてショッキングではない」

「っていうか、子猫がじゃれあってるのをみてショックを受けるって人は珍しいでしょうな」

「仰る通りです。仰天驚愕、驚天動地の衝撃映像！　つって、子猫がじゃれあってるところを写したらどうなります」

「抗議の電話が殺到するでしょうね」

「でしょう。しかし、いまや人々はショッキングなもの以外、見る価値がないと思っていますからね、なんでも衝撃と謳《うた》わなければならない訳です。衝撃のチワワ！　衝撃の饅頭！　といった具合に」

「なるほど。しかし、異論を差し挟むようで申し訳ないんですけど」

「なんだろう」

「テレビのことをいうんだったら、衝撃だけとは限らないと思いますよ」

「なんでですか。全部、衝撃じゃないですか」

「いや、感動、ってのがあるんですよ。さっき言ってた子猫なんてのは感動の部類に入るんですよ」

「なるほど。わかりました。そうですね、感動ですね。けれどもいいですか、僕の言うことをよく聞いてください。だからこそこの自動車四台は内容的にも非常にいいと言っているのですよ。なにしろショッキングでもなければ感動でもない訳ですから」

「ひとつ聞いていいですか」

「もちろんですよ。それがインタビューというものでしょう」

「感動のどこがいけないのでしょうか」

「感動のどこがいけない？　そんなことを僕に聞くんですか」

「ええ」

「ぶしつけな人だな。そんなことは自分でわかってほしいんですけどねぇ」

「わからないから質問しているんです」

「ああ、そうですか。ああ、そうですか。じゃ、答えましょう。感動はねぇ、確かにいいものです。素晴らしい芸術に触れて感動し、また、偉大な人の教えに触れて感動する。こんなことは、人間を成長させ、人間の心を清くするんですね」

「じゃあ、いいじゃないですか」

「そうです。いいんです。いいんですけれどもひとつ問題があるのは、実はこれは一般にはよく知られていないことなんですが、感動には深刻な問題があるんですよ」

「どういうことなんでしょうか」

「一言で言うと中毒性です。人間は、そうした素晴らしい感動、強い感動をずっと味わっていいたい、と思うようになってしまう訳です」

「それのなにが問題なんですか」

「あんた、まだわからんのかっ。これはねぇ、言いましょうか？　はっきり言いましょうか？　内容的にも非常に怖いことですよ。つまり、そうして感動したいからといって毎日、毎日、感動していたらどうなると思いますう？」

「わかりません」

「そんなこともわからないんですか。怖い。怖い。じゃあ、言いますよ。感動がね、きかなくなってくるんですよ」

「具体的にどういうことなんです」

「具体的にですか。それを言うんですか？　僕が？　ああ、そうですか。ああ、そうですか。じゃあ、言いましょう。それはあれですよ、つまり、昨日の夕方に夕陽を見て感動したとしますよねぇ」

「それで」

「それで、また今日も感動したいなあ、と思って、また、夕陽を見るとするでしょ。するとどうでしょう、昨日のように感動しないいんですよ」

「あ、そうなんですか」

「そうなんですよ。っていうか、経験ありませんか？　まえに一度行って感動したところへ、もう一度、行ってみたらそうでもなかったってこと」

「そうですね。私の場合だと食べ物屋でありますかね。一度行って、うわあっ、うまいっ、と思った店に知人を連れてもう一度行ったらそれほどでもなかった、みたいな」

「まさにそういうことです。感動にはまさにそういう性質があるんですよ。つまり、そう毎日、毎日、感動してもいられない。まあ、そうじゃないと困る部分もあるんですけどね」

「なんでですか。毎日、感動していられるんだったらそれでいいじゃありませんか」

「いや、そうもいかないんです。それでは日常が成り立たない。朝、起きて、うわあ、すごいなあ、朝だなあ、と感動して涙を流し、顔を洗って水の冷たさに感動、朝食を食べて、焼き魚に感動し、散歩する近所の犬を見て随喜の涙を流し、してごらんなさい。会社につく頃にはもうへとへとですよ。そんなことにならないために、人間は二度、感動しないようにデザインされてるんです。ところが」

「ところが、なんなんです」

「人間というのは、やはり感動したいんですね。毎日毎晩、感動していたいんです。その需要に応じて、人工の感動というものが供給される訳で、映画とかドラマとかで感動巨編なんていってるのがたいていそうです。感動のちくわ、とか、感動のシュウマイとかいってるのもそうですが」

「なるほど、わかります。けど、一応、感動できるんだからいいじゃないですか」

「それがよくないんですわ。つうのは、そうやって人工で作る感動、つまり人が感動したくなってする感動っていうのは、別に感動しようとは思ってなかったんだけれども自然に感動してしまった感動に比べるとやはりまがい物なんですよ」

「ああそうなんですか」

「そうなんです。最近では、本当の感動を知らないで、そうしたまがい物の感動を本当の感動と思い込んでいる人も多い」

「高級な寿司ネタだと思って食べているのだけれども実は名もない深海魚だった、みたいな？」

「そうそう。その通りです。そしてそうしたまがい物には、まぜものがしてあって、そのまぜもののなかには有害な物質が大量に含まれているんですね。その物質には強い中毒性があるんです。中毒から抜け出すのは非常に困難で、脳を冒されて廃人同様になる人が非常に多いんです」

「ほんとですか？」

「ほんとです。間違いありません。っていうか、僕の言うことを嘘だと思うんだったらインタビューをやめればいいじゃないですか。やめますか」

「いえいえ、どうぞ」

「どうぞ、って言われる筋合いじゃない、っていうか、僕だって喜んで喋っている訳じゃないんだけど、つまり、感動と衝撃というのは、一見よいようにみえて内容的には非常に悪い場合が多いということを言ってるんですね」

「なるほど、話はそこへ行く訳ですか」

「そうなんですよね。それで僕らがいま見ているこの風景に話が戻るんですが、見てください。この風景を。ショッキングなところはなにひとつない。ただ、駐車場にクルマが停まっているだけです。感動もない」

「でも、このクルマ自体はバカバカしくありませんか。アメリカ人はなんでこんなバカバカしいものを作るんでしょうか」

「決まってるじゃありませんか。バカだからですよ。バカバカしい。僕が言っている素晴らしさというのはそういうことじゃない」

「じゃあ、どういうことなんだろうか」

「というかね、つまりこのクルマそのもののバカバカしさよりも、このクルマが四台駐車場に停まっていることの方がバカバカしいわけですよ。そんな感動も衝撃もないものとはいったいなんだろうか。それがあなたが仰ってるファックということですよ。じゃあ、ファックというのはなんなのか。有り体に言えば性交のことですよ。性交というのはいろんな行き違いや間違いの元でね。小説なんていうのは元々、性交に関する行き違いをおもしろおかしく書いたエロ話ですよ。だから小説もある意味、ファッキングなんですね。ほら、だんだんブコウスキーに近松門左衛門でしょ」

「なんですか」

「ブコウスキーに近づいてきたでしょ、っていうのをちょっと洒落《しゃれ》ていったんだけれども、これもファッキンでしょう。つまり、人間のやるだいたいのことは元にファックがあったから始まるんですよ。そもそも神話なんてなものは大体がファックから始まる訳でしょ、だから、世の中というものがありますでしょ。その世の中の感動とショックなもの以外のものはすべてファックなんですよ。郵便局もファックだし、辛子明太子もファックなんですよ。そのいろんなファックな風景の間と間をファックな人間が歩きまわったり、飲み物をセーターに垂らしたりしながらファックして、新たなファックが無限に増殖していく、というのが人間社会の一応の形なんですね。そういう意味でファックな映像というのはそれはもうなにを撮ってもファックな訳で、でもそういうことを映像メディアでやった人はこれまでなくて、やっぱり、それらをモンタージュして観客に多かれ少なかれ、感動や衝撃を与えようとする訳ですね。でも、この駐車場に四台クルマが集まっているところというのはそういう人工的な意図の一切ない、素晴らしい天然自然のファックな訳ですよ。それをね、そんな、間抜けなことをね、ロケーション撮影するっていうのはね、実はすごいことなんですよ。っていうか、そういう具合に、衝撃と感動、とりわけマスコミで喧伝される衝撃と感動というのは一般に思われているほどよいものではない訳です。というか、悪い場合が非常に多い。インチキ、まがいもの、とまでは言わないにしても、まぜものが非常に多いんですよ。その段、広大な駐車場にクルマが四台停まっている、というただそれだけの風景に、なんの感動がありますか？なんの感動もない。なんの衝撃がありますか。なんらの衝撃もない。ぅでもね、これが僕らの日常なんですよ。これが僕らの現実なんですよ。そうした日常や現実をね、美化するわけでもなく、ことさらの意味をもたせる訳でもなく、そのまま切り取っていく。丸ごと提示していく。そんな誰もやらなかったことをやる、というね、この視点こそがブコウスキーの視点なんですね。つまりこの、くだらない風景こそがブコウスキーの見ていた風景なんであって、そういう意味で僕は、内容的にも非常にいいですね、みたいなことを言った訳なんですよ」

「なるほど。そういうことだったんですね。じゃ、次、いきましょう」

「って、ヒシャゴさんはきっと言うと僕は思ったんですけど、結局そういうことだったんですね」

「どういうことでしょうか」

「いや、つまりね、話していてわかったと思いますけど、僕が本心からあの駐車場の風景を素晴らしいと思っていたと思いますか」

「ええ」

「そんなわけないでしょう」

　と言って俺はソファーに座って鳩胸みたいなことをしているヒシャゴをじっと見た。向こうではショートパンツにアロハシャツにサンダル履きという寛いだ姿の紺谷タカオとジーンズにポロシャツ、室内でもキャップをかぶったままの軽野ミコがコーヒーを飲みながら雑談している。駐車場でのインタビューはそのうちヒシャゴとの議論に発展し、ちょっとカメラ停めてくれる？　ということになり、クルマのなかでも議論しつつ、南米からの移民が多い地域に行ったのだけれども撮影ができず、リトルトーキョーに行って昼食、ナウ橋が強気にモツラーメンとか頼むのを尻目に弱気に、野菜ラーメンとか日本語で頼んで食したる後、極貧家庭の近く、「Let's bondance !」と書いたポスターの貼ってある仏教寺院の近くの川に架かる大橋で、まだ、極貧家庭訪問を諦めていないのか、極貧家庭を訪問すべく歩いているという設定の歩きを数カット撮った後、ハリウッド近くに戻り、スタンダードホテルというホテルに行き、ロビーの一角にある巨大水槽に、なんらいっさいの説明もなく、若い女性がただ存在している、というホテルの演出を俺が観覧、感想を述べる、という段にいたって、いよいよ、「二時間スペシャル・パンクロッカーが行くロサンゼルス珍名所巡り」の観が強くなり、俺が意見を言う前に、それを言っちゃあお終《しま》いよ、というので、これまで誰も口にせず、まあ、そのときも口にしなかったのだけれども、「駄目かもしんねぇ」という諦めの気配が色濃く漂い、「じゃあ、明日のロケハンってことでベニスビーチにでも行きますか」つってベニスビーチに行ってみんなで海を見て、しかし、このまま終わるのはなんとなくヤバいんじゃないの。というので、メキシコ人街、屋台店や寂しい感じの観覧車や回転木馬に人々のうち興じる移動式遊園地みたいなところに行って二ドル出し、射的みたいなことをやって、猿のぬいぐるみをもらうなどしたがやはり撮影はできず、しかたないのでコリアンレストランに行ってメシを食い、ヒシャゴの部屋に戻って議論を続けていたのであった。

ヒシャゴは黙って鳩胸を続行している。やむなく俺は言った。

「じゃあ、いいますけどね、あんなもん僕は素晴らしいともなんとも思ってませんよ、ただ……」

「ただ、なんですか」

「僕が思ったことをそのまま言うと番組が成立しないと思って、それでやむなく思ってもいないことを言ったんですよ。結局、あなたたちはそういうことを望んでいた訳でしょ。台本の内容に沿って科白《せりふ》を言うように感想を言ってほしかった訳でしょ」

「違います」

「え。違うんですか」

「ぜんぜん、違います。僕たちはマーチダさんに本音を語ってほしいんですよ。だから奥さんには来ないでくれ、と言ったんです」

「ああ、あれですか。あれ、僕、いまだにわからないんですけどなんだったんですか。なんの意図があったんですか」

「だから言ったじゃないですか。奥さんが一緒となると、どうしても甘えてしまうでしょ。だから、これも前に言ったと思うけど、以前、大女優と言われる人をマネージャーなしで海外に放り出したら、英語もちゃんと喋れないし、切符ひとつ買えないで右往左往する訳ですね。そういう素顔を僕らは撮りたいんです」

真顔で言うヒシャゴに俺は驚き呆れ、

「え？　あれってマジだったんですか」

と言って絶句した。

もちろん、そんなものは表向きのいい訳で、本当の理由は別にあると思っていたからである。ところが、ヒシャゴは大真面目にそんなことを言っているのであり、あまりのことに言葉を失ってしまったのであった。

ヒシャゴの言う本音とは、女優の素顔、ということなのであった。

どういうことかというと、女優はいつも与えられた役を演じている。役に応じて悪女もやれば貞女も演じ、その演技によって人々は感動、映画やドラマが拵《こしら》えごとと知りながら、心を動かされるのである。その間、人々はその女優個人の人格があることを忘れていた。しかし最近ではそんなことはなく、人々は、著名な人の個人的な生活ぶりや生活感情、人間関係を知りたがる。また、若い人は、個性を尊ぶ教育を受けているから、その人固有の人格を重視し、その人自身がどんな人か、ということを知りたがる。

そこで、著名な人、特にタレントみたいな人は所属事務所と協力して、自らがコントロールできる範囲で、私生活についての情報を流したり、テレビ番組に出演して、個人的な体験談を話すなどする。

最初のうちは人民大衆もそれで満足しているが、しかし、次第に満足しなくなるというのは、それがコントロールされた情報であることが薄々わかってくるからで、人民大衆は、常に本当探し、「あんなこと言ってるけれども、あれは素の顔ではなく、拵えた顔だぜよ。でも、いつか、本当の素顔を見ることができるだろう」というので、鵜《う》の目鷹《たか》の目で著名人を注視するようになる。

そんなところへさして、「仰天！　大女優・某の祖母は猿だった！」なんて、醜聞・ゴシップ記事が出れば大満足で、「そういえば目元が猿そっくりだ」「尻にシッポの痕跡がある、と医学博士が言ってたらしいと言っている人がいる」なんて父母や友人と話ができるし、ウェブ上で盛り上がることもできるのである。

そんな需要を満たすべくテレビ制作者も可能な限り当人の素の姿を捉えようとし、人跡未踏の極地や砂漠や密林に行かせてロケーション撮影をしたり、霊能者の人に霊視をしてもらって先祖の意見を言い、驚かせたり怖がらせたりして素の表情を捉える、など様々に工夫を凝らしているのである。

そんななかヒシャゴの考えた、普段はマネージャーに身の回りの雑事を任せている人に、バスの切符を買うなどの雑事をさせて困惑したり狼狽《ろうばい》したりする様を撮る、などというのはきわめてプリミティヴな、むしろ昔あった、「元祖どっきりカメラ」に近いものので、俺はまさかそんな拙劣なことは考えていないだろうと思っていたのだが果たしてそうなのであった。

また、まさかそんなことは考えぬだろう、と思っていたのは、俺が著名なタレントではなく、文芸雑誌が主な仕事先のマイナーな小説家であり、また、一部に顔と名前は知られているが、一般の音楽ファンはまず知らないと思われるパンク歌手であって、その表向きの顔を知られていない以上、多くの人はその個人的な生活を知りたいとも思っていないからである。

また、そうしてマイナーな小説家である俺が、普段、身の回りのことをマネージャーにやってもらっているということはないし、さらには私生活においても、五十代のヒシャゴの世代だとまだ、電車に乗る際、夫の分の切符は妻が買う。レストランの会計なども妻がする、なんて、交渉万端も日常の雑事はすべて妻がする、ということも或いはあるのかも知れないが、一回り下の俺の世代になると、妻がすべての雑事を担当するということはなく、日々の生活に関しては、妻が来たからといって余裕をかますこともなければ、来なかったからと言って、困惑したり狼狽することはない。

しかし、これまで女優・タレントとしか仕事をしたことがなく、また、私生活では妻に切符を買わせているヒシャゴは、マネージャー兼「奥サン」が来ないようにすれば俺の狼狽《うろた》えたり困惑したりする、素の顔、が撮れる、と考えたのである。意味なし。

というのがヒシャゴの考えていた本音、本当のことであるが、俺が思っていた本当のこと、というのは、俺がブコウスキーの文学や足跡に触れ、そのときに抱いた率直な感想ということなのだけれども、それはヒシャゴやチャルベにとってはまったく不要で、そうした次元のことについては自分たちの用意した枠組みに沿い、その場の空気感を読み、いま自分がどのような意見・コメントを求められているかを瞬時に理解して述べるべきなのであり、マーチダ個人の文学観や世界観を述べる必要はなかったのである。

だったら最初からそう言ってくれよ。断るから。

と思うのだけれども、そうもいかないのは、エヌエイチケーが設定した番組の主題が、「(マーチダ・コーの)自分の精神の旅」であったからで、「あ、あーたの精神いりません」と最初に言ってしまうと、番組そのものが嘘になってしまうからである。だから、そこは表向きは、あなたの精神の旅をしてください、と言いながら、「でも、蛇の道は蛇。なんだかんだいってもテレビですから、そこは言わないでもわかりますよね」と、暗黙の了解を得たような気になっていたのであった。

つまり、彼らが撮りたいと思っていた、「本当」は、外国に行った俺の身体的な反応や感情であり、チャールズ・ブコウスキーという作家の人と作品に触れた際に、「本当に思ったこと、感じたこと」ではなかったのである。だから、なんとかして俺を驚かせたりうんざりさせたり疲れさせたり不安にさせたりしようと思って、大陸を横断するバスに乗れ、とか、ジョカノに会え、とか、極貧家庭のお母さんに会え、とか言った。そのうち、BONDANCEを踊れ、とか言ったかも知れない。

俺は、俺がなにを見て、どう感じたか、を番組を見る人に伝えなければならない、と思っていた。しかし、ヒシャゴ達はそんなことはどうでもよくて、あくまでも、なにかを伝えようとして俺が四苦八苦、バスに乗り遅れそうになって走ったり、チキンを頼んだはずなのにレバーが運ばれてきて悲しんだり、なぜかキャンプファイアーで弾き語りをするはめになり、困惑しつつもギターをかき鳴らして歌い、満座の失笑を買ったりするところを撮影したかったのであり、その伝える内容は通り一遍な、資料本を要約したような内容で十分、と考えていたのである。

そして、もっとも驚いたのは、昼間、俺がやったように、劇映画ではなく紀行という枠組のなかで、まったく自分が思ってもいないことをさも自分が思ったかのように語るためには、スタッフにもキャストにも、自分自身と視聴者の両方を欺《あざむ》いているのだ、という身構えが、俺のような素人ではなく、玄人からすれば、そのような身構えこそが優れたドキュメンタリーを作るのだ、というようなものかも知れないが、とにかく必要で、でも、ヒシャゴたちにはそうした緊張感はいっさいなく、視聴者が画面に映ったものを丸ごと世界と捉える、殺人者を演じる俳優は本当に殺人者と思う。なぜならテレビ制作者は常に偉く賢く、人民大衆は常に愚かで騙《だま》されやすいから。と、心の底から信じ、油断しまくっていることだった。

その油断は、終始、落ち着き払ったヒシャゴの態度に表れていて、テレビ番組という形さえ作れば、人民大衆はその内容を疑わない、と信じきっている態度であった。

それは、優れたドキュメンタリーが、ある身構えをもって構成されるのに似て、ある意味においては正しいのかも知れないが、その身構え、この場合は騙すことに智慧を絞り、工夫を凝らすということなしに成り立たない正しさで、油断したヒシャゴには土台無理な話なのであった。

といったことが、次第にわかってきた、というのは俺にとって痛恨事であった。俺はそれを最初からわかっているべきであった。そして断るべきであった。しかし、俺はアホだった。だから断れなかった。その結果、店員が踊るレストランに行ったり、極貧家庭の前まで行ったり、ベニスビーチで脳がゆるゆるになってローラースケート履いて踊る人を眺めたりしているのだ。

その罰として俺はヒシャゴに説明しなければならない。なにを。そう。番組には内容が必要だ、ということを。俺は暗澹《あんたん》たる気持ちで話を始めた。

「あのですねぇ。つまりそのお、ブコウスキーっていうのがあるじゃないですかあ？　それで僕っていうのがあってね、僕がブコウスキーを読んで感想を言うとするでしょ。そのとき、例えば僕が花魁《おいらん》の格好をして感想を言ったとするじゃないですかあ？　それって多分、かなり変だと思うんですね。そうすっと、それを見た人は、感想の内容よりも僕が花魁の格好をしていることに興味を持つと思うんですね。つまり、蟇目さんの言ってることってそういうことだと思うんですよ」

「いや、そんなことはありません。マーチダさんに花魁の格好をさせようとは思ってませんよ」

「いや、そういうことではなくて、いま、僕、もの凄く疲れたんですけどね、それはたとえ話なんですけどね」

「ああ、今日は朝からずっと撮影でしたからね。申し訳ありません」

「いや、そういう疲れではないんですけどね。つまり、ええっと、なにを話していたんだっけな。つまりね、あのお、やっぱり、なんていうのかな、そういうバスの切符が買えないで困る、なんていうのは僕の場合、あんまり意味ないと思うんですよ」

「どういうことでしょうか」

「だからさっきからそれを言ってるんですけどね、僕がブコウスキーについて、どう思ったか、っていうのはありだと思うんですね。ただね、ブコウスキーの担当編集者に会いにいく途中に誤ってどぶにはまった、なんてことが、仮にですけど、あったとして、でもこの場合、それはどうでもいいことだと思うんですよ。大事なのは、その編集者とどんな話をしたか、ということでね。でも、蟇目さんは、そういうどぶにはまった、みたいなことばかり撮ろうとしてる感じがするんですよ」

「そんなことはないですよ。ただ僕たちはリアルなマーチダさんを撮ろうとしてるだけです」

「そのリアルっていうのが僕からしたらやらせに感じられるんですけど、まあ、それはいいとしても、僕は今日、カメラの前でまったくくだらないと思うものを素晴らしいと言ってしまったんですけど、それこそ内容がいい加減ってことになるじゃないですかあ？　嘘ってことになるじゃないですかあ？　でも、あの時点で初めて番組で使えるシーンが撮れた気がするんですよね。つまり、どういうことかというと、蟇目さんたちは初めから僕が本当に思ったこととかは必要ないと思って構成してたんじゃないかな、って気がしてならないんですよ。でも、それだったら準備段階からもっと緻密に構成しなきゃならないし、出るのも僕じゃなくて、与えられた台本をさも自分が感じたことのように言える人、つまり俳優の人に出てもらった方がよかった気がするんですよ。けど、何度も同じこと言ってる気がするんですけど、それってやらせじゃないですかあ？　嘘じゃないですかあ？　素人くさいこと言って申し訳ないんですけど、やっぱり嘘はよくないと思うんですよ。そういう意味で、やっぱり内容っていうのかな、混乱した状況のなかで人が混乱しているのをおもしろがる、っていうんじゃなくて、普通の状況のなかで普通に意見や感想を言って、その意見や感想を見てる人に評価してもらう、っていうのが大事なんじゃないかな、と思うんですよ」

そう言って俺はヒシャゴを見た。

腕組みをして聞いていたヒシャゴは間髪を入れずに言った。

「もちろん、僕らも初めからそう思って番組を作ってますよ」

がすん。俺の電源が落ちた。


七月八日。晴れ。明日は日本に戻るので、実質的にはロケ最終日、我々は砂漠にいた。というと、なにかの比喩のように聞こえるが、そうではなく、午前七時にホテルを出発し、フリーウェイを一時間半かけて疾走、山脈を越え、かの、時間の彫刻家、キャプテン・ビーフハートが住むというモハーヴェ砂漠にやってきたのである。

我々は砂漠になにをしにやってきたのか。もちろん栗ひろいにやってきた訳ではない。っていうか、砂漠に栗ひろいをしにくる者があるとすれば、そのものは馬鹿者である。なぜなら砂漠に栗は落ちていないから。落ちてないものは拾えないから。

と、言った瞬間、なぜか栗ひろい、ということをもの凄くしたくなった。

いいよね。栗ひろい。

どこがいいかというと、この、ひろい、というところがよいと思う。潮干狩り、松茸狩り、なんていうように一般的には狩るのが多い。狩るということは相手が嫌がって逃げているのに暴力で無理に捕まえるということで、できればそんなことはしたくない。ところが栗に限っては、栗狩り、と言わず、栗ひろい、ということのところが平和的で実にいい。

また、ひろい、というのは拾うことだけれども、広い、と音が同じで、なにかこう、大らかな、のびやかな、休日、度量のきわめて大きい人が縁側でグミを食べ食べ景色を眺めているようなそんな雰囲気がある。

しかし、それは叶わぬ夢。なぜなら砂漠に栗は落ちておらないからで、砂漠で栗ひろいをしようと思ったら、誰かが、栗おとし、をして回らなければならない。でもそんな人はいないので砂漠で、栗ひろい、はできない。

悲しいよね。人生って。

というと、栗ひろいができないからといって人生を悲観するとは、なんたら精神の弱い男だろう。いっぺん、腹なぐって泣かしたろかな。と言って批判する人があたりまえのように出現して私を苦しめるが、それは誤解で、なにも私は、栗ひろい、ができないから悲しんでいるのではない。

もちろん栗ひろいをしたい気持ちに変わりはない。しかし、栗ひろいができなくてもパーティーに行って談笑したり、請求書を書いたりするくらいのことはできる。努力すれば、お庭でバーベキューをしたり、そば打ちをすることだってできるかも知れない。それくらいの克己心は持ち合わせているつもりだ。

ではなぜ悲しんでいるかというと、砂漠で撮影をしなければならないからである。

もちろん、ブコウスキーと砂漠にはなんの関係もない。ブコウスキーがしょっちゅう砂漠に行って月見をしていた、なんて話は聞いたことがないし、もちろん、ブコウスキーが砂漠で、栗ひろい、をしていたということもないはずである。

だったらなんで砂漠に行くのか。

わからない。ちっともわからない。一点、推測されるとすれば、これまで、人通りが多過ぎて撮れない、という理由で撮影できなかったことが多く、砂漠に行けば、人通りが少ないので撮影がしやすい。だから砂漠に行く、と推測されるが、しかれども、人通りが少ないから、といって砂漠に行くのは、空いているからといって、激烈に不味い飯屋に行くのと同様に本末の顚倒《てんとう》した話である。

けれども俺はヒシャゴが、明日は砂漠に行って撮影します、と言ったとき、「砂漠に行く意味がわからない。わからないことはできない」とは言わなかった。

なぜか。疲れていたからか。

それもある。人間の根本の土台の基礎、みたいなことがまるっきり違うヒシャゴとの問答に確かに俺は疲れ果てていた。と同時に、わからない、といって、じゃあ、俺は他のことがわかっているのか、と思ったというのもあった。

例えば、俺はクルマに乗って砂漠にやってきたが、クルマ、自動車というものが、どういう仕組みで走っているのかわからない。確か、ガソリンと空気を混ぜ、それに火をつけて爆発させながら自動車というものは走っているらしいが、爆発したらなぜクルマが前に進むかわからないし、そんな爆発みたいな剣吞《けんのん》なことが、エアコンが利いて快適な車内のすぐ近くで行われているとは到底信じ難いし、そんな無茶をしてなぜ大丈夫なのかもわからない。

といって、「そんなわからないものに乗ってられるかっ！」と、クルマには断じて乗らないかというと、そんなことはなく、クルマに乗ってエロ話をして笑うなどしている。

或いは、栗ひろいに行った後などは、どうしても栗まんじゅうを食べたくなりがちで、栗まんじゅうを食べ、茶を飲み、舌を、タン、などと鳴らすことがままあるが、じゃあ、栗まんじゅうはどうやって作られるのか。その由来は？　歴史は？　と問われてもなにもわからない。

にもかかわらず、「そんなわからんもんが食えるかっ」とも言わずにおいしく栗まんじゅうを食べているのである。

もっと言うと、我々はなんのために生きているのか、と問われて即答できる人はそういないだろう。それこそ、わからない。わからないのに生きている。

そういう風に考えると、わかってやっていることの方が少ないくらいで、訳もわからず、砂漠に行くくらいなんてことはない。

オッケー、大丈夫。砂漠、オッケー。俺はなんだかわからないところに行くのが一番好きなんだ。珍名所が好きなんだ。

日本の山と違って、荒々しい、荒涼とした山脈を越えながら、クルマのなかでそう呟いていたが、ただ、無性に悲しかった。やけに寂しかった。禿げ山でＢＯＮＤＡＮＣＥを踊りたかった。

けれどもロケは続く。撮影は続く。俺は、栗ひろいもBONDANCEも諦めていたのだった。

そして砂漠に着いた。

汚らしい砂漠だった。普通、砂漠と聞いてイメージする幻想的であったり、ロマンチックであったり、或いは、過酷であったりするところがまったくなく、汚らしい草や灌木がまばらに生える、とりとめのない、しかし、広大な荒れ地であった。

砂漠なら、砂漠と名乗るなら、もう少し、やる気を出して砂漠らしくしてほしかった。

ところが、そうした砂漠としての意気込み、やる気のようなものがまるでないから、こんな風に、三箇月前に刑務所から出てきた人の頭のように、だらしなく草を生やす。

それどころか、この砂漠はもっといい加減で、砂漠に道というのも変だが、縦横に道が走っていて、その道を入った先に唐突に、飛行機が置いてあったりするのであった。

小学校の頃、水泳の授業のときに先生に、「プールサイドを走らないこと」と言われた。

張り紙のようなものもあったと思う。

それと同様のニュアンスでこの砂漠に言いたい。

砂漠に飛行機を置かないこと。

といって砂漠は俺の生徒ではないので、ちっともいうことを聞かず、砂漠に飛行機を置いて恬然《てんぜん》としている。

しかし、物にはそれにふさわしい置き場所というものがある。寝室に鶴嘴《つるはし》やへぎそばが置いてあったらやはり変だし、オフィスの天井から千羽鶴がぶら下がっていたり、コピー機の脇に甲冑《かっちゅう》が置いてあったりしたら気になって仕事ができない。

　砂漠も同様で、草を生やすくらいは仕方ないかも知れないが、やはり砂漠に飛行機があるのはおかしい。

　と、思っていると、そろそろ午《ひる》、午になったら午飯《ひるはん》を食べないといけない。しかし、ここは砂漠、いったいどうするのか、と思っていたら、来た道を少し戻り、十字路、といっても角になにがある訳でもない、ただ道がクロスしているところをいくつか曲がって走ると、右側に、廃墟となったショッピングセンターのような建物が見えてきて、クルマがそこに入っていくので、こんなところでなにをするのかと思っていたら、建物は廃墟ではなく、営業中であった。レストランも営業中のようだったが、昼時というのに我々の他にクルマもなく、入り口に、「ゾンビ専用」とか、「心霊オンリー」といった札がないか確認したが、そういうものはなかったので、両手を前に突き出し、ふらふらしながら一軒の店の中へ入っていった。

　店内は広いのだけれども薄暗く、なんでそんなことをするのか、いたるところに暗幕のようなものがかけてあって、実に陰気であった。調度品はプラスチックの安物で、コーナーや壁に装飾品がかけてあったが、これもチープな土産物のようだった。

　チャイニーズでバフェスタイルで、でも、おご馳走はなく、焼飯、焼蕎麦、鳥肉料理二種、スープを試してみたが、その味については言わぬが花でしょうみたいな感じだった。

というのは、みんなそう思ったらしく、みな言わぬが花でしょうみたいな顔をして、鶏の唐揚げやヌードルを食べていた。

サラリーマンの方は経験があると思うが、午飯を食べてコーヒーを飲み、外に出たら、だいたい、十二時四十分から四十五分くらいになっている場合が多い。我々の場合もそうで、飯が終わって外に出たら午後一時を過ぎていた。

会話も弾まぬというのに普通よりも二十分以上、長くかかったのは我々全員の心のなかに、「撮影という現実に向き合うのは嫌だな。辛いな」という気持ちがあり、いつまでも薄暗く陰気なチャイニーズレストランでぐずぐずしていたからである。

それは仕方ないとして、外に出たら午後一時というのは我々にとって実に不幸なことであった。なぜなら、七月の晴天の日の午後一時に砂漠の日差しは人間を悲しく辛い気持ちにさせるからである。

日差しがもはや痛かった。歩いているだけで顰《しか》め面《つら》になった。汗がだらだら流れた。頭のなかに湯が溜まったような感じがして思考ということができなくなった。

しかし、このことは意外にも我々を善き方向に導いた。

思考ということができなくなった結果、七月の晴天の日の午後一時、砂漠でおそらく徒労に終わるであろうロケーション撮影をやっている、という事実を忘れることができたからである。

レストランを出て、やる気のない砂漠の訳のわからない道を小一時間走り回り、「じゃあ、ここで撮ろうぜよ」という地点にいたり、機材を運び出す我々はもはや半笑いであった。とにかく、機材を運ぶ。理由なんてわからない。運んだらセッティングする。なんでそんなことをするのかもわからない。

我々はもはや、栗ひろい、をしているのも同然だった。栗が落ちているから拾う。機材があるから運ぶ。運んだからセッティングする。セッティングができたからカメラの前で喋る。

で、俺はなにを喋るのか。ヒシャゴによると、俺は番組のラストコメントを喋るらしかった。

ラストコメントというのがなにかを俺なりに考えれば、つまりこれは番組のラストのコメントである。ラストということは日本語で言うと、最後ということで、コメントというのは日本語で言うと意見ということである。

つまりどういうことかと言うと、いろんな場所に行き、いろんな人と会い、いろんなものを見て、最終的に自分はどう思ったのか。どんな感想を抱いたのか。この旅は自分にとってなんだったのか。自分になにをもたらしたのか。といったことをカメラ目線で喋るのであり、当然、このシーンは番組の最後に配置され、どんな意義ある旅も、このラストコメントが、アホーな感じだとすべてがぶちこわしになる、というくらいに重要なシーンなのである。

海岸みたいなところ、或いはその他、広闊《こうかつ》で眺めの良いところで、女優の方や男優の方、或いはその他の方が、旅を通じて見たもの、感じたことについて語り、また、旅によって自分になにが齎《もたら》されたか。自分がその旅によってどう成長したか。などについて思い入れたっぷりに語り、見る者の心を動かすのである。

そんな重要なラストコメントを俺は、この、油断しているとひとりでに半笑いになる、という半分ゾンビ化したみたいな脳で語らなければならぬのであり、ろくなコメントができないのはやる前からわかっている。

それでも、雄大な自然、素晴らしい景色を見たり、印象深い、忘れ得がたい人と出会ったり、珍しい体験、奇跡的な体験をするなどすれば、多少、しどろもどろでも、見る人が、ほっほーん、或いは、はっはーん、と思うようなコメントが或いはできるかも知れない。

といって、じゃあ、俺はこの旅で、どこへ行って、どんな景色を見て、誰と会って、どんな体験をしたのか。俺はハリウッドやメルローズやサンタモニカドライブやダウンタウンやロサンゼルス高校に行った。そこで見たのは、変哲もない道やアパートや店であった。あと、汚らしい草とかクルマとか。あ、優勝旗というのも見たか。踊る店員というのも見た。主に体験したのは、歩き。ロサンゼルス高校の校内を歩き、裏通りみたいなところを歩き、そして、Let's bondance！　と描いたポスターの貼ってある仏教寺院の近くを歩いた。ああ。メルローズでサンダルを買った。十八ドルもした。後は、だいたい、不毛な打ち合わせをしていた。素晴らしかったのは紺谷タカオのエロ話のみ。でも、それはオンエアできない内容。

それらの旅の体験を元に俺は、視る者が感動するラストコメントを三十秒か一分か知らんけれども、言わなければならない。しかも、ブコウスキーの文学と関連づけて。

いったいどこの誰がそんな離れ業ができるのか。大女優とかだとそういうこともできるのだろうか。無理でしょう、いくらなんでも。というか、いま、外気温、確実に摂氏四十度以上あると思うんだけど、大女優、そんなとき外に出たらメイクとかも無茶苦茶になってしまうのではないか。でもそれがヒシャゴの言うリアルな映像。

なんて、半笑いで考えていると、半笑いのナウ橋が来て、セッティングができました、と半笑いで言う。

行ってみると、汚らしい草と草の間の、赤茶けた土が剝き出しになったところに、赤いカバーをかけたソファーが置いてあり、その右側にレフ板が立ててあった。

ソファーの三メートルほど前にカメラが据えてあり、その上に紅白だんだらの傘がかけてあった。そうしないと炎熱でカメラマンもカメラも焼死するからである。

彼方に禿げ山が見える。

ソファーにはキャップを鍔《つば》を後ろにしてかぶったヒシャゴが半笑いで座っていた。足元には白いバスタオルが敷いてあった。

半笑いで近づいていき、半笑いで立ち上がったヒシャゴと入れ替わりに座ると、クルマから紺谷タカオが半笑いで降りてきて、傘の下に踞《うずくま》り、しばらくごそごそしていたが、やがて、「いつでもどうぞ」と半笑いで言ったので、ヒシャゴの方を見ると、ヒシャゴは半笑いのままなにも言わないので、これはラストコメントを言え、ということなのだな、と自己判断し、半笑いでコメントを始めた。

「ええ、僕はいま、って、あれ、僕でいいのかな。俺、僕だっけ？　私だっけ？　どっちでもいいや。僕はいま、香川県仲多度郡満濃町にきています。っていうのは嘘で、砂漠に来ています。なぜ砂漠に来たかは言わぬが花でしょう。といえばラストコメントも言わぬが花なのですが、じゃあ、言ったらなんなんだよ。草なのかよ。いいじゃないか。草でも。草が駄目だと言われたら草津市民はいったいどうしたらよいのでしょうか。草加市民は生きてたらあかんのでしょうか。そんなことはけっしてない。みんなで民主主義を守っていきたい。そんなことをチャールズ・ブコウスキーは一度も考えなかったに違いない。そんな疑問から私の旅は始まりました。ロサンゼルス国際飛行場に降り立った瞬間、私は、『ああ、ついに、ついにおいはブコウスキーの暮らしたロサンゼルスにきたったたい。ああ、こげな、こげな』と悶《もだ》えながら向かったパスポートコントロールでバカのように扱われました。私はほとんど英語が喋れないからです。知ってる英語はレッツボンダンスとファックだけです。そんな私はどうやってバスの切符を買ったらよいのか。それが旅の眼目でもありました。というのは嘘です。米国流のジョークです。旅の眼目はあくまでもブコウスキーの文学でした。僕はブコウスキーの文学がものごっつう好きだからです。そんなことを最後に言う必要もないのですが。ということをいま思った。という具合に人間はつねにいろんなことを思っている。その思いを思えなくなった状態というのは死んだ状態だけれども、僕はいまほとんどかすかにしか、或いは、ごくわずかのことしか思えないのですが、許してください。暑いので。尋常じゃなく暑いので。もし僕が馬鹿なことといったら、ごめんなさい、それって暑さのせいです。正直に言うといま僕、暑さでほとんどなにも考えられない状態なんです。それで、ええ、なんだったかというと、僕はブコウスキーの人と作品を知りたくていろんなところにいきました。最初はハリウッドというところに行きました。人と建物とクルマがありました。なるほどね、ブコウスキーもこの景色を見ていたのだな。そんなことを思ったようなかすかな記憶が忘却の淵で溺死しています。記憶の土左衛門《どざえもん》です。ドラえもんが青くて膨らんでいるのは実はあれは水死体をモデルにしているからだ。なんてブコウスキーなら言うことでしょう。なんて、なんてエクセレントなエクレアかしら。そんなことを私はいつしか呟いていたのかもしれません。そして次に訪れたのが、ブコウスキーが卒業したロサンゼルス高校、通称、ロサ高です。青梅高校は通称、オウメ高。これは関西人にとったら大変危険な事態です。私は中学一年のときにそのことに気がつき、ひとり心を痛めておりました。エニウェイ、ロサンゼルスに住んでいる以上は、ロサンゼルス高校に行く。ここにブコウスキーの真っ直ぐで気高い精神の現れをみるのはおそらく僕だけでしょう、あ、違った、僕だけではないでしょう。そこで僕は素晴らしい人物と出会いました。名前は忘れましたが、私はその高校の先生と直接会って話を聞くことができたんです！　おそらく日本のテレビに彼が出演するのは間違いなく初めてでしょう。というか、日本だけではなく、ＢＢＣにもＣＮＮにもアルジャジーラにも彼は出演していないはずで、私たちは世界初の独占取材に成功した訳です。おそらく、彼は普通の、高校の先生なので今後もテレビに出ることはまずないでしょう。これは本当に凄いことだよ。

それで興奮してしまって僕、なにを話したかまるで覚えちゃいない。つまりそれくらい凄かったってことですね。そして、それだけでも凄いのに、先生は僕らに優勝旗を見せてくれた。優勝旗ですよ。一位にならないと貰えないんですよ。一位になるというのは本当に本当に本当に大変なことなんだよ。そんな凄い優勝旗を僕らは特別に撮影させてもらったんだよ。嬉しかったなあ。そのとき遠くから、ポオオオー、って汽笛の音が聞こえてね。ああ、遠くまで来たんだなあ、って。そんなこと、思って泣きました。それで思ったのは、『じぶんで作ったゆうしょう旗』というのはどうかなあ、と思いました。つまり、優勝旗は人に貰う物でしょ。でもそれは一位にならないと貰えない。六位の人は一生、優勝旗を貰えないで死んでいく訳です。それを防止するために、自分で優勝旗を作り、自分で表彰式を行う。そんなことを始めた男の物語です。フットボールとかできなくて女にもてない高校生活を送ったブコウスキーに対するオマージュです。おジェーンと饅頭です。エニウェイ、その他にも忘れられない人にいっぱい会いました。ジェーンと暮らした裏通り。まだ開いてないバー。喚《わめ》き散らす大男。シャブ中。ロサンゼルスは実に乞食の多い町です。そして乞食は長髪で上半身裸のことが多い。そして、スーパーマーケットのカートに空き缶を集めているのです。そんなことをして人間は生きる。僕も生きる。そんな生き様の数々をこの町は僕に見せてくれました。ブコウスキーの文学が教えてくれました。そして、僕はいま確実に自分が変わったと感じています。以前の僕は、ただ喚き散らしていただけです。しかしいまは、喚き散らしながら栗ひろいをする。喚き散らしながら自家製パスタを拵《こしら》える。喚き散らしながら釣り竿の手入れをする。喚き散らしながら猿を抱きしめて走る。といったようなことが、できはしない、できはしないけれども、そんな途方もない夢を抱いて日々努力することの大事さ？　そんな気持ちが自分のなかに芽生えました。つまりは絶対に夢を諦めないということです。そういう意味で僕自身、この旅で夢を現実にしました。というのはホテルの部屋にスリッパがなくて飛行機でもらったスリッパを履いてたんですね。でもこれがぐにゃぐにゃでスリッパというよりはどちらかというと分厚い靴下って感じで、すごい嫌だったんです。それでいつかちゃんとしたスリッパを買おうという夢を持って毎日、挑戦してたんですね。それでメルローズのスタバで打ち合わせしてたとき、打ち合わせが打ち合わせというより、段々、雑談になってきて、そのとき僕は思ったんですよ。オーケー、いまだ。いまスリッパを買いにいかないでいついくんだ？　ってね。それで僕は思いきってスタバを抜け出して十八ドルの革のサンダルを手に入れることができたんだよ。それ以来、部屋では嫌な思いもせず快適に過ごしています。そんな風に夢に挑戦し続けることの大切さをこの旅を通じて知りました。いまの夢は、日本に帰ってBONDANCEを踊ることです。そしてその夢は明日、実現するのです。以上で僕のラストコメントは終わりです。ご清聴ありがとうございました。なんて言わねぇか、普通」

そう言ってコメントを終えた俺はもはや全笑いであった。もちろん楽しくて笑っていた訳ではなかった。暑さと疲れで顔が自然に笑けてくるのだ。

スタッフも、そんなことでは困るはずのヒシャゴも、みなへらへら笑っていた。

我々は笑いながら砂漠を後にした。

帰途、山火事に遭遇し、往きは一時間半でこられたのに帰りは五時間かかった。

翌、七月九日、ナウ橋と僕は午後の便で成田に向けて発った。スタッフは実景を撮るためにもう何日か滞在するようだった。

蟇目ヒシャゴから連絡があったのは一箇月後だった。編集を終え、完成させたビデオをエヌエイチケーに持っていったところ納品を拒否されたらしかった。あたりまえだと思った。にもかかわらず落ち着き払った口調のヒシャゴは、「出演料の相談をしたい」と言い、「また、後日、連絡をする」と言ったきり、連絡が途絶えた。どうやら、ヘック・ショイスを首になったらしい。宗田さんからも連絡はなく、また、それまでは必ず送られてきた宗田さんの著書などが送られてこなくなった。

暫くしてヘック・ショイスそのものが倒産したと人伝《ひとづて》に聞いた。ナウ橋のギャラは俺が払った。ギャラを受け取ったナウ橋は、「ぐへへ」と笑って闇のなかに消えていった。それからナウ橋とは会っていない。どこでなにをしているかもわからない。ナウ橋ばかりではなく、あのロケーション撮影に行った者とは、その後、誰とも会っていないし、噂も聞かない。みな、闇のなかに消えていったのだ。

俺もいずれ闇のなかに消えていく。というか、もう闇のなかにいるのかも知れない。なにも見えない、なにも聞こえない、何者の気配もない、果てしない闇。

その闇に外道どもの哄笑《こうしょう》が、哄笑だけが絶え間なく響いている。潮騒《しおさい》のように響いている。

本書は、二〇〇八年一〇月に角川書店（現KADOKAWA）から刊行された『真説・外道の潮騒』を、改題のうえ文庫化したものです。

外《げ》道《どう》の細道《ほそみち》

二〇二五年 二 月一〇日 初版印刷
二〇二五年 二 月二〇日 初版発行

著 者 町田《まちだ》康《こう》
発行者 小野寺優
発行所 株式会社河出書房新社
〒一六二-八五四四
東京都新宿区東五軒町二-一三
電話〇三-三四〇四-八六一一（編集）
〇三-三四〇四-一二〇一（営業）
https://www.kawade.co.jp/

ロゴ・表紙デザイン 粟津潔
本文フォーマット 佐々木暁
印刷・製本 中央精版印刷株式会社

Printed in Japan ISBN978-4-309-42167-4

どつぼ超然

町田康　41534-5

余という一人称には、すべてを乗りこえていて問題にしない感じがある。これでいこう——爆発する自意識。海辺の温泉町を舞台に、人間として、超然者として「成長してゆく」余の姿を活写した傑作長編。

この世のメドレー

町田康　41552-9

生死を乗りこえ超然の高みに達した「余」を、ひとりの小癪な若者が破滅の旅へ誘う。若者は神の遣いか、悪魔の遣いか。『どつぼ超然』の続編となる傑作長篇。

ギケイキ

町田康　41612-0

はは、生まれた瞬間からの逃亡、流浪——千年の時を超え、現代に生きる源義経が、自らの物語を語り出す。古典『義経記』が超絶文体で甦る、激烈に滑稽で悲痛な超娯楽大作小説、ここに開幕。

ギケイキ②

町田康　41832-2

日本史上屈指のヒーロー源義経が、千年の時を超え自らの物語を語る！兄頼朝との再会と対立、恋人静との別れ…古典『義経記』が超絶文体で現代に甦る、抱腹絶倒の超大作小説、第２巻。解説＝高野秀行

宇治拾遺物語

町田康〔訳〕　42099-8

〈こぶとりじいさん〉こと「奇怪な鬼に瘤を除去される」、〈舌切り雀〉こと「雀が恩義を感じる」など、現在に通じる心の動きと響きを見事に捉えた、おかしくも切ない名訳33篇を収録。

「悪」と戦う

高橋源一郎　41224-5

少年は、旅立った。サヨウナラ、「世界」——「悪」の手先・ミアちゃんに連れ去られた弟のキイちゃんを救うため、ランちゃんの戦いが、いま、始まる！　単行本未収録小説「魔法学園のリリコ」併録。

優雅で感傷的な日本野球

高橋源一郎　40802-6

一九八五年、阪神タイガースは本当に優勝したのだろうか——イチローも松井もいなかったあの時代、言葉と意味の彼方に新しいリリシズムの世界を切りひらいた第一回三島由紀夫賞受賞作が新装版で今甦る。

悲の器

高橋和巳　41480-5

39歳で早逝した天才作家のデビュー作。妻が神経を病む中、家政婦と関係を持った法学部教授・正木。妻の死後知人の娘と婚約し、家政婦から婚約不履行で告訴された彼の孤立と破滅に迫る。亀山郁夫氏絶賛！

邪宗門 上

高橋和巳　41309-9

戦時下の弾圧で壊滅し、戦後復活し急進化した“教団”。その興亡を壮大なスケールで描く、39歳で早逝した天才作家による伝説の巨篇。今もあまたの読書人が絶賛する永遠の“必読書”！　解説：佐藤優。

邪宗門 下

高橋和巳　41310-5

戦時下の弾圧で壊滅し、戦後復活し急進化した“教団”。その興亡を壮大なスケールで描く、三十九歳で早逝した天才作家による伝説の巨篇。今もあまたの読書人が絶賛する永遠の“必読書”！

わが解体

高橋和巳　41526-0

早逝した天才作家が、全共闘運動と自己の在り方を“わが内なる告発”として追求した最後の長編エッセイ、母の祈りにみちた死にいたる闘病の記など、“思想的遺書”とも言うべき一冊。赤坂真理氏推薦。

日本の悪霊

高橋和巳　41538-3

特攻隊の生き残りの刑事・落合は、強盗容疑者・村瀬を調べ始める。八年前の火炎瓶闘争にもかかわった村瀬の過去を探る刑事の胸に、いつしか奇妙な共感が……“罪と罰”の根源を問う、天才作家の代表長篇！

我が心は石にあらず

高橋和巳　41556-7

会社のエリートで組合のリーダーだが、一方で妻子ある身で不毛な愛を続ける信藤。運動が緊迫するなか、女が妊娠し……五十年前の高度経済成長と政治の時代のなか、志の可能性を問う高橋文学の金字塔！

ブエノスアイレス午前零時

藤沢周　41324-2

雪深き地方のホテル。古いダンスホール。孤独な青年カザマは盲目の老嬢ミツコをタンゴに誘い……リリカル・ハードボイルドな芥川賞受賞の名作。森田剛主演、行定勲演出で舞台化！

死にたくなったら電話して

李龍徳　41842-1

そこに人間の悪意をすべて陳列したいんです——ナンバーワンキャバ嬢・初美の膨大な知識と強烈なペシミズムに魅かれた浪人生の徳山は、やがて外部との関係を絶ってゆく。圧倒的デビュー作！

成功者K

羽田圭介　41881-0

ある朝突如有名人になったK。夢のように一変した日々だったが、それは不気味な迷宮への入口だった…成功者の恍惚と不安を“ありのまま”書いて取扱注意の危険作！　“とんでもない小説”行定勲（解説）

鳥の会議

山下澄人　41522-2

ぼくと神永、三上、長田はいつも一緒だ。ぼくがまさしにどつかれたら仕返しに向かい、学校での理不尽には暴力で反抗する毎日。ある晩、酔った親父の乱暴にカッとなった神永は包丁で刺してしまい……。

青が破れる

町屋良平　41664-9

その冬、おれの身近で三人の大切なひとが死んだ——究極のボクシング小説にして、第五十三回文藝賞受賞のデビュー作。尾崎世界観氏との対談、マキヒロチ氏によるマンガ「青が破れる」を併録。

あるいは酒でいっぱいの海

筒井康隆　41831-5

奇想天外なアイデア、ドタバタ、黒い笑い、ロマンチック、そしてアッというオチ。数ページの中に物語の魅力がぎっしり！　初期筒井康隆による幻のショートショート集、復刊。解説：日下三蔵

人類よさらば

筒井康隆　41863-6

人類復活をかけて金星に飛ぶ博士、社長秘書との忍法対決、信州信濃の怪異譚……往年のドタバタが炸裂！　単行本未収録作も収めた、日下三蔵編でおくる筒井康隆ショートショート・短編集。

海の見える無人駅

清水浩史　41974-9

なぜ「海の見える無人駅」は、こんなにも心地いいのか！　海と厳選30の無人駅…目を凝らせば、もっと多くのものが浮かび上がる。絶景の小さな駅の物語から今の日本が見えてくる。巻頭カラー16P付き！

瓶のなかの旅

開高健　41813-1

世界中を歩き、酒場で煙草を片手に飲み明かす。随筆の名手の、深く、おいしく、時にかなしい極上エッセイを厳選。「瓶のなかの旅」「書斎のダンヒル、戦場のジッポ」など酒と煙草エッセイ傑作選。

果てまで走れ!　157ヵ国、自転車で地球一周15万キロの旅

小口良平　41766-0

さあ、旅に出かけよう！　157ヵ国、155,502㎞という日本人歴代1位の距離を走破した著者が現地の人々と触れ合いながら、世界中を笑顔で駆け抜けた自転車旅の全てを綴った感動の冒険エッセイ。

リーマントラベラー　週末だけで世界一周

東松寛文　42095-0

普通のサラリーマンでも、いますぐ人生は変えられる！　週末だけで世界一周を達成した「旅するサラリーマン」が綴った働き方、生き方の選択肢を広げてくれるエッセイ、新章を加えて文庫化。

リレキショ

中村航　40759-3

“姉さん”に拾われて“半沢良”になった僕。ある日届いた一通の招待状をきっかけに、いつもと少しだけ違う世界がひっそりと動き出す。第三十九回文藝賞受賞作。

木橋

永山則夫　41045-6

津軽の十三歳は悲しい——うつりゆく東北の四季の中に、幼い生の苦しみをみずみずしく刻む名作「木橋」、横浜港での沖仲仕としての日々を回想した「土堤」などをおさめ、作家・永山の誕生を告げる作品集。

無知の涙

永山則夫　40275-8

四人を射殺した少年は獄中で、本を貪り読み、字を学びながら、生れて初めてノートを綴った——自らを徹底的に問いつめつつ、世界と自己へ目を開いていくかつてない魂の軌跡として。従来の版に未収録分をすべて収録。

肝心の子供／眼と太陽

磯﨑憲一郎　41066-1

人間ブッダから始まる三世代を描いた衝撃のデビュー作「肝心の子供」と、芥川賞候補作「眼と太陽」に加え、保坂和志氏との対談を収録。芥川賞作家・磯﨑憲一郎の誕生の瞬間がこの一冊に！

世紀の発見

磯﨑憲一郎　41151-4

幼少の頃に見た対岸を走る「黒くて巨大な機関車」、「マグロのような大きさの鯉」、そしてある日を境に消えてしまった友人Ａ——芥川賞＆ドゥマゴ文学賞作家が小説に内在する無限の可能性を示した傑作！

待望の短篇は忘却の彼方に

中原昌也　41061-6

足を踏み入れたら決して抜けだせない、狂気と快楽にまみれた世界を体感せよ！　奇才・中原昌也が「文学」への絶対的な「憎悪」と「愛」を込めて描き出した、極上にして待望の小説集。

枯木灘

中上健次

41339-6

熊野を舞台に繰り広げられる業深き血のサーガ…日本文学に新たな碑を打ち立てた著者初長編にして圧倒的代表作。後日談「覇王の七日」を新規収録。毎日出版文化賞他受賞。解説／柄谷行人・市川真人。

十九歳の地図

中上健次

41340-2

「俺は何者でもない、何者かになろうとしているのだ」――東京で生活する少年の拠り所なき鬱屈を瑞々しい筆致で捉えたデビュー作。全ての十九歳に捧ぐ青春小説の金字塔。解説／古川日出男・高澤秀次。

千年の愉楽

中上健次

40350-2

熊野の山々のせまる紀州南端の地を舞台に、高貴で不吉な血の宿命を分かつ若者たち――色事師、荒くれ、夜盗、ヤクザら――の生と死を、神話的世界を通し過去・現在・未来に自在に映しだす新しい物語文学。

日輪の翼

中上健次

41175-0

路地を出ざるをえなくなった青年と老婆たちは、トレーラー車で流離の旅に出ることになる。熊野、伊勢、一宮、恐山、そして皇居へ、追われゆく聖地巡礼のロードノベル。

奇蹟

中上健次

41337-2

金色の小鳥が群れ夏芙蓉の花咲き乱れる路地。高貴にして淫蕩の血に澱んだ仏の因果を背負う一統で、「闘いの性」に生まれついた極道タイチの短い生涯。人間の生と死、その罪と罰が語られた崇高な世界文学。

そこのみにて光輝く

佐藤泰志

41073-9

にがさと痛みの彼方に生の輝きをみつめつづけながら生き急いだ作家・佐藤泰志がのこした唯一の長篇小説にして代表作。青春の夢と残酷を結晶させた伝説的名作が二十年をへて甦る。

きみの鳥はうたえる

佐藤泰志　41079-1

世界に押しつぶされないために真摯に生きる若者たちを描く青春小説の名作。新たな読者の支持によって復活した作家・佐藤泰志の本格的な文壇デビュー作であり、芥川賞の候補となった初期の代表作。

大きなハードルと小さなハードル

佐藤泰志　41084-5

生と精神の危機をひたむきに乗り越えようとする表題作はじめ八十年代に書き継がれた「秀雄もの」と呼ばれる私小説的連作を中心に編まれた没後の作品集。作家・佐藤泰志の核心と魅力をあざやかにしめす。

死をポケットに入れて

チャールズ・ブコウスキー　ロバート・クラム〔画〕　中川五郎〔訳〕　46804-4

「わたしは死を左のポケットに入れて持ち歩いている」。書いて書いて、飲んで、競馬場に入り浸る。日常を手がかりに、生と死、詩と小説、職業と貧乏などの鋭い思考を晩年に綴った散文集。

くそったれ！　少年時代

チャールズ・ブコウスキー　中川五郎〔訳〕　46805-1

1930年代のロサンジェルスを舞台に、父との対立、母への屈折した思い、性の目覚め、少年たちとの抗争と友情など、ドイツ生まれの主人公が時代や社会へ異和感を抱きつつ成長していく自伝的物語の傑作。

勝手に生きろ！

チャールズ・ブコウスキー　都甲幸治〔訳〕　46803-7

1940年代アメリカ。チナスキーは職を転々としながら全米を放浪する。過酷な労働と嘘で塗り固められた社会。つらい日常の唯一の救いはユーモアと酒と「書くこと」だった。映画化。

詩人と女たち

チャールズ・ブコウスキー　中川五郎〔訳〕　46809-9

50歳の作家の元に、次々と女性が現れる。激情のリディア、素敵なディー・ディー、美しいキャサリン……。酒場と競馬場と朗読会を巡り、彼女たちとベッドを共にする。偉大なアウトローの最高傑作。